U0002206

GOBOOKS
& SITAK
GROUP©

致青春 062

影帝的公主

—上—

笑佳人　著

高寶書版集團

目錄
CONTENTS

第一章　影帝穆廷州

三月份的帝都，乍暖還寒。

明薇站在衣櫃前，目光在她僅有的三套名牌套裝上打轉。

奧蘭多來帝都四天了，陪譯過程中兩套長褲款的她已經穿過，只剩一套白色短裙。明薇怕冷，但在風度與溫度之間，最終還是選擇了前者。

十分鐘後，明薇下樓等計程車。

一輛私人計程車從路口轉彎，緩緩開過來，中年男司機一眼就看到了路邊的明薇。

女孩身高一百六十五公分左右，腳下穿著一雙白色細高跟鞋，筆直纖細的長腿被絲襪包裹，緊身短裙只到膝蓋上方一點。從側面看，胸鼓、腰細、臀翹，將辦公室白領的禁慾誘惑散發到了極致，那是最吸引男人的氣質。

司機在心裡吹了聲口哨。

確認完司機資訊，明薇拉開副駕駛座後面的車門，上車。

車內開著暖氣，沉悶卻溫暖，明薇偷偷摸摸小腿，鬆了口氣。

距離宏遠酒店還有半小時的路程，明薇低頭重溫手機裡的資料。

奧蘭多是義大利某名牌服裝的高層，明薇在回國航班上與他相遇。其實該品牌的帝都分部已經安排了翻譯員，但奧蘭多與明薇相談甚歡，寧可另外花錢雇傭，有錢人就是這麼任性。

明早奧蘭多就要回國了，關於今晚最後的行程奧蘭多一直保持神祕，說要給她一個驚喜。明薇忍了三天，為了避免準備不足導致晚上翻譯不夠完美，今早明薇誠懇地希望奧蘭多公布驚喜，然後才得知……

與奧蘭多共進晚餐對象，是影帝穆廷州。

明薇不追星，也不是會輕易被各種小鮮肉、老臘肉吸引的性格，但穆廷州在國內紅得都快發黑了，明薇總能從身邊的朋友、路人口中聽說他的消息，譬如穆廷州十六歲摘下影帝桂冠，譬如穆廷州參演的影視劇全是精品，乃品質與票房的雙重保證。

穆廷州頭頂的這些光環裡，唯一與明薇有關的，是穆廷州去年開始擔任奧蘭多的公司在亞太地區的代言人，所以今晚奧蘭多要與穆廷州聯繫聯繫感情。

看著手機裡穆廷州的代言照片，西裝筆挺氣度卓然，想到閨密差點跪求她幫忙要簽名的狗腿姿態，明薇不得不承認，能與影帝共餐，確實是她的殊榮。

「Rosa，妳打扮得這麼漂亮，是為了穆先生嗎？」

宏遠酒店大廳，雇主奧蘭多身穿白色西裝朝明薇走來，一手捂著胸口，碧藍如海的深邃眼睛痛苦地望著明薇，「今天的妳比前三天更美了，這說明妳更在意穆先生，難道我不值得可愛的 Rosa 精心打扮？」

俊美的外國帥哥，純正的義大利語，深情的目光，幾乎沒有女人能抵擋奧蘭多的魅力。好在明薇已經習慣了義大利男人刻在骨子裡的調情本事，笑著道：「你再這麼恭維我，我捨不得你離開怎麼辦？」

「那就跟我一起走，去天涯海角。」奧蘭多雙眼發亮，語氣誠懇。

明薇笑了，與奧蘭多合作的這四天她過得很開心。

調侃之後，兩人走出酒店，前往歸雲樓。

歸雲樓是座九層樓的塔樓，裝潢古色古香，是帝都中式餐廳中的第一名，顧客全是富商名流。明薇這個小人物陪客戶來過幾次，最近一次是程耀跟她約會的第一餐。揮散腦海裡男友俊美的五官，明薇專心投入工作。

乘坐電梯來到九樓，明薇向服務生說明情況，服務生興奮道：「穆先生已經到了，這邊請。」

隨著他們的靠近，臨窗一桌站起兩個身穿西裝的男人。身高接近一百九十公分的短髮男子就是紅得發紫的影帝穆廷州，穆廷州身側略矮幾公分的眼鏡帥哥是他的專屬經紀人兼助理肖照。兩人並肩而立，一個高冷一個溫雅，賞心悅目。江湖傳言，穆廷州三十歲未曾交過一個女友，也從不拍親密戲，就是因為肖照……

謠言滿天飛，是真是假目前還沒有可靠的證據能佐證。

「穆先生您好。」明薇最先開口做介紹。

穆廷州淡淡看她一眼，等她說完後，非常公式化地朝奧蘭多伸出手，一開口是比明薇這個外語大學高材生還純正的義大利語，奧蘭多高興極了，熱情地與穆廷州交談起來。與奧蘭多豐富的表情、手勢相比，穆廷州言辭簡練神色淡漠，卻不給人高傲之感，讓人下意識地自我勸解：影帝就是這種脾氣，無需介意。

淪為擺設的明薇有點尷尬。

「明小姐還在讀大學？」落座後，肖照體貼地與她搭話。

「去年畢業的。」明薇微笑，趁機表達驚喜：「久仰您與穆先生的大名，今晚我很榮幸。」

肖照看一眼穆廷州，低笑道：「他最近對義大利語感興趣，抽空自學，目前頂多到義大利小學生的程度，相信很快就需要明小姐幫忙了。」

明薇心中一動，小聲問：「能告訴我，他學了多久嗎？」

肖照伸出一根手指。

明薇酸溜溜地猜測：「一年？」

大學期間，她每天早起晨讀一小時，臨睡前練聽力，連續四年不間斷的瘋狂練習才達到現在的水準，但除了專業詞彙掌握的可能比穆廷州多，口音語感上她全輸了，穆廷州居然只花了一年？

「一個月。」肖照笑著糾正。

明薇差點吐血，只覺得肖照比穆廷州更邪惡，故意打擊她這個專業翻譯的自信心。

明薇對穆廷州的外表、演技興趣不大，但專業技能慘敗讓明薇忍不住觀察起穆廷州，一邊觀察，早上搜集的資料也越來越深刻。網路上評價，穆廷州智商、體能雙高，臺詞看幾遍就會，武打戲從不用替身，槍法、散打、劍術、拳擊……凡是角色需要，穆廷州都能在短時間內迅速掌握，贏得了一片導演與觀眾的芳心。

算了，她只是一個凡人，何必跟穆廷州這樣的神比較？那不是自找虐嘛。

擺正心態，明薇乖乖當透明人，偶爾奧蘭多說得太激動忘了停頓，她再幫忙翻譯一下。

用餐中途，肖照有電話，奧蘭多去了洗手間，臨窗的餐桌上只剩明薇與穆廷州。

穆廷州放下筷子眺望湖景，眼眸深邃，如一位沉思者。

為了活躍氣氛，明薇從包包中取出閨密交給她的穆廷州照片與簽字筆，繞到穆廷州身旁，虔誠地彎腰請求：「穆先生，可以幫我簽個名嗎？」

穆廷州偏頭看她，黑眸漠然：「妳是第四個。」

明薇愣了愣，沒聽懂。

穆廷州多看了她一秒，然後繼續看窗外，面無表情。

明薇悻悻地回到座位上，傳訊息給閨密：『我跟穆廷州要簽名，他說我是第四個，什麼意思？』

閨密：『影帝每天只送三次簽名！哭，誰搶了我的簽名！不行，薇薇快拍張照片補償我！』

明薇抬頭，看看穆廷州冷漠的臉，悄悄拍了一張穆廷州……的皮鞋照傳過去。

閨密：『……』

明薇笑著收起手機，一抬頭，撞見服務生引著兩位客人朝這邊走來。女的身穿一件紅色禮服裙，修長美腿隱隱若現，面容有點眼熟，好像是最近特別紅的一個女明星。兩人在附近餐桌落座，服務生讓開的瞬間，明薇看到了被女明星俏皮輕吻側臉的男人。

是程耀，那個猛烈追求自己半年，上個月剛答應與他交往的程耀。

程耀若有所覺，朝這邊看來，嘴角的笑意還未來得及收斂。

明薇沒有躲避，冷冷地與他對視，她看見程耀震驚地站了起來，看見他張開嘴唇，與此同時，明薇腦海裡接連閃過程耀追求她的那些手段。會場偶遇，大雨瓢潑程耀主動為她撐傘，紳士風度十足。她陪同客戶旅遊，程耀報了同一個旅行團，如影隨形。

原來看似浪漫熱烈的追求，不過是程耀的逢場作戲。

明薇垂眸，默默驅散胸口升騰起的憤怒。

不氣不氣，她該慶幸，在用情不深時認清了程耀的真面目。

手機震動，明薇打開訊息。

程耀：『那男人是誰？不是說這幾天在陪客戶？』

明薇冷笑，直接回他：『分手吧，以後都別再找我。』

說完關機，手機放進包包，再學穆廷州那樣，轉頭看風景。

「肖照，你怎麼在這？」對面傳來女星王盈盈興奮的聲音。

肖照：「陪廷州見一位合作夥伴，程總，幸會。」

程耀是帝都有名的富二代，肖照負責穆廷州的一切人際關係，自然知曉程耀這號人物。

程耀起身，心不在焉地與肖照握手。

「穆前輩也在啊，那我過去打聲招呼。」王盈盈驚喜地說。

肖照點頭，領著程耀、王盈盈來到這邊。

穆廷州慵懶地靠著椅背，不悅地看了看肖照，像是在問肖照為什麼帶閒人來打擾他。

「廷州，這是正華集團的程總，這位是熱播劇《鳳儀》的女主角，王盈盈王小姐，你應該認識。」肖照溫文爾雅地介紹。

穆廷州抬眸，沒等王盈盈綻開最美的笑容，他淡淡道：「沒見過。」

王盈盈這兩年很紅，內心深處盼望著穆廷州能認出她，那會是對她的名氣與演技的肯定。可惜事與願違，穆廷州看她跟看陌生人一樣，甚至更不屑。

王盈盈尷尬極了，強顏歡笑幫自己找了個臺階：「聽說穆前輩在準備新劇拍攝，大概還沒時間看《鳳儀》這種消遣劇。」

穆廷州置若罔聞。

肖照卻記起《鳳儀》開播時他給穆廷州看過剪輯片段，穆廷州看了一眼，然後評價：「資源浪費。」

「這位是明薇小姐，我們的翻譯。」

「現在翻譯都這麼漂亮了。」

看出女朋友與穆廷州沒有曖昧關係，程耀放鬆警惕，風趣地誇讚明薇，眼裡深藏癡戀。

明薇長得確實漂亮，江南水鄉養育出來的姑娘，肌膚白皙細膩，眉目清秀如畫，一雙烏黑水亮的眼汲取了雨霧精粹，認真或無意地看過來，欲語還休。這種美，清雅靈動，更有一種現代難覓的古韻氣質，靜若水中花，動如風拂柳。

面對前男友自以為幽默的調戲，明薇笑容敷衍，也沒有站起來，與先前禮貌的專業翻譯判若兩人。

穆廷州意外地抬起眼簾，而擁有女人第六感的王盈盈盯著明薇看了一陣子，皺眉轉向程耀，眼帶狐疑。這半年程耀對她特別冷淡，莫非是有了新歡？

奧蘭多回來了，王盈盈挽著程耀的手臂與奧蘭多寒暄，明薇笑著幫忙翻譯，臉色變得比天還快。

奧蘭多對王盈盈興趣寥寥，後者識趣離開。

轉身前，程耀深深看了明薇一眼。

明薇低頭吃飯，越吃越沒有胃口。

大學期間很多男生追她，明薇專心讀書沒有接受任何人。畢業後遇到死纏爛打的程耀，程耀高大英俊風度翩翩，因為兩個家庭的經濟水準差距懸殊，富二代的風流韻事又特別多，明薇雖然早就動心了，但還是多觀察了幾個月，前不久才答應與程耀戀愛，沒想到……

明薇胸悶。

她向奧蘭多道歉，拎起包包去了洗手間。

冷靜三分鐘，明薇簡單補補妝，走出洗手間意外遇見王盈盈。

明薇點點頭，剛要擦肩而過，王盈盈忽然笑了，輕蔑的笑：「妳覺得，程耀那種集團公子，會娶妳這種默默無聞的女人？」說完攔在明薇身前，用挑剔的目光打量明薇：「模樣不錯，但妳這種姿色外面滿大街都是，程耀不過是一時新鮮，等他玩膩了，妳最多拿筆分手費，與其他小三沒區別。」

「看來妳很喜歡他，那我祝妳們長長久久，百年好合。」明薇大方微笑，一句解釋都不想浪費。

一個渣男，誰稀罕。

她灑脫退出，王盈盈盯著明薇背影，眉頭皺得更深了。

冷落半年，今天程耀主動約她，王盈盈莫名擔心，沒想就在剛剛，程耀真的提出分手，並承認他愛上了明薇。兩人談了一年多的地下戀，程耀送給她很多名貴禮物，床上再熱情都未說過愛字，現在竟然告訴她，他喜歡上了一個微不足道的翻譯？

身後傳來腳步聲，王盈盈回過頭。

穆廷州神色淡漠地從她身邊經過，一眼都沒往她的方向瞥。

王盈盈咬唇，這些臭男人，一個個都高傲的要命，偏偏越難接近，越該死的迷人。

明薇回到原位，發現程耀與穆廷州都不在。

她沒多問，只跟自己的雇主說話，不久，穆廷州回來了，王盈盈與程耀不知道去了哪裡。一頓晚飯，賓主盡歡。

「一起拍個照吧。」飯後奧蘭多熱情地建議。

穆廷州並不反對。

奧蘭多拿出手機，目光在明薇與肖照身上來回轉一遍，笑著將手機遞給肖照，再叫明薇站到他與穆廷州中間。明薇受寵若驚，連連婉拒，奧蘭多馬上道：「能與美麗的 Rosa 合影，是我與穆先生的榮幸。」

明薇心虛，偷瞄穆廷州，義大利男人恭維女人是天性，但影帝願意被代表嗎？

穆廷州單手插在口袋裡，還是那副對什麼都不在乎的表情。

盛情難卻，明薇身體僵硬地走到兩人中間。

拍完了，明薇剛要走，奧蘭多體貼地幫她爭取福利，「Rosa 不想跟穆先生單獨合照嗎？多難得的機會。」

明薇尷尬得紅了臉。穆廷州連個簽名都不給，會答應拍照？

「明小姐，我可以幫妳拍。」見穆廷州還站在原地，肖照心領神會，笑著說。

明薇謹慎地問穆廷州：「穆先生介意嗎？」

「能與美麗的 Rosa 合影，是我的榮幸。」穆廷州低頭，用義大利語回答。

他在重複奧蘭多剛剛的恭維，但表情、語氣都很敷衍，眼裡不帶一絲感情，更像諷刺。

明薇非常善解人意，委婉地拒絕了。

穆廷州直接往外走，奧蘭多朝明薇眨眼睛，明薇無奈笑，強扭的瓜不甜，反正她不追星。道別之後，明薇隨奧蘭多上了同一輛車，送他回酒店，順便結帳。

「你對明小姐，好像有點特別。」目送奧蘭多的車離開，肖照低聲打趣穆廷州。穆廷州不喜歡與粉絲拍照，迄今為止，明薇是他第一個願意合照的粉絲，如果那位明小姐算粉絲的話。

「我挑的餐廳。」穆廷州拉開車門，聲音淡淡。

如果不是他訂了歸雲樓，那個翻譯就不會撞見男友劈腿，她今晚註定過得不好，所以他願意做點補償。只是想到第一次答應與粉絲合照卻被拒絕，男人左邊挺拔的眉峰微不可查地挑了挑。

要簽名不要合照，她是不是傻？

晚上八點，明薇收到一份轉帳通知，兩萬塊。

這是她四天的陪同翻譯薪水，也是她從事自由翻譯後，拿得最輕鬆的一筆高薪。

「謝謝您，這四天或許是我翻譯生涯最快樂的四天。」將奧蘭多送進酒店大廳，明薇真誠道謝。

「我也是，明天我會心碎離開。」奧蘭多送給明薇一個大大的擁抱，附贈一個信封，「這是妳應得的，晚安，美麗的 Rosa。」

明薇拿著數目未知的小費，再次表達感謝。

回公寓的路上，明薇壓抑不住好奇，偷偷拆開信封，裡面是一疊歐元，換算後是她四天薪水的一半。金錢總是讓人愉悅，明薇被劈腿的糟糕心情不翼而飛，盤算著週末去商場逛一圈，犒勞犒勞自己。

結果一下車就見公寓大門旁邊停著一輛豪車，程耀一身黑色西裝背靠車蓋，看到她，丟了手中菸頭，快步朝她走來。

明薇站著不動，等著跟他說清楚。

「薇薇，我與她已經沒關係了，遇到妳那天我就準備跟她分手了，但她在外面拍戲，一直沒找到機會，今晚吃的是分手飯。」程耀信誓旦旦地說，黑眸緊張地凝視著明薇，「我知道是我不對，沒有提前跟妳說清楚，但過去的都過去了，能不能看我以後的表現？」

王盈盈與他之前約過的女人一樣，享受的只是美色與肉欲，但明薇不同，他喜歡這個有學歷、有內涵的漂亮女人，他想正式與明薇交往。如果說所有的花花公子都會遇到一個讓他收心的女人，明薇就是他命定的另一半。

「她親你了。」明薇看著公寓裡面說。

「我在看手機，沒防備。」程耀馬上道，甚至拿出手機，讓明薇看他的對話記錄，「妳看，我當時看的就是這，我媽傳來的。」

明薇沒興趣，直接道：「你沒處理好前一段感情就追我，這是事實，你可以保證下不為例，但我無法再相信你，還是分手吧，我們好聚好散。」就算偷親可以解釋，後來王盈盈親昵地挽他的手臂，程耀怎麼沒反對？為了照顧王盈盈的顏面？如此憐香惜玉，明薇消受不起。

「不分。」程耀攥住她的手腕，臉色沉重：「我好不容易才追到妳，憑什麼說分就分？」

「憑我有權決定自己喜歡誰。」明薇甩開他的手，頭也不回地走了。

程耀沒追，她需要時間冷靜，他也得好好想想如何彌補。

明薇推開公寓房門，裡面立即傳來閨密兼包租婆林暖的尖叫：「薇薇，告訴我妳拍照了！」

話音未落，林暖已經飛奔出來，雙眼冒著綠光。

「妳家影帝不讓我拍。」明薇努力佯裝輕鬆地道。

「唉，我就知道，穆廷州從來不跟粉絲合照。」林暖倒也沒有太失望，追在明薇後面打聽晚飯上的情形。

明薇一邊說一邊拿出手機開機，螢幕一亮起，訊息提示就不停地響，全是關機期間程耀傳來的解釋。明薇臉上露出一絲心煩，被林暖敏銳地捕捉到，關心地問她怎麼了。

明薇說了實話。

「渣男，我就說有錢人都不可信。」林暖義憤填膺地罵道。

明薇幽幽地看她，再看看這套價值千萬的奢華公寓，白富美的林大小姐真的有資格批評有錢人？也就是林暖這種不缺錢的設計師才會在帝都市中心開漢服店，並讓她擔任兼職模特兒，每月拍攝三套漢服充當租金。

「分就分吧，回頭我幫妳介紹一個比程耀更英俊多金的高富帥，妳這臉蛋還怕沒人喜歡？」林暖豪氣沖天。

明薇晃了晃自己剛得的小費，滿足笑：「我更喜歡自己賺錢。」

林暖搶過信封，正要檢查金額，放在沙發上的手機響了，便抓著信封去接電話。

明薇不管她，脫掉衣服先去洗澡，才打濕頭髮，外面林暖突然衝過來瘋狂拍門：「薇薇、薇薇，賺大錢的機會來了，我朋友相中妳的古裝扮相，推薦妳去試鏡！」

第二章　大明首輔

週末陰天，氣溫驟降，明薇穿上加絨的褲子，再套上一件黑白格子大衣，心情複雜地去試鏡了。

《大明首輔》是東影集團最新籌備的古裝正劇，演員陣容豪華，男主角正是明薇那晚見過的影帝穆廷州，另有多名行事低調的老戲骨。這是一部男人戲，主講朝臣內部、大明與外敵的權謀政鬥，只有兩個女性角色戲份較多：一個是太后，一個是公主。

該劇是根據小說改編的，明薇花了三天時間通讀小說，如果按照原著拍攝，今天她面試的明華公主絕對是《大明首輔》的女主角。既然是女主角，導演怎麼會放著那麼多女明星或影視學校的高材生不用，選擇她這個沒有任何演戲經歷的外行人？

她唯一的優勢，是後門。

林暖與東影集團老闆娘是大學室友，兩人都是做服裝設計的，那位老闆娘逛林暖的漢服店時發現明薇的古裝照，覺得很符合明華公主的形象，便先通過林暖詢問她是否有興趣，然後再推薦給劇組。

明薇當然有興趣，拍戲能賺不少外快呢，她只是沒信心。

車到了，明薇在東影大廈外徘徊幾分鐘，才硬著頭皮進去了。

距離試鏡還有十幾分鐘，幾十個美人被安排在休息室等，明薇一個人坐在角落，默背工作人員交給她的試鏡臺詞，短短幾行，內容也不複雜。背會了，明薇暗暗觀察其他人，大多數的人都化妝了，看起來年齡都像在二十出頭。

「宋瑤居然也來了。」前排兩個女生竊竊私語，議論的是剛走進來的墨鏡美女，「唉，大明星們都願自降片酬來了，我們肯定沒機會了，純陪跑。」

因為翻譯專業的關係，明薇國內戲劇看得不多，最近躥紅的一線、二線明星基本上都不認識，可能有眼緣，但叫不出名字，不過她挺贊同陪跑的說法。

不抱期待，輪到她去試鏡了，明薇面上平平靜靜的，內心還是有一點點緊張。

製片人、導演、副導演等劇組骨幹都在，看到明薇，幾人愣了愣。

明薇是東影老闆娘推薦過來的，張導演看過明薇的照片，小姑娘穿著一襲杏黃長裙站在湖邊柳樹下，明眸善睞笑靨如花，像個不諳世事的小公主，確實很符合女主角的形象。現在看到真人，張導演意外發現，明薇比照片裡看起來還要年輕，甜美的鵝蛋臉，鼻樑秀挺，脖頸修長，大大方方站在那裡，形體姿態都很有感覺。

「我看過妳的簡歷，會彈古箏？」張導演最先發問。

提到古箏，想起蘇城溫柔婉約的美麗母親，明薇情不自禁彎了唇角：「我媽媽是古箏老師。」

「怪不得，古箏這種傳統樂器，很提升氣度。」張導演贊許地說，翻翻劇本，重新挑了一段劇情讓明薇演。臺詞只有一句，重點在情緒表現，工作人員去準備古箏了，明薇站在一旁默默醞釀情緒。感謝當古裝模特兒時林暖對她的鏡頭表現的龜毛挑剔，聯想小說劇情，居然找到了一點感覺。

古箏抬過來了，明薇脫了大衣坐到古箏前，戴好義甲。

張導演喊開始。

明薇睜開眼，靜默幾秒，專心彈她最喜歡的曲子：〈春江花月夜〉。

她高中便過了古箏業餘十級，水準比不上媽媽那樣專業的，應付外行人倒是綽綽有餘。

美女彈箏，賞心悅目，張導演多聽了一段，示意搭戲助理登場。

古箏前突然多了一道身影，明薇手上的動作未停，好奇地抬頭。映入眼簾的是一張普通的男人臉龐，但近距離接觸過穆廷州並看過原著小說的明薇，腦海裡自動浮現出穆廷州的古裝扮相。那一瞬間，她宛如見到天人，忘了彈箏，什麼都忘了，呆呆地瞅了幾秒才驚喜地跳起來，眼睛亮亮地看著對方：「太傅，你來看我啦？」

劇中先帝駕崩，留下一位十五歲的公主與一位年僅八歲的小皇帝，首輔兼任太傅撫育小皇帝，順帶著教導明華公主。太傅對外冷峻，對姐弟倆卻不失柔情照顧，面對這樣的成熟男人，少女公主情不自禁心生戀慕，一顰一笑都是為了他。

臺詞念完，試鏡表演結束。

明薇看向張導演，張導演點點頭，不予置評。

明薇走後，製片人問張導演意見。

「情緒流於表面，過於浮誇。」張導演實話實說，「但外形、氣質都挺加分，先加進終選吧。」

製片人鬆了口氣，他是東影這邊的負責人，老闆娘難得推薦一次人選，如果連終選都沒進，回頭老闆一打聽，會有點不好交代，幸好這位明小姐底子不錯，竟然靠外型氣質贏得了張導演的青睞。不過話說回來，明華公主是整部劇裡的花瓶，長得美就夠了，演技要求並不高。

♛

明薇覺得，她跟王盈盈挺有緣的，剛從試鏡間出來，迎面又撞到了王盈盈。

王盈盈穿著雪白的大衣，眼帶墨鏡，氣場十足，作為當紅明星，她來試鏡無需排隊，可以隨時插隊。遠遠看到明薇，王盈盈起初只覺得眼熟，等到越來越近，終於確定那個鵝蛋臉的女人就是勾走程耀的小三。

「妳也來試鏡？」透過墨鏡，王盈盈意外地問，問完反應過來了，譏笑道：「有金主捧就是不一樣啊。」想當初她成功走紅，其中也不乏程耀的功勞。

明薇懶得理會，擦肩而過時王盈盈卻拽住她的手臂，低聲在她耳邊道：「勾引人我不如妳，不過比演戲……妳還真是自不量力。」

明薇轉頭，王盈盈已經鬆開手，繼續往前走了。

明薇不爽，可論演技，她確實沒有信心，但大家不是同一個圈子的人，沒必要以己之短碰他人之長。

『怎麼樣，結果如何？』剛回公寓，林暖打電話給她。

「死心吧，我就不是那塊料。」明薇故意說狠話，掐滅閨密過度膨脹的期待。

『等一下我去打聽打聽。』

明薇連忙阻止：「別，我可不想再走後門，反正我當翻譯賺的錢已經夠養活自己了，演戲憑運氣，為了外快欠別人，不值得。」這次試鏡是個好機會，但並非必不可少。

結束通話，明薇熱了一杯牛奶，然後打開筆電看王盈盈主演的熱門電視劇《鳳儀》。

開篇是背景劇情，明薇直接快轉，只看王盈盈的戲份。王盈盈是典型的瓜子臉美人，古裝很漂亮，但從觀眾的角度來看，明薇摸著良心最多也只能給她打七分。鑒於劇情老套、臺詞狗血，明薇堅持半集後英勇陣亡。

明薇癱在了沙發上，明明沒抱希望，卻忍不住心浮氣躁。

有電話，是程耀。

明薇接聽，搶在程耀開口前道：「是男人就痛快點，再糾纏我只會瞧不起你。」

對面沉默。

掛斷電話，將程耀拉進黑名單。心情更不好了，明薇一口氣喝完牛奶，拎著包包去逛商場。

就在明薇流連商場血拼的時候，《大明首輔》劇組結束了女主角初選。其實劇組早已經籌備完畢，但之前的女主角演員意外懷孕，遺憾退出，為了趕拍攝進度，下午劇組立即開會進行終選。

經過半小時的討論，大螢幕上只剩兩張照片，一張明薇，一張王盈盈。

七人會議，三人支持王盈盈，理由是王盈盈現在特別紅，自帶粉絲，且演技能勝任角色。投給明薇的三人則認為明薇的臉嫩，氣質古典，看起來更符合明華公主的設定，當一個花瓶沒有問題。

「三比三，就看張導的了。」製片人靠到椅背上，看向張導演。

張導雙手合攏，對著照片沉思一分鐘，提議道：「廷州與明華公主是半對CP，不如讓廷州看看，哪個更容易來電？」

六人贊同，張導當場聯繫穆廷州的經紀人肖照。

肖照收到照片，笑了，走到泳池邊，對剛結束一輪自由式的男人道：「明華公主終選出來了，張導請你選。」順勢蹲下去，將手機舉到穆廷州面前，先介紹第一張照片：「這是王盈，那天在歸雲樓見過。」

穆廷州面無表情。

肖照滑到第二張：「純新人，沒名氣。」

他在試探，如果穆廷州對明小姐真的沒有特殊感覺，那按照穆廷州平時對女人的態度，他一定認不出照片裡的女孩就是那個義大利語翻譯。

「新人。」穆廷州爬上岸，露出完美的身體，腹肌性感，腰細腿長。

肖照意味不明地笑了聲：「理由？」

穆廷州越過他往前走，傳過來的聲音淡漠簡練：「比第一個順眼。」

肖照聳肩，將影帝的選擇轉告張導。

這邊張導演剛公布完女主角最終人選，製片人突然接到東影老闆陸總的電話：『女主角定了？』

製片人謹慎道：「定了新人明薇，您要再審核一遍嗎？」

『不用。』

集團頂樓，陸總放下手機，對沙發上一身灰色西裝的程耀道：「恭喜程總，明小姐靠實力拿到了女主角，無需您再費心捧了。」

程耀微怔，沒想到明薇居然有這麼好的運氣，但他很快調整好表情，笑著道：「東影果然慧眼識珠，不過我的女人參演的電視劇，我還是要投資的，何況投資東影是穩賺不賠的生意，希望陸總給我機會，讓我分一杯羹。」

既然王盈盈認定明薇是他推薦來試鏡的，諷刺他沒眼光，那麼等他投資劇組的消息傳出去，明薇肯定也會猜自己能拿到這個角色全是他的功勞。女人最容易感動，那時再趁熱打鐵，好好表現，爭取與明薇重歸於好。

♛

接到劇組副導演的通知時，明薇正在跟林暖吃火鍋，麻辣麻辣的四川火鍋。白霧繚繞，明薇懷疑自己是不是聽錯了：「真的讓我演？」

『千真萬確，明小姐方便的話，請明早九點來東影簽約，然後暫時保密，配合劇組宣傳。』

「沒問題，嗯，明天見。」

掛斷電話，對上林暖期待的目光，明薇忍不住笑了，重重地點頭。

「啊啊啊，我們薇薇要紅啦！」林暖比明薇還興奮，跑過來抱著明薇晃。

明薇「噓」了一聲，兩人先吃火鍋，回家再盡情慶祝。

「薇薇我跟妳說，原著裡面太傅與公主只有一次吻戲，要好好珍惜。」興奮過後，林暖開始不正經了。

「不是說他從不拍吻戲？」明薇靠著沙發問。

林暖嘿嘿笑：「妳這麼漂亮，興許穆廷州色迷心竅，願意獻出螢幕初吻呢。」

明薇丟了一個抱枕過去。她拍戲是為了賺外快，能不接吻最好，即便對方是穆廷州。

明薇的戲份預計有四十集，打包價一百萬。對於沒有任何名氣、經驗的新人演員來說，這個片酬很厚道了，而且用製片人的話講，《大明首輔》播出後，明薇必將人氣大漲，那才是明薇進組的最大收穫，片酬只是短期利益。

明薇請律師幫忙看合約，確認沒有問題後簽名進組。

女主角的戲服是按照原定女演員的尺寸製作的，明薇與該女星身高相仿，只是稍微胖了一點。設計師捏捏明薇的手臂，覺得明薇還有瘦的空間，決定只重新設計髮型，正好騰出時間讓明薇培訓演技、拍攝常識。

一個月高強度的培訓後，明薇瘦了五公斤，隨即同幾個工作人員前往橫店，劇組已經在那裡開機了。

當晚製片人做東，請幾個重要演員吃飯，幫明薇與其他演員熟悉。

明薇是演藝圈的後輩，早早下樓在酒店大廳等候，坐了五分鐘，看到一個八、九歲的漂亮男童領著助理朝這邊走來。明薇上網查過參演演員，認出對方是劇中小皇帝的扮演者，秦磊，男孩的笑容乾淨秀氣，很討人喜歡。

明薇站起來打招呼：「小磊。」

「明姐姐，妳真漂亮。」秦磊的嘴很甜。

「你也很帥呀。」明薇笑著誇他，「這是我第一次拍戲，以後還請多多關照。」

秦磊靦腆地紅了臉。

有小孩子活躍氣氛，見到陸續而至的其他幾位明星，明薇的表現大方又禮貌。這些老戲骨各有各的性格，對待明薇這個年紀輕輕的小女生還算和藹，但也沒有太過熱情，畢竟大家都是靠實力說話的，明薇長得太好，剛出道就接了一個大劇，頗有走後門的嫌疑。

「明姐姐，那是陳璋哥哥。」

眾人已經移步到餐廳，明薇背對餐廳入口，聞言轉過頭，果然看到了她劇中的「駙馬」。

陳璋今年二十四歲，是新躥紅的小鮮肉之一。與一些空有顏值沒有演技的花瓶男相比，陳璋的演技儘管無法與穆廷州那種影帝比較，但敬業肯拚的精神與日漸成熟的表演，已獲得眾多專業影評家的肯定。

明薇覺得自己真的是這個劇組裡的一朵奇葩，註定要淪為花瓶。

「明小姐，幸會。」

正走神，陳璋已經來到了面前。他穿著黑色長褲、白襯衫，乾淨得像個大男孩，笑起來右邊臉頰有個淺淺的酒窩，黑眸含笑打量她，帶著毫不掩飾的興趣與驚豔。

「你好。」明薇拘謹地道，還不習慣與這些名人打交道。

陳璋禮貌與她握手，鬆開後卻突然輕輕摸了摸明薇頭頂，目光揶揄：「該客氣的客氣完了，現在開始我們互相稱呼名字吧，先生、小姐太見外，妳我可是要成親的人。」

他自然地調侃，明薇放鬆下來，笑著點頭，剛要落座，餘光瞥見門口又出現一道身影。

是穆廷州，身上是一件很休閒的黑色圓領衫，卻被他穿出了帝王般的高貴雍容，閒庭信步般走來，有淡淡的孤傲感，又不令人厭惡。

「穆先生。」明薇挪到餐桌外面，話裡透著一絲情不自禁的恭敬，不僅她，其他與穆廷州同劇組的小輩在面對影帝時都是這樣。

穆廷州簡單地點點頭。

「廷州坐這。」製片人指著明薇左邊的空位道，「明薇是新人，她跟陳璋還有你的對手戲最多，接下來幾個月還請你們多多關照啊……來，明薇先敬大家一杯，特別是廷州、陳璋，別的女明星想跟他們演CP都沒機會。」

明薇的酒量還不錯，先敬眾人一杯，再單獨敬陳璋、穆廷州。

陳璋的五官看起來酷酷帥帥的，其實平易近人，對明薇很照顧，無形中拉近了明薇與老戲骨們的距離。穆廷州落座後就沒說過幾句話，彷彿被人硬拉來湊數的，但他我行我素怡然自得，似是活在另一個專屬於他的世界裡。

吃吃喝喝快一小時，眼看要散席了，除了回應其他人的問題，穆廷州終於主動說了一句。

他用餐巾擦拭唇角，放好了，抬頭看明薇：「明小姐留步。」

眾人皆愣，包括明薇在內，都不知道穆廷州想做什麼，偏偏他側頭看窗，沒給任何解釋。

陳璋投給明薇一個詢問的眼神。

明薇搖頭，一臉迷茫。

穆廷州的怪脾氣圈內聞名，但他為人正派，陳璋等人放心地走了。

「您有什麼事嗎？」明薇小心翼翼地問，在最嚴肅的客戶面前都沒現在緊張。

穆廷州朝身側微點下巴：「坐。」

看出他要長談，明薇疑惑著乖乖地坐回原位，距離穆廷州半臂左右。

「穆先生還要點什麼嗎？」收拾完餐桌，服務生殷勤地問。

穆廷州看明薇，明薇客氣搖頭。

穆廷州點了一瓶紅酒，服務生體貼地準備了兩個杯子。

「明小姐之前從事翻譯行業？」淺抿一口，穆廷州淡淡地問。

這純屬明知故問，但明薇還是點點頭，一本正經地重新介紹自己是義大利語翻譯。

穆廷州目視前方：「為什麼轉行演戲？」

明薇抿了抿嘴。

她自認脾氣不錯，穆廷州莫名叫她留下來，出於尊敬便答應了，現在穆廷州問東問西卻連個正眼都不給，傲慢得如對待下屬，明薇又沒欠他，直接道：「穆先生有其他事嗎？不早了，我還要準備明天的拍攝。」

「我只需要妳回答幾個問題。」聽出她不高興了，穆廷州還是那副淡漠模樣，但總算肯與明薇對視了，深邃的黑眸沒有任何感情地看著她：「演戲合作需要默契，我想對未來幾個月的同事多些瞭解。」

好吧，這理由勉強可以接受。

明薇想了想，對著高腳杯中色澤動人的紅酒道：「朋友的朋友建議我去試鏡，我抱著試試看的態度去了，進組是意外之喜，是否轉行還不一定。」林暖已經幻想了她大紅大紫的將來，明薇喜歡腳踏實地，名利雙收當然好，但演戲這份工作對她來說十分陌生，能不能長久也不是她一個人說了算的。

穆廷州微微頷首，右手無意識地轉動酒杯。

他的手掌很大，指節白皙修長，同時蘊含著力量，絕非奶油小生那種比女人還嬌氣的白。

「最後一個問題。」穆廷州放下酒杯，黑眸探究地盯著明薇，「根據明小姐剛剛的表述，我是否可以認為，明小姐進組，主要動機是為了名氣或片酬？」

明薇如芒刺在背。

她說不出具體原因，就是有種感覺，如果承認自己是為了名利，穆廷州可能會不高興。

現在的穆廷州已經很難相處了，不高興的影帝會是什麼模樣？

「穆先生呢？」明薇謹慎地問了回去，「穆先生為什麼接這部戲？」

穆廷州笑了，非常短暫的一個淺笑：「我喜歡劇本，也信任導演水準，這是我接片的根本原因，片酬只是我合理勞動的報酬。」

換句話說，他不是為了錢，多高大上。

但明薇就是一個俗人，願意承認自己俗，平靜道：「我沒想那麼多，只是想賺份外快。」

「那妳可能要失去這份工作了。」

像掐著時機收網的獵人，穆廷州自斟自飲，又不屑地看明薇，側臉漠然：「每個行業都有它的職業操守，我能接受演技稚嫩但熱愛表演的新人搭檔，對於你們這種單純為了名利拍戲的人，我不齒為伍。」

明薇氣得渾身發抖，所以穆廷州的意思是，因為她抱有不純潔的目的，穆廷州要耍大牌要求劇組開除她？

「我簽了合約。」明薇故作鎮定，不肯輸了氣勢。

穆廷州輕笑：「演員演技不行，劇組可以單方面解約。」

明薇瞪眼睛：「你怎麼知道我演技不行？」

穆廷州起身，垂眸看她：「一個不敬業的演員，我不認為她會有演技。」

明薇氣結，又氣又著急，現在被劇組開除，比試鏡沒過關更丟人千百倍，但以穆廷州的地位，就算她厚著臉皮通過林暖去求東影老闆娘都未必能留下來，再說明薇也不想利用林暖的關係網。

唯一的辦法是勸服穆廷州。

「眼見為憑，穆先生是不是該給我一次表現的機會？」站起來，明薇仰視那位高高在上的影帝，「當然，如果您自負到不需要看我的表演，那我馬上退組，不耽誤您另尋搭檔。」

穆廷州偏頭看過來。

明薇眼眸水亮，毫不畏縮。

「好，我給妳一天時間證明自己。」

最後看一眼明薇，穆廷州轉身走了，走出兩步，他突然停下，單手插著口袋背對明薇道：「鑒於妳是新人，我給妳個提示，演戲最基本也最難的技巧，是代入人設劇情，演員入戲了，觀眾才會被妳吸引，如果只想糊弄，那趁早離開。」

免得丟他的臉。

第三章 微臣穆昀

劇組為明薇這個女主角提供了專用的保姆車、化妝師、服裝師等，還安排了一個助理。

早上九點開拍，明薇五點半起床，六點跟助理去飯店餐廳吃早餐，走到餐廳門口，撞見穆廷州、肖照並肩出來。

「早。」肖照微笑致意。

明薇回以一笑，目光隱晦地掃向穆廷州。

穆廷州照舊目空一切，面無表情從她身邊經過，視她為空氣。

想到昨晚那個意料之外的賭約，明薇心情沉重了幾分。

「穆廷州好敬業啊，這麼早就去片場了。」助理一直歪著腦袋，目送影帝二人出了飯店，她忍不住小聲讚嘆道。在影視圈，咖位越大享受的特權就越大，很多大牌都有遲到早退的毛病，像穆廷州這種超紅影帝，能準時過來開拍，導演都會感動到不行。

明薇本來覺得自己起的挺早，結果才半小時就被穆廷州比了下去。

也許在穆廷州心裡，她又多了一項「晚起」的罪名？

沒什麼胃口，明薇只吃了一個小麵包、一杯熱牛奶，到了保姆車上，明薇馬上按照化妝師的提醒敷面膜，為等一下的化妝節省時間。

即便如此，因為古裝造型的特殊性，明薇還是呆呆坐了兩小時化妝師才滿意地收工。

「薇薇的古裝比現代裝更漂亮！」助理雙手捂面，驚豔地誇道。

這話完全出自真心，沒有任何討好的成分。

明薇的媽媽出自古箏世家，族譜上好幾位都是宮廷樂師，後來家族沒落了，古箏這門手藝卻一代代傳了下來。茶有茶道，箏有箏道，要想當個真正的古箏演奏家，除了古箏彈得好，還要有得體的禮儀，五官神態、舉手投足都有講究。童年的明薇經歷過媽媽溫柔卻嚴格的教導與漫長的耳濡目染，雍容典雅已經深深印在她的一舉一動中。

儘管明薇沒有選擇做個專業古箏演奏家，但她完美繼承了外公家族的古典氣質，如今換上古裝，膚若凝脂、細眉烏目，噙著淺笑站在那，就像古代大家閨秀穿越時空而來，向眾人展示古典美人的魅力。

整個化妝間的工作人員都看呆了。

明薇回頭，看到鏡中的自己，被穆廷州壓得沉重的心難得恢復了雀躍。

進組確實是為了賺外快，但那不代表她想糊弄觀眾，容貌氣質是她的先天優勢，她會好好發揮，至於演技，剛剛起步，零基礎，可她會努力提升自己，力爭交給劇組目前能給的，最好成績。

片場，提前一個小時化完妝的穆廷州已經開始拍攝了，是室內戲，鏡頭中只有他與一位臣子配角，周圍卻圍了一堆工作人員。古裝劇，臺詞偏文言文，配角忘詞破功卡了幾次，穆廷州神色自然、臺詞準確，宛如古人，而且工作中的穆廷州耐心極好，並未因為配角的失誤露出任何不悅。

明薇過來看戲時，穆廷州正與配角針鋒相對，一身深色古裝，長髮用玉簪固定，平時的孤傲散漫澈底消失，化成了朝堂權臣的威嚴。同是訓人，此時的穆廷州卻絲毫無法讓明薇聯想到昨晚的穆廷州，他像完全變了一個人，不再是明薇打過兩次交道的影帝，而是活在劇情中的內閣首輔，運籌帷幄的太傅。

明薇瞬間入戲，入了穆廷州的戲。

她變成了徹頭徹尾的觀眾，沉浸在穆廷州的表演中。

穆廷州也在戲中。一個人的生命有限，他喜歡化身各種角色，體驗各種有意義的生活。他知道身邊有很多工作人員，包括懸在對面的攝影機，也早已習慣這種拍攝環境，習慣到忘記他們的存在。可當他訓完政敵準備回到席位，轉身的那一瞬間，斜對面有道身影意外地闖進了他的意識之中。

那人一身少女打扮，烏黑濃密的髮髻上只簪著一朵粉薔薇，眉眼精緻臉龐甜美，穿著蓮粉色宮裝站在人群中看他，清澈癡迷的眼一下子喚醒了他腦海中的明華公主。這一眼之前，明華公主只是他想像的一個角色，空有模糊神韻，沒有清晰形象，這一眼之後，明華公主活了過來，明薇，真的很適合。

收回視線，穆廷州朝導演做了一個「卡」的手勢，要求重拍轉身這一幕。

張導演傻了，這場戲份重點在兩個大臣針鋒相對，穆廷州的表現一如既往的完美，哪裡有錯？張導演倒回去重放，就連穆廷州要求的轉身鏡頭也沒發現任何不對。見其他人同樣面帶不解，張導演從監視器後抬起頭詢問原因。

作為導致穆廷州走神的「罪人」，明薇毫不自知，目不轉睛地看著穆廷州等待答案。雖然反感穆廷州的傲慢，但明薇是真心敬佩影帝的演技。

「感覺不太對。」穆廷州模棱兩可地說。

張導演無語了，默默歸因於影帝對自己要求太高。

第二次拍攝，穆廷州全心投入，事後張導演對比兩個片段，來來回回重播好幾遍，終於發現了一點點差別，重拍居然比初拍節省了半秒，但他絞盡腦汁也沒猜到穆廷州浪費的那半秒用在了什麼地方。

穆廷州利用空閒拍的室內戲一結束，就輪到明薇的第一次拍攝了，也是她與穆廷州的第一場對手戲。

明薇是新人，張導演很體貼，挑了一個比較簡單的戲份做明薇的初秀，幫明薇培養信心。

四月的江南陽光明媚，「御花園」中花團錦簇，景色如畫，忽有一道甜糯的聲音從茂盛的花樹後傳了過來：「好看嗎？」

「好看，公主比天上的仙女還美。」

伴隨著宮女的誇讚，一個十五、六歲的美貌姑娘從花樹遮擋的鵝卵石小路上走了出來。她穿著蓮粉長裙，膚白唇紅，笑意盈盈，頭戴一朵薔薇花，手裡還拿著一枝柳條輕輕晃動，靈動的目光來回賞看路途花叢，無憂無慮。

走著走著，花叢裡忽然飛出一隻蝴蝶。明華公主眼睛亮了，回頭朝兩個宮女「噓」了聲，然後躡手躡腳地跟著蝴蝶往前走。蝴蝶飛啊飛，緩緩落在一朵姚黃牡丹上，明華公主慶幸地笑，更加小心地湊過去，眼看那纖纖玉手將要碰到蝴蝶了，轉角處突然有人說話：「太傅，這邊請。」

明華公主恍若未聞，繼續盯著蝴蝶，可蝴蝶受驚飛走了，再也無法企及。

自幼千嬌百寵從未受過任何委屈的明華公主不高興了，繃著臉朝前方看去。

「呦，公主出來賞花啊。」領路太監是皇帝身邊的紅人，見到公主沒那麼拘束，笑呵呵地彎腰打招呼。

明華公主依然嘟著嘴，直到看見太監身側的高大男人，他身穿深紫色官袍，沉穩內斂，雖然低頭作行禮狀，但挺拔的眉峰不見任何奴顏婢膝的模樣，俊美的五官更是勝過明華公主見過的任何人。

一個龍章鳳姿的男人，成功轉移了豆蔻少女的注意力。

明薇公主無意識地撥弄手中柳枝，盯著紫袍男人，用不悅的聲音掩飾自己的濃濃興趣：「你是何人？」

紫袍男人上前一步，低頭回道：「微臣穆昀，見過公主。」聲音平靜低沉。

仗著對方不敢看自己，明華公主肆無忌憚地打量他。

沉默的時間過長了，穆昀頭不動，眼簾上抬，看見公主繡著桃花的裙擺。領路太監意識到不對，彎腰上前，賠笑提醒道：「公主，太傅奉詔而來，皇上還在涼亭中等候。」

明華公主顯然捨不得放走這個為她的枯燥生活帶來新鮮感的男人，右手攆動柳枝，嬌滴滴哼道：「你們驚走了我的蝴蝶，馬上賠我一隻，不然我不讓你們走。」

「這……」太監為難了，皇上等著呢，可明華公主集萬千寵愛於一身，他也不敢得罪啊。看一眼身側一動也不動面無表情的太傅大人，太監嘆口氣，笑著讓公主等一會兒，他自己去捉蝴蝶。

「你怎麼不去？」明華公主頤指氣使地問，但因為與陌生男子獨處，她開始緊張了，不敢直視太傅。

穆昀直起身，垂眸解釋道：「蝴蝶乃李公公驚走，微臣自認無罪。」

明華公主哼了聲，揚著下巴瞪他：「我說你有罪就是有罪，快去捉蝴蝶給我。」

穆昀終於抬頭，目光掠過明華公主明豔照人的臉龐，意外地落到了她頭上。

誤以為男人在看自己，明華公主眸光似水，羞澀地想轉頭，剛動，他倏地抬手。

明華公主嚇得後退，正要訓斥，卻見原地不動的男人手中竟多了一隻鵝黃色的蝴蝶。

「妳退早了。」

就在明薇等待穆廷州說下句臺詞的時候，穆廷州卻從戲中走了出來，放下空蕩蕩需要後期特效添加蝴蝶的手，無情點出明薇的失誤。

明薇臉色漲紅，廣袖中雙手緊張地發抖。

她失誤了，穆廷州會不會以此為理由趕她出組？

太傅與明華公主初遇這場戲，不算排練中的幾次失誤，正式拍攝時明薇一共卡了三次。全是小問題，每次張導演喊卡都是和顏悅色的，一邊講戲一邊鼓勵明薇幾句，似乎對她還挺滿意，明薇表面上虛心聆聽，心裡的小鼓卻一直沒停，咚咚咚地敲打著。張導演脾氣好有什麼用，現在她拍戲的命運掌握在變態挑剔的穆廷州手裡啊。

想到穆廷州對演戲的高要求，明薇的心都快涼透了。

她在一旁補妝，穆廷州穿著戲服站在張導演身側，黑眸專注地盯著重播。

「培訓一個月就有這種表演水準，明薇天生該吃演員這口飯。」重播結束，張導演伸個懶腰，回頭同穆廷州閒聊，「還是你看人準，女主角終選開會那天，我確實更喜歡明薇的氣質形象，但對她的演技沒信心，要不是你也支持明薇，我們劇組可能要錯過一個好苗子了。」

導演圈都知道，穆廷州不會輕易推薦演員，但他推薦的絕對都是實力派。

「看照片，她的氣質更合適，別的方面我一無所知。」穆廷州並不想居功，說完就走了。

張導演繼續忙別的事。

兩人簡短的互動落在時刻留意穆廷州的明薇眼裡，立刻成了一個撓她心肺的謎，穆廷州的臉那麼臭，難道是在說她壞話？

危機感會壓毀一些人，也會刺激一些人迸發出更大的力量，明薇不想灰溜溜地退組，既然穆廷州還沒下最後通牒，便穩住心態，努力用後面的表現提高印象分數。上午的拍攝還算順利，到了下午，明薇只有一場跟穆廷州的對手戲，後面就換成她與其他角色了。

五點左右，劇組暫時收工，張導演特地單獨跟明薇聊了一會兒，先肯定了她今天的表現，然後玩笑的道：「今天妳第一天拍戲，先回酒店休息吧，晚上好好總結一下心得，明天開始晚上也要排戲了，爭取早點拍完皇宮戲份。」

明薇連忙表示今晚她也可以拍。

張導演笑笑，叫她去卸妝。

回到酒店已經快七點了，拍攝費力費神，她饑腸轆轆，帶著助理先去用餐。走進餐廳的那一刻，明薇下意識尋找穆廷州的身影，可環視一圈，都沒有找到人。明薇焦躁極了，她不好意思問導演穆廷州是否說了自己的壞話，也沒有穆廷州的聯繫方式，但如果不能提前確認穆廷州的答案，今晚別說準備明天的拍攝，恐怕連覺都睡不好。

知道穆廷州在酒店，明薇故意慢吞吞地吃，直到不用控制飲食端了很多東西的助理也吃完了，明薇才心情複雜地放下筷子，用紙巾擦擦嘴，走出餐廳。

電梯下來了，門打開，裡面有三個乘客，明薇一掃，居然看到了穆廷州的助理肖照。

目光相對，肖照朝明薇點點頭，露出溫和的微笑，同時跨出電梯準備離去。

「肖先生……」明薇本能地喊，猶猶豫豫的，沒什麼底氣。

她的聲音不高，但肖照聽見了，停下來看她：「明小姐有事？」

明薇儘量自然地解釋：「我有個關於拍戲的困惑想請教穆先生，你方便給我他的聯繫方式嗎？」

「不方便。」

肖照的回答出乎意料的乾脆俐落，可他笑得文質彬彬，多少減緩了明薇的尷尬。明薇努力維持笑容，才要找個臺階，肖照繼續道：「我相信明小姐真的有正事，但以前有女星用這個藉口要了廷州號碼惡意糾纏，廷州很不高興，所以我不敢再給任何女演員方便。」

明薇懂了，真心道：「瞭解瞭解，那我明天見到他再問吧。」

肖照卻迅速報出一個房間號，一雙洞若觀火的眼睛透過眼鏡，別有深意地看著明薇：「如果事情緊急，明小姐可以直接去房間找他，只要是演技相關的問題，廷州還是樂於助人的，我還有事，失陪了。」

言罷翩然離去，背影優雅。

「好帥啊。」助理雙眼又冒粉紅泡泡了。

明薇卻在糾結要不要馬上去找穆廷州問個清楚。

給她考慮的時間不多，電梯眨眼停在了三樓，助理準備出去，明薇突然伸手按下頂樓的按鈕：「我有事找穆先生，一起去吧。」

「好啊好啊！」能多看影帝一眼，助理當然願意。

穆廷州住的是總統套房，連走廊都比樓下奢華，安安靜靜的。

明薇讓助理停在遠處，確定聽不見她與穆廷州的談話才單獨去敲門。

裡面很快傳來腳步聲，明薇心跳加快，身體僵硬，如臨大敵。

房門打開，門內穆廷州短髮整齊，看到她，眼眸平靜，沒有任何情緒波動，淡漠地看著明薇，等她先開口。

跟這種傲慢的人打交道，明薇也不想浪費時間客氣，對著他的胸口問：「您認可我的演技了嗎？如果……」

「不認可。」肖照不愧是形影不離的影帝與助理，穆廷州的回答與肖照一樣直接，而且更加冷硬。

努力一天卻被無情否定的明薇，眼眶一下子就紅了，有臉皮薄的因素，更多的還是委屈與不甘。張導演多次肯定她，明薇看得出來那不是裝的，她有理由相信自己的水準能勝任明華公主的角色，穆廷州為什麼要惡意針對她？

她憤怒，同時也很清楚，自己反抗不了穆廷州。

「明早我會退組。」極力憋著淚，明薇轉身就走。

「妳不想拍了？」

身後傳來男人語氣微微上挑的疑問，音色清冷，明薇走出兩步才反應過來那話的意思。她不敢相信，怕自己會錯意，偷偷深呼吸才背對穆廷州問：「你是什麼意思？不是說我演技不行要我退組的嗎？」

穆廷州依然站在門內，如果明薇回頭，只能看到他半邊身體半張臉，穆廷州雖能看到明薇全身，但他並沒有看明薇，而是低頭瞧腕錶，聲音隨意散漫：「妳的演技稚嫩，我確實不認可，但妳有天分肯用心，呈現的角色勉強能讓觀眾入戲，既然張導演願意用，我就不管了。」

演技稚嫩，勉強入戲，怎麼聽都像是在貶斥明薇。

但明薇心花怒放，此時此刻，能夠留在劇組才是她最大的願望！

「謝謝……」

太高興，明薇興奮地轉身，「謝」字已經出口，看到穆廷州露在外面的半張冷漠臉龐，明薇突然冷靜了下來。謝屁啊，她本來就進組了，是穆廷州無故刁難，害她從昨晚就開始擔驚受怕，一頓飯都沒辦法安穩的吃。

吞回尚未出口的「您」字，明薇抿緊嘴唇，昂首挺胸揚長而去，腳步飛快。

穆廷州關上門，腦海裡莫名浮現明薇剛剛無意識低頭的動作，面容精緻清麗的女孩眼眶轉紅，粉唇微嘟，將女人受了委屈的神態表現地淋漓盡致，惹人憐惜，等明薇拍戲能做出如此自然的反應了，他絕不會吝嗇給予肯定。

明薇成功留在了劇組，除了她與穆廷州，沒人知道兩人曾經有過火藥味十足的摩擦，而且穆廷州拍戲時精神集中，戲外素來不喜與人攀談交際，就算有人撞見明薇對待穆廷州不像對其他老戲骨那樣禮貌恭敬，他們也自動理解成明薇是在怕穆廷州，絕對料想不到明薇只是懶得理高高在上的影帝。

明薇呢，一邊鄙夷穆廷州的傲慢脾氣，一邊敬佩穆廷州的演技，便趁休息時跟其他演員一起圍觀穆廷州的拍攝，偷師。作為一個需要超強思考反應能力的優秀口譯，明薇的腦筋靈活，悟性極佳，劇組又有那麼多肯指點後輩新人的老戲骨，明薇如饑似渴地吸收著演技知識，進步神速。

短短一個月，明薇收穫了大部分劇組人員的喜歡。《大明首輔》以男人戲為主，重要配角都是男配，物以稀為貴，明薇這個女主角又漂亮又好相處，每次明薇拍完戲都會有休息中的男配湊過來，或是閒聊幾句，或是獻獻殷勤，為明薇辛苦的拍戲日常增添了很多樂趣。

這天明薇全是跟穆廷州的對手戲，傍晚拍完晚上還要拍，晚飯就在攝影棚解決。從戲場下來，遠遠有人朝明薇打招呼：「公主快過來，駙馬爺幫妳搶了最好的便當！」

眾人善意哄笑。

明薇喜歡這種友好熱情的工作氛圍，提著過長的裙擺小跑過去，笑容純美。

主演們的便當都差不多，當然不是駙馬爺陳璋搶的，但陳璋幫明薇留了最方便用餐的位子，跟他靠著，明薇坐下時陳璋還幫她提了下拖地的裙擺，非常紳士。

「你猜，我們的駙馬爺會不會假戲真做？」肖照收回視線，低聲對孤零零獨自吃晚飯的影帝道。

穆廷州慢條斯理地進餐，充耳未聞。

熱鬧的凡人繼續熱鬧，孤家寡人的影帝繼續孤家寡人。

影棚裡飄蕩著濃郁的飯菜香，製片人從外面進來，吸吸鼻子，再看看一眾吃便當的演員們，他笑著鼓掌，大聲宣布一個好消息：「明天幾家投資商的老總過來探班，晚上請客改善伙食，大家都早點到！」

第四章　明華公主

明薇當翻譯時經常陪客戶吃飯，淺酌幾杯只是小意思，所以製片人通知主演們明晚要跟投資商坐同一桌，明薇並未放在心上，回到酒店洗完澡便靠在床頭背下一場戲的臺詞。臺詞簡單，只是看著劇本上「太傅抱住明華公主」那幾個字，明薇有一點抗拒。

這個擁抱浪漫純潔，換個男演員，明薇能很自然地拍攝，可她不想要將第一次公主抱送給目中無人的穆廷州，儘管人家影帝並不稀罕。

小情緒歸小情緒，該拍還是要拍，要敬業。

第二天上午，演員們排練兩次後正式開拍。

此時先帝已逝，太傅除了忙於朝政，每日還要抽時間教導小皇帝讀書，明華公主戀慕太傅，總是陪小皇帝一起來御書房，想方設法吸引太傅的注意力，但今日，只有小皇帝自己進來，後面沒有跟著那道活潑靈動的身影。

「臣拜見皇上。」太傅離座行禮，面容平靜。

小皇帝請他起來，乖乖坐好，等著講課。

太傅掃一眼門口，轉身回到席位，先檢查小皇帝昨日的課業。

書房靜謐，外面突然傳來宮女的喧嘩，太傅皺眉，放下書卷看過去。

明華公主的宮女行色匆匆跑來，站在門口向他求救：「太傅不好了！公主上樹撿風箏，現在下不來了！」

太傅眉峰暗挑。

姐弟情深，小皇帝立即跑了出去，太傅心知這是明華公主的小把戲，卻也不得不跟上。君臣七拐八拐來到御花園，遠遠就見明華公主坐在一根手臂粗的樹枝上，身體愜意地靠著樹幹，兩條腿來回晃盪，偶爾露出一雙玲瓏繡鞋，那粉紅裙擺隨風輕舞，如開在枝頭的嬌媚海棠。

那模樣，哪像身在險境？

走到樹下，太傅看都不往上看，逕自吩咐兩個小太監去抬梯子。

明華公主居高臨下地睨著他，嘴角帶笑，等小太監手忙腳亂擺好梯子，她才指著太傅道：「我不相信他們，太傅上來接我。」

此話一出，正要爬梯子的宮女識趣地退到了一旁。

太傅抬頭，眸似深潭。

明華公主得意地瞧著他，一副「你不上來我就不下去」的架勢。

平靜的潭水起了一絲波瀾，太傅恭敬道：「臣遵命。」

他不想陪小姑娘胡鬧，但先帝臨終前將這姐弟倆交給他，他便有教養之責。

木梯靠好，太傅不緩不急地爬上去，腦袋與明華持平了，他垂眸訓誡：「下不為例。」

「為了又怎樣？」明華公主故意頂嘴，一雙水眸卻裝滿了歡喜，因為他真的上來接她了。

「臣會派人去請太后。」太傅面無表情地道。

明華公主並非太后所出，聞言嘟嘟嘴，沒再吭聲。

太傅下去了，命兩個宮女一邊一個扶著梯子，他就站在梯子左側，仰頭看樹上的人。

明華公主不情不願地往下爬，心裡賭氣，爬得特別快，未料中途左腳踩到裙擺絆住，整個人突然朝下摔來。

摔落的高度距離地面較近，明薇沒吊鋼絲，穆廷州也沒讓眾人失望，按照設想的劇情一把將纖細嬌小的明薇攔腰抱住，姿勢俐落完美，公主抱既浪漫又真實。戲是假的，明薇卻貨真價實地摔了，短暫的淩空讓她心慌後怕，被男人穩穩接住的那一瞬間，明薇只覺得安心。

這安心大概持續了三秒的時間。

下一刻，感受到穆廷州有力的臂膀與緊托著她腿彎的溫熱大手，明薇的身體突然僵住，神色也不太自然。這人冷冰冰的，手怎麼這麼熱？戲服不薄啊。

張導演喊卡。

話音未落，穆廷州便將明薇放到地上，雙手在明薇肩膀多停留一下子，確認明薇站穩才離開，跟著探究地觀察明薇。他沒出錯，卡戲只能是明薇的問題。

「明薇的表情不對，公主喜歡太傅，驚嚇過後發現太傅抱了她，她應該要偷笑，再體會一下。」

「嗯，我想想。」明薇虛心接受，張導演一轉身，她馬上也背過去，對著梯子假裝反思。

穆廷州看不見明薇在他懷裡的表情，但他抱著明薇，清晰感受到明薇的僵硬，擺明在抗拒剛剛的擁抱。原因呢？是明薇不習慣與男人有身體接觸，還是單純不喜歡被他抱？回想前天明薇與陳璋的對手戲，似乎不像前者，但如果是後者，他哪裡得罪明薇了？

穆廷州不喜歡留有謎團，正要展開分析，忽然聽到一聲輕微的招呼：「程總。」

穆廷州偏頭，在周圍一片扛著各種設備的工作人員與穿戲服的配角中，一眼發現一位身穿西裝的男士，巧的是對方也在看他，黑眸帶火。

哦……

穆廷州記起來了，這位程總，好像是明薇的前男友。

所以明薇的表演不到位，是因為看到前男友狀態受影響，不是因為他。

很好，沒他的事了。

明薇重新爬到樹上，轉過來坐好，視野開闊了，這才瞥見圍觀人員中的程耀，俊美風流。視線相交，程耀朝她笑，露出幾顆潔白牙齒，白到可以去拍牙膏廣告。

明薇呆了呆，不懂程耀怎麼會出現在這，但拍攝在即，沒時間給她思索，明薇暫且壓下疑惑重新投入劇情。可惜功夫沒練到家，這次她不再抗拒穆廷州的公主抱，卻因為前男友分了心，第二次被穆廷州抱住，她又出錯了。

沒等張導演喊卡，穆廷州先將她丟到地上，動作比之前粗魯一點點。

明薇心虛低頭，怪她，穆廷州生氣是應該的。

她的古裝扮相更顯年輕，嫩嫩的臉蛋露出知錯的神情，乖巧可憐。穆廷州別開眼，張導演也不忍再訓什麼，撓撓腦袋，對穆廷州道：「廷州你跟明薇講講戲。」這鏡頭不難，明薇與陳璋坐在同一匹馬上都沒有扭捏，思來想去，應該是穆廷州太嚴肅，明薇放不開，這需要兩個演員交流交流。

中場休息三分鐘，配角們自動走到旁邊，留男女主角單獨說話。

明薇偷瞄人群，看見程耀跟著製片人走了。

「男朋友來探班？」注意到她的眼神，穆廷州倚著梯子，語氣漠然，習慣地想插口袋，大手碰到古裝戲服，又若無其事放下去了。

明薇不爽地糾正：「前男友。」程耀劈腿穆廷州也看見了，還說什麼男朋友，是存心要挖苦她嗎？

穆廷州「嗤」了一聲，嘲諷道：「前男友都能影響妳拍戲。」心性是有多不堅定？

明薇無話可辨，沉默片刻，深呼吸後道：「對不起，給您添麻煩了，這次肯定過。」

穆廷州掃向人群，沒看到程耀，唇角微勾，越發嘲諷。前男友走了，怪不得那麼自信。

準備完畢，兩人繼續重拍，第三次被穆廷州抱住，習慣了穆廷州的身體與氣息，明薇入戲情況不錯，側臉依戀地貼著男人胸膛，笑容甜蜜，像頑皮的孩子偷偷吃了糖。

眾目睽睽，太傅要放下懷裡的金枝玉葉，明華公主捨不得，暗暗使勁扒著他的腰，用只有太傅能聽到的聲音撒嬌：「再抱一會兒。」被先帝寵壞的公主，從小要風得風要雨得雨，如今遇到心上人，照舊隨心所欲，少了尋常閨秀的矜持。

親暱的情話突如其來，太傅怔住，忘了鬆手。

微風拂過，清涼樹蔭中，男人挺拔如松，女子嬌俏似花，甜蜜地纏著他。

一息兩息，太傅眸中複雜轉為堅定，毅然放下公主，屈膝賠罪：「臣無意唐突，請公主恕罪。」

有情轉眼變無情，看著刻板守禮如石頭一樣的太傅，明華公主氣得鼓起香腮，拂袖而去。

「Good！」

張導演終於滿意，這個鏡頭結束。

金主請客安排在晚上，中午演員們繼續吃便當，明薇偷偷跟陳璋打聽：「上午探班的那個西裝男你認識嗎？」

陳璋咽了嘴裡的飯，想了想道：「沒打過交道，聽說是正華集團的程總，也投資《大明》了。」

明薇頓時沒了胃口。

程耀是什麼時候投資的？她試鏡之前還是之後？

「為什麼打聽他？」陳璋好奇問。

明薇笑：「沒什麼，看他長得好，還以為是哪個明星。」

說實話，程耀五官俊美，身上自帶富家子弟的貴氣，完全不輸當紅的幾個小鮮肉，否則明薇也不會輕易動心。

陳璋看看她，意味深長道：「看上了？晚上我可以幫妳牽線。」

兩人天天打交道，關係很熟了，明薇沒好氣瞪他：「我是那種人？」說完繼續吃飯。

陳璋悄悄鬆了口氣，想攀金主的女星還真的不少，幸好明薇沒那個意思。

晚上有酒席，下午拍攝提前結束，明薇先回飯店，剛進房間就接到一個陌生來電。

明薇猶豫幾秒，一邊關門一邊接聽，沒說話。

『薇薇，是我。』

手機裡傳來熟悉又陌生的昵稱，明薇無法形容自己的心情，冷聲問：「找我有事？」

『想妳了。』

飯店頂樓一間房間裡，程耀閉著眼睛靠在沙發上，沙啞地訴說，腦海裡不停浮現白天在片場看到的明薇。古裝的明薇如同真的公主，嬌憨甜美、氣質出塵，他也是今天才知道他的薇薇還可以美成這樣，美得他想代替穆廷州去接她下來，再也不放手。

「沒事我就掛了。」明薇沒心情聽他甜言蜜語。

『等一下！』程耀一下子坐正了，聲音急切，怕明薇又把他拉進黑名單。

明薇抿抿嘴，繼續等著，主要是想證實一件事。

『晚宴後見個面？我有話要當面跟妳說。』程耀清清嗓子，緊張地道。

明薇拒絕：「電話裡說，這邊都是狗仔，被人偷拍到了說不清楚。」

程耀提前調查過，報出一個小餐廳的名字：『那裡沒狗仔，薇薇，我只是想見妳一面，我們好好說清楚。』

明薇不想去，直接問出她懷疑的事情：「你投資這部劇，跟我進組有關係嗎？」

『想知道答案？』程耀笑了，壓低聲音，彷彿調情：『當面問我，我就告訴妳。』

距離金主晚宴還有十分鐘，明薇、陳璋已經入席了，穆廷州卻一個人坐在他的頂樓房間裡，優雅地用著簡單又營養的晚飯。

手機響起，穆廷州擦擦嘴角，拿起手機接聽。

『下面要開席了，你的真不去？』肖照第三次確認。

穆廷州挑眉：「有必須去的理由？」

這種無意義的應酬，他從來不參加，肖照知道他的習慣，今天怎麼這麼囉嗦？

肖照簡直要懷疑自己的判斷了，最後提醒那位智商爆表、情商慘烈的影帝：『明小姐剛畢業，涉世未深，長得又漂亮，今晚那麼多老油條，你就不擔心她被人占便宜？』

「我為何擔心？」穆廷州慢悠悠問。

『嘟……』

通話斷了。

穆廷州看看手機，面露無奈，將手機放回原位，他繼續用餐。擔心什麼？一來明薇如何與他無關，二來肖照之前告訴他，明薇是東影老闆娘推薦進組的，看製片人對明薇客客氣氣的，會縱容那些老油條欺負明薇？

再不濟，公主身邊不是有個駙馬嗎？前男友也在那。

宴會廳。

見投資商算是正式場合，陳璋一身西裝，明薇也挑了一件白色小禮服，簡約大方。裙子還算保守，裙擺在膝蓋以下，只是明薇站在那，腰細腿長，與陳璋並肩走進來，宴會廳的燈光彷彿自動集中在她身上，光彩照人。

幾位投資商的眼睛都亮了。有些女明星大螢幕上看起來很美，現實裡卻大打折扣，可眼前的新人女主角，臉蛋嫩的彷彿一捏就能掐出水，五官沒有一處不精緻，經常流連花叢的他們，自然能看出明薇只化了淡妝，是貨真價實的美人胚子。

就在他們蠢蠢欲動的時候，有人站了起來，上前兩步朝明薇伸出手，聲音溫柔：「明薇，好久不見，妳越來越漂亮了。」

看著程耀俊美的臉龐，明薇心裡罵了他好幾遍，但現在的情況容不得她否認相識，只好客氣地與他握手，「原來程總也來了。」

雙手相觸，明薇立即就想縮回手，可程耀卻握緊了她。明薇手小，軟軟的柔若無骨，程耀手掌寬大，帶著灼人的熱度，熱到充滿了侵略性。明薇皮笑肉不笑，冷眼看過去，程耀見好就收，一邊留戀地看著她，一邊默默收手。

「你們認識？」陳璋頗感興趣地問，不忘揶揄明薇一眼，中午明薇還向他打聽程耀。

明薇沒工夫回應陳璋，警告地盯著程耀。

程耀很想宣示主權，告訴眾人明薇是他的女朋友，但怕激怒明薇，便淺笑道：「明薇以前是義大利語翻譯，我有幸與她合作過，沒想到明薇多才多藝，演技也那麼好。」

明薇敷衍地笑。

製片人招呼三人落座，陳璋今晚是護花使者，自然坐在明薇身旁，程耀則聰明地幫明薇拉開他旁邊的座椅，殷勤極了。明薇沒理由拂「老朋友」的面子，耐著脾氣坐好，然後整頓晚餐程耀對她都極為照顧，想追求的心思不言而喻。

其他老油條默默收了心，程耀有錢有貌還年輕，他們哪有競爭力，不如成人之美。

「再見。」

終於散場了，明薇同最後一位投資商道完別，轉身就走。

「不高興？」陳璋搶先按電梯，回頭見明薇繃著臉，他關心地問。他不瞎，看得出來明薇並不想與那位熱情的程總有進一步發展。

明薇進組一個多月了，雖然提前培訓過，但拍攝現場的很多規矩都不懂，是陳璋熱心為她解惑，演技上也幫了不少。明薇把他當朋友，苦笑道：「我跟他交往過一個月，因為一些原因分手了，中午我跟你打聽，只是想知道他與劇組的關係，對不起。」

「這有什麼，別放在心上。」電梯到了，陳璋示意明薇先進，他剛進去，後面又跑過來一個人，終結了兩人繼續談下去的可能。

陳璋也住頂樓，電梯抵達三樓，明薇朝他笑笑，先走了。

回到房間，明薇收到陳璋的訊息：『妳這樣的美女，怎麼拒絕追求者肯定比我熟練，我就不多說了，其他的，安心拍戲，別想太多。』

明薇回了一個笑臉貼圖：『謝謝，晚安。』

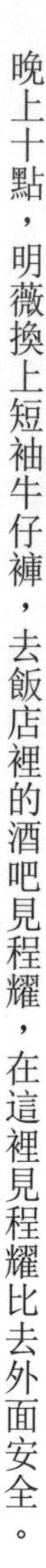

晚上十點，明薇換上短袖牛仔褲，去飯店裡的酒吧見程耀，在這裡見程耀比去外面安全。

程耀提前半小時就到了，一直留意著酒吧入口，看到明薇立即起身招手。酒吧人不多，程耀選了靠窗的位置，前後無人，很適合談話。

明薇面無表情坐下，開門見山：「你什麼時候投資劇組的？」

「那個不急，想喝點什麼？」程耀笑著問，貪戀地凝視著她。

明薇也笑了，諷刺地笑：「程總交往過的女人不少吧，難道每次分手都要拖拖拉拉一陣子？不如早點說清楚，以後各過各的，心裡還能留點好印象。」

「我不要好印象，我只要妳。」程耀收起笑容，直勾勾地看著明薇，眼神沉重而哀傷，「薇薇，我沒騙妳，我以前是有很多女人，那時的我跟別的花花公子沒什麼不同，甚至剛認識妳時我想的也是追到玩一玩就算了，可追著追著，就認真了，我想正經八百地跟那個好女孩談一次戀愛，跟她結婚生子，開開心心過一輩子。薇薇，我對妳如何，妳真的看不出來？」

男人目光火熱，壓抑了兩個月的想念全部爆發出來，牢牢鎖定明薇。

明薇驀地記起程耀第一次讓她感動的那一幕。

那次她去機場接客戶，運氣不好，大雨瓢潑，飛機延遲，明薇一個人在機場等，急躁又無聊，突然有人從身後遞來一杯熱飲，溫溫的貼在她臉上。明薇回頭，看到的就是程耀，他穿著黑色毛衣，寵溺地說：「就猜到會這樣，我來陪聊。」

程耀對她是認真嗎？好像是的。

第一次動心的男人，明薇也想相信他，然後如程耀所說，兩人甜甜蜜蜜地過下去，可明薇親眼目睹了程耀與王盈盈相處的細節，哪怕分手，程耀對待不喜歡的女人都禮貌周到，縱容各種肢體接觸，就是個花花公子的模樣，那她憑什麼相信程耀真的會變，她真的會成為讓程耀收心的那個女人？

在程耀身上，找不到安全感的，沒有安全感的愛情，太累。

「還是那句話，我無法再相信你。」收拾好心情，明薇平心靜氣地說，「就這樣吧，你我本來就不適合。」

「沒試過，怎麼知道適不適合？」程耀低聲反駁。

明薇苦笑，沒什麼好說的了。

她不再激動憤怒，程耀已經很滿足了，想了想，他嘆氣道：「妳有理由不信我，這是我的錯，好，我同意分手，但我會重新追求，直到妳願意信我。」他能追到一次，就能追到第二次，他等得起。

明薇保持沉默，過了一會兒才問：「投資的事……」

提到這個，程耀下意識動了動手指，視線也終於從明薇臉上挪開，對著窗外的夜景道：「妳去試鏡那天撞見王盈盈了吧？她以為我要捧妳，打電話諷刺我，說明華公主肯定是她的，我不想讓她得意，才去東影找陸總商量投資。」

明薇被酒氣醺紅的臉一點點白了。

所以說，她能進組是程耀幫她開了後門，並非靠自己？

見她這樣，程耀有一絲後悔，可話已出口，只能繼續讓明薇誤會。上半身前傾，程耀安慰對面的心上人：「薇薇妳別亂想，我是投資了，但妳的演技大家有目共睹……」

「程總，明小姐，好巧。」

話說到一半被人打斷，程耀皺皺眉，抬頭看，這才發現穆廷州的助理不知何時走過來了，站在那微笑著打量他與明薇，一雙細長的眼睛藏在眼鏡後，雖然笑著，卻莫名令他反感。

「巧。」程耀坐著不動，淡淡回了聲。

「我過來打聲招呼，你們繼續。」客套過了，肖照彬彬有禮地道別，朝吧檯走去，一個人喝酒。

明薇沒心情再陪程耀坐下去，肖照一轉身，她也走了，程耀一直將她送到電梯前。

到了房間，明薇癱在床上，心裡一片陰霾。

她不想接受程耀的後門，如果拍攝前得知此事，她肯定會退組，但現在已經拍了一個月，漸漸找到了演戲的樂趣，忙碌卻新鮮，每日都有新的挑戰與期待，此時退出，不考慮自身喜好，她要怎麼跟導演、劇組交待？

然而留下來，可能這輩子都擺脫不了程耀了。

飯店的床很舒服，明薇卻失眠了。

頂樓房間內，穆廷州身穿睡袍靠在床頭，手裡拿著劇本，眼睛閉著，不知是睡著了，還是在揣摩劇情。

鈴聲又響了起來，穆廷州陡然睜開眼，裡面盛滿威嚴，幾秒之後才恢復成平時的散漫。

「說。」揣摩被打斷，穆廷州不太高興，話更少了。

『猜猜我在酒吧遇見了誰？』肖照聲音戲謔。

「嘟……」

這次輪到穆廷州掛他電話了。

肖照停下腳步，原地站了一分鐘，重撥。

看在他是自己助理的分上，穆廷州再次接聽，打開擴音，手機放床頭櫃上，一言不發。

肖照也不想聽他說，自顧自道：『我看見明小姐與程總坐在一起，兩人相談甚歡，似乎在交往。說實話，我從來不知道，明小姐真心笑起來會比明華公主還美，看來明小姐表演時還是沒能完全投入。這樣也好，我本來就覺得，原著裡明華公主最愛的是駙馬，太傅只是她少女時代懵懂無知的幻想，你說呢？』

穆廷州翻了一頁劇本。

電話那頭長時間等不到回應，掛了。

穆廷州眼睛看著劇情，腦海裡卻冒出明薇扮演的明華公主。明薇是菜鳥，但她演的公主在太傅面前天真爛漫，簡單快樂的笑容足以遮掩不成熟的演技，他本以為那樣的笑容已經是極致，原來還能更美？

第五章 求公主放過臣

上午是太傅與他恩師一家的戲份，明薇休息，但她還是打起精神來片場觀摩。

明華公主戀慕太傅，宮裡宮外漸漸有了一些流言蜚語，已經辭官養老的前任內閣首輔郭大人聽聞，擔心愛徒一世英名受損，特地將愛徒請到自家敘話。老爺子鶴髮童顏，正襟危坐，面對儀表堂堂謙恭有禮的太傅，他開門見山：「公主多大了？」

太傅眼睫微動，平靜道：「十七。」先帝已過世兩年。

「你呢？」

「弟子三十七。」

郭大人：「你覺得你們合適？」

太傅抬眸，正視恩師道：「弟子從未有過那等念頭。」

「沒有最好。」郭大人聲音突然淩厲起來，訓誡地瞪著愛徒：「先帝臨終前將皇上、公主託付給你，是先帝對你的信任，公主年少無知，容易被你的皮相迷惑，但身為師長臣子，理該恪守規矩，半步雷池也越不得。」

太傅恭敬聆聽。

郭大人又道：「本朝駙馬皆從平民或低品官吏中挑選，先帝待公主如珠似寶，開特例准許公主自由挑選駙馬，不限官職。可你別忘了，太祖定下那條規矩，為的是避免權臣利用皇親身分威脅正統，如今皇上年幼，他信你、敬你，一旦你尚了公主，既有權勢又有皇親之名，就算皇上暫且不疑，那些虎視眈眈恨不得取你而代之的朝臣會怎麼說？」

太傅沉默，臉上沒有任何表情。

郭大人深深看他一眼，最後提醒道：「早日娶妻，斷了公主的念頭，對你、對她都好。」

太傅坐在郭大人西側，外面陽光透過窗紗斜照進來，照亮他身上的錦袍，手工精良，可太傅的臉龐隱在昏暗中，晦澀不明。良久，郭大人先發話，擺手道：「去看看錦兒吧，你師娘也在那。」

太傅頷首，行禮告退。

出了書房，太傅跟在丫鬟後面，沿著走廊去了後院。

郭大人小孫女閨名錦兒，年方十四，眉眼清麗單純秀美，可惜自幼體弱多病，如今病入膏肓，郭家遍請名醫都無用，太醫更是斷言錦兒怕是撐不過這個冬天。春光明媚，錦兒體寒畏冷，蒼白著臉躺在床上，郭老夫人在旁做針線，陪伴孫女。

「三叔。」看到太傅，錦兒有氣無力地喚道，敬太傅如長輩。

太傅點點頭。

聊了一會兒，郭老夫人出來送太傅，邊走邊悲慟道：「我想給錦兒說門親事沖沖喜，錦兒不要，說不想連累別人……傻丫頭從小就心善體貼，老天爺怎麼就不開眼……」說著，忍不住潸然淚下。

太傅停步安慰，看著面前蒼老的師母，太傅的目光漸漸迷離。

他想到了宮裡的明華公主，有沒有動心並不重要，結果註定只有一個。年齡上，他足以當她的父親，等他垂垂老矣，她依舊風華正茂。身分上，她是天真無邪的公主，他是內閣首輔，他要替幼帝穩固朝廷江山，不能放權。

撩起衣擺，太傅緩緩跪下：「師母，若不嫌棄，弟子想娶錦兒為妻。」

「Good！」

幾次卡後，這段成功拍完，接下來幾幕太傅的獨角戲幾乎都是一次通過。

明薇佩服得五體投地。穆廷州本人的性格絕對不會讓人喜歡，但這人彷彿天生為戲而生，沒有什麼誇張的表情，沒有一句多餘的臺詞，可站在那裡，一個轉茶碗的小動作，一個臨窗獨立的背影，一張隱在窗後的側臉，便緊緊抓住了觀眾。

看過原著的都知道，太傅愛明華公主，一輩子只愛一人，娶錦兒是為了斷公主的念想，婚後他繼續把錦兒當晚輩照顧，沒有任何親昵舉止。錦兒瞭解他，也不曾動過男女之情，冬天第一場雪來了，錦兒病逝，自那之後，太傅終生未娶，只遠遠地看著明華公主，一邊做他的朝臣，安內攘外。

下午是明薇與穆廷州的對手戲。

今日之前，明薇只需扮演一個情竇初開俏皮大膽的公主，但隨著劇情變化，明華公主這個人物的經歷越來越豐滿，對演技的要求一下子拔高了不少。明薇本來就有壓力，昨晚又被程耀扔了一個情緒炸彈，拍攝狀態可想而知。

「卡！」

「卡！」

「卡！」

「卡！明薇你怎麼回事，公主平日嬌氣任性，剛得知太傅要娶別人，生氣是主情緒，妳的眼神那麼沉重做什麼？公主才十七、十七！只是一個高中小丫頭，休息十分鐘，好好想想。」

連續多次NG，張導演爆炸了。

其實張導演對明薇算是很照顧了，劇組除了穆廷州，只有明薇挨得罵最少，連陳璋都被訓了好幾次。

明薇連連道歉，然後一個人去樹蔭裡找狀態，面朝樹幹，怎麼看怎麼可憐。

穆廷州舒舒服服坐在椅子上，仰頭喝水時視線從明薇那邊繞了一圈，心裡犯疑。昨晚肖照說明薇、程耀相談甚歡，他以為兩人復合了，但今天明薇一直死氣沉沉的，怎麼看都不像是情場得意。

「你去提點提點？」

有人多嘴，穆廷州目光一轉，看身旁的助理，放下水瓶擰蓋子。

「你看她了。」肖照篤定地道，不容影帝否認。

穆廷州沒那麼無聊，反而正大光明又掃了明薇一眼：「她的狀態不太對。」

肖照笑而不語。

十分鐘過了，繼續拍攝，明薇依然NG。思緒煩亂，她實在找不到明華公主現在的感覺，勉強下去只會浪費劇組精力，明薇主動去找張導演，希望給她半天時間，下午先拍別的戲份。

明薇進組後表現一直不錯，張導演給她面子，還鼓勵了幾句。他相信明薇能演出來，既然情緒不到位，強迫拍攝只會事倍功半。

明薇灰溜溜回了飯店，繼續躺床上發呆。

昨晚她煩惱了許久，今天明薇只想找出一個解決方案。猶猶豫豫，反覆取捨，夜幕降臨，明薇終於有了答案。她不會退組，耽誤劇組進度與一個月的拍攝，良心上過不去，退組的違約金經濟上也負擔不起。

但她也不會欠程耀，片酬到帳後會一分不少的轉給程耀，就算名氣大漲也不會再踏足影視圈，老老實實當義大利語翻譯，不求大富大貴，只要吃穿不愁就夠了。程耀或許是出於好意，但他用錯了方法，低估了她的自尊。

猶如推開了一塊壓在胸口的巨石，明薇身心舒暢，沖個澡、梳梳頭，換身衣服去覓食。飯店吃膩了，明薇準備去附近找家小吃店，不顧形象酣暢淋漓吃一通。

電梯降到三樓，明薇一邊看網路評價一邊往裡走，進去後直接轉身，點開一家火鍋店。

「這種天氣吃火鍋，明小姐不怕上火？」

身後傳來熟悉的聲音，明薇嚇了一跳，回頭一看，左邊是一臉微笑的肖照，右邊是高冷傲人的影帝，肖照穿白襯衫，穆廷州穿黑色短袖，就像一對黑白雙煞。

明薇尷尬地笑笑：「你們要去片場？」

穆廷州淡漠地盯著跳躍的樓層數字，肖照替他回答：「不是，廷州想去外面吃，我對這裡不熟，明小姐有推薦的店嗎？」

「我也不是很熟。」明薇晃晃手機，「正在挑呢。」

「這家看起來很不錯。」肖照湊近，對著她手機螢幕說。

事情好像就這麼定了，跨出電梯的那一刻，明薇整個人都傻了，僵硬地走了幾步才反應過來，玩笑般朝肖照求饒：「不如我們分頭行動吧，你們的名氣太大，我怕被人拍到。」她可不想跟穆廷州鬧緋聞，或是被人罵她一個癩蛤蟆想要高攀影帝。

「她吃火鍋，我們換一家。」穆廷州直接從明薇身邊擦肩而過。

明薇乾笑。

肖照卻沒跟上去，低頭看明薇，鏡片折射著幽幽燈光：「明小姐的心情似乎不錯，恕我冒昧，妳與程總冰釋前嫌復合了？抱歉，昨晚在酒吧，我無意間聽見幾句。」

明薇是目前為止唯一引起穆廷州特殊關注的女人，作為穆廷州的好友兼助理，肖照習慣萬事掌握在手，那麼明薇的人品也是他的考察因素之一。他遲遲不澄清真相，就是想看看明薇的反應，如果明薇被程耀感動，她將澈底出局。

明薇沒料到肖照會突然問這麼私人的問題。

大家的關係還沒到分享私事的地步，可明薇也不想被人誤會她與程耀復合，便轉頭道：「沒有，我跟他不可能，謝謝肖先生關心。」

肖照眸光微變，鏡片後滿是好奇：「雖然不該問，我還是想知道，妳準備怎麼還他投資的人情。」

明薇有點不高興了，抬眼問：「與你有關嗎？」

肖照面不改色，推推鼻樑上的鏡框，朝明薇友好一笑：「妳回答我，作為交換，我會送妳一個與程耀有關的消息，足以抵消妳欠他的人情。」

他像隻狐狸，不動聲色地拋出一個讓人無法拒絕的誘惑。

明薇心跳加快，看看停在遠處不耐煩望著她與肖照的穆廷州，咽了咽口水，沒骨氣地將計畫全盤托出，然後就看見肖照笑了，不同於常見的公式化的微笑，肖照的嘴角翹得很高，露出一顆與他狐狸氣質不符的可愛虎牙。

「明小姐，妳讓我刮目相看。」肖照伸出手，不掩欣賞。

明薇被他弄得有點不好意思，簡單握握手，低頭道：「那個……」

「先去吃火鍋吧，我叫陳璋、秦磊下來，就當作劇組活動。」肖照賣了個關子，又變回了狐狸。

這下明薇非去不可了。

打完電話，肖照帶著明薇去前面與穆廷州匯合。

穆廷州無視明薇，不悅地問肖照：「走了？」

肖照微笑解釋新的聚餐計畫。

穆廷州掃一眼明薇，單手插進口袋，偏頭看走廊裝飾。

明薇正感到不自在，肖照忽然打了個響指，愉悅道：「話說回來，今晚是不是該明小姐請客？」

明薇驚訝地張開嘴，什麼意思，要她用一頓飯換消息？

穆廷州則嗤道：「一頓飯我還請得起。」

肖照自動忽略穆廷州，只看明薇：「明小姐還不知道吧，劇組挑選女主角那天，張導他們拿不定主意，因為明華公主與太傅有感情糾纏，張導就傳來妳與王盈盈的照片，請廷州幫忙挑選，明小姐猜猜，廷州選了誰？」

明薇瞪大了眼睛，難以置信地轉向穆廷州。

穆廷州被她誇張的表情驚到了，挑眉解釋了一句：「妳的氣質更符合，我只是就事論事。」

明薇重新看肖照。

肖照笑著點頭：「我向陸總打聽了，在程耀投資之前，妳就已經被定為女主角了。」

就像從天堂墜落地獄，眼看要被惡鬼抓住，又被人及時拉了上去。

對明薇來說，這兩天就是如此！

「肖照我愛你！」

明薇高興到爆，不知道該怎麼表達，只憑本能衝上去抱住肖照，用力地抱了一下。

肖照能理解明薇的狂喜與舉動，好整以暇地看向穆廷州。

穆廷州卻在看明薇，看她抱完肖照，又朝走出電梯的秦磊跑去，邊跑邊叫：「小磊快來，姐姐請你吃火鍋！」

快樂得好像下一秒就會飛起來。

他情商再低也聽明白了，程耀騙了明薇，肖照騙他說兩人復合，現在誤會澄清，明薇心花怒放。

問題是，明薇最該感謝的是他這個伯樂，抱肖照做什麼？

算了，真的來抱他，他還要費點力氣躲。

火鍋吃得很歡樂，明薇接下來的劇情卻越來越沉重。

太傅要娶別人了，為了求證自己在太傅心裡的地位，明華公主故技重施爬到樹上，非要太傅來接，太傅卻派人去請太后，太后不留情面訓了明華公主一頓；御書房，明華公主繡荷包故意扎破手指，血珠外湧，太傅視若無睹；明華公主故意與愛慕她的世子接近親密，太傅亦無動於衷。

明華公主快要崩潰了，想到太傅的未婚妻，立即出宮。

太傅得到消息，提前趕到郭大人家，請錦兒陪他演一場戲。明華公主匆匆趕來，就撞見太傅與錦兒坐在湖邊柳蔭下，太傅低頭教錦兒彈箏，眉眼溫柔。男人儒雅俊朗，女人文靜秀麗，宛如天作之合。

明華公主心碎離去。

這些劇情，幾乎每一場明薇都要哭，有時是雙眼含淚淚不落，有時是淚落如雨。張導演很有耐心，他看出明薇的潛力，也想挖掘明薇，因此第一場哭戲留了充分的時間給明薇醞釀情緒，如果真的哭不出來再滴眼藥水。

悲劇比喜劇更容易觸人心弦，明薇入了戲，只要想到明華公主最後的結局，每次都能成功哭出來，逼真的演出贏得了張導演的肯定，把明薇當徒弟一樣看待，時常點撥，這就是導演惜才了。

明薇只是淺層入戲，深層的入戲是像穆廷州那樣，拍攝時活在戲中，拍攝結束後依然受角色情緒影響。

太傅定親，明華公主傷心難過，感情更成熟的太傅比她更痛苦，進而導致戲外的穆廷州越發孤僻，獨來獨往，誰都不理。

這樣的穆廷州，明薇又敬又怕，沒事絕不往他眼前湊，拍攝時則全力以赴。

晚上的戲份結束，張導演單獨找明薇與穆廷州談話。

明薇剛拍完一場被窩裡的哭戲，眼眶紅紅的，穆廷州眼底隱有愁緒，顯然還在戲中。

都九點多了，張導演言簡意賅，咳了咳，問：「明天的吻戲，你們有什麼想法？」

明薇低頭看地。穆廷州是影帝，是千萬女粉絲口中的老公，她只是個小新人，兩人拍吻戲，換誰都會覺得她是占便宜的那個，這種情況，不適合先發表意見，不過也沒什麼可擔心的，穆廷州從不拍吻戲，最多借位親吻，這次肯定也會拒絕。

張導演主要問的也是穆廷州的想法。

穆廷州想想劇情，肯定地道：「需要拍特寫。」

張導演點頭：「吻很簡單，嘴唇貼著不動就行，但這個鏡頭要唯美悲情，必須要用特寫，要不然……你們嘴唇貼上保鮮膜？」

明薇一臉茫然，還可以這樣？

喜歡拍正劇、只拍過少數幾次借位親吻的穆廷州，同樣沒接觸過這種保鮮膜。

看出穆廷州有些抗拒，張導演摸摸鼻子，努力爭取道：「這次明華公主的人物設定比較特殊，如果去掉吻戲，公主的前後性格會有偏差。」

明薇繼續當透明人，其實只是簡單的碰碰嘴唇，她不太在乎，所以什麼結果她都接受。

穆廷州皺眉。

父親是名導演，母親是暢銷作家兼編劇，穆廷州從小拍戲，有任意挑選劇本、合理改動劇情的資格。但穆廷州不想搞特權，知道自己抗拒與陌生人有太親密的身體接觸，他接的戲都是重劇情輕感情線的，《大明首輔》也不例外。

但他初看劇本時只揣摩太傅一角，忽略了公主的性格，致使一場吻戲不可避免。

「妳介意嗎？」穆廷州問明薇。

明薇傻了才會說介意，她大方一笑：「劇情需要，我聽你們的。」

「那就貼膜吧。」穆廷州沒再猶豫，同時告誡自己，以後看劇本要更仔細。

明薇卻鬱悶，作為一個女人，被男人嫌棄直接親吻，自尊心多多少少都有點受創。

張導演很滿意。

好在都是小情緒，轉眼就忘。

第二天明薇提前半小時抵達片場，化完妝一個人坐在休息室，默默醞釀狀態。

兩次排練後，張導演又給兩個主演二十分鐘，為吻戲做準備。

工作人員都退出去了，體貼地關上房門。「御書房」裡充斥著無聲的尷尬，明薇微微偏頭，小聲問肅容坐在旁邊的影帝：「這個，需要我們做什麼？」她是新人啊，需要前輩提點，更何況是親密戲。

「排練親吻鏡頭。」穆廷州淡淡道。

明薇無語，奈何時間有限，只能繼續問：「怎麼排？」

穆廷州斜眼看她，沉默兩秒，道：「妳來親我。」

劇情就是明華公主主動親太傅。

他一張死人臉，沒有任何表情，明薇的小臉卻迅速地紅了，不習慣如此直白的字眼。但她明白穆廷州的邏輯，慢慢「嗯」了聲，努力鎮定地朝穆廷州走去。穆廷州看她一眼，皺眉道：「現在臉紅沒關係，拍的時候要傷心，別讓人看出害羞。」

硬邦邦的說教，成功擊碎了明薇那點矜持。

害羞什麼，拍戲而已！

閉眼調整一會兒，再睜開眼，明薇非常平靜，大大方方停在穆廷州面前，雙手撐在他肩膀上。離得太近，她看見穆廷州挺拔的長眉挑了下，似在忍耐。

又被嫌棄了啊……

也好，知道穆廷州沒有任何旖旎，明薇更坦然了。

她緩緩低頭，一點點靠近穆廷州，他閉著眼睛，又長又密的睫毛紋絲不動，彷彿一尊靜止的雕像，連呼吸都感受不到。如果與正常的男人做這種動作，明薇絕不可能心如止水，但感謝老天爺，穆廷州並不正常。

在嘴唇快要貼上穆廷州時，明薇及時止住，退開了，輕鬆道：「我沒問題，你呢？」

「我去開門。」穆廷州直接站了起來。

張導演與攝影師們重新湧進來，化妝師分別為主演貼好嘴唇安全膜，立即開拍。

御書房，消失多日的明華公主再次跟著小皇帝來上課了。

太傅眼裡只有小皇帝，明華公主坐著，眼裡只有他。

授課完畢，明華公主叫住太傅，讓小皇帝先出去。

「公主有事？」太傅恭敬問，眼簾低垂。

「你心裡真的沒有我？」明華公主仰著頭，眼裡泛起水霧。

太傅看見了，但他的眼裡只有屬於臣子的愧疚：「臣奉先帝遺旨教導公主，不曾動過旁念，讓公主誤會，是臣之過。」

眼淚倏地滾落，明華公主倔強地望著他：「我不信。」

太傅苦笑，退後兩步，彎腰行禮：「事實如此，公主不信，臣無可奈何，恕臣告退。」

言罷轉身欲走。

「站住！」明華公主抹一把臉，三兩步跑到太傅身前，結果一抬頭，撞上太傅因為不耐煩而皺起的眉，眼淚又掉了下來，邊哭邊顫著音道：「你怎麼說我都不信，除非你讓我親一下，讓我自己感受到，否則我會糾纏你一輩子。」

「胡鬧。」太傅低聲斥道。

公主冷笑，淚眼緊緊盯著他：「怕了？怕洩露你心中所想？」

太傅無聲與她對視片刻，眉頭忽然舒展開來，釋然道：「臣遵令，但求事後，公主放過臣。」

不是忘了，是放過。

明華公主退了一步，似欲放棄，終究還是不甘心，想要一個答案。

「跪下。」她深吸一口氣，冷聲說。

太傅單手撩起衣擺，面容平靜地跪了下去。

明華公主一步步走向他，太傅看她一眼，閉上眼睛。

明華公主顫抖著按住他的肩膀，一點點低頭，視線模糊，她看不清楚，嘴唇印在他的唇上，冰冷的，沒有任何溫度，跟料想中的一樣。這個吻究竟是要確認他的心思，還是給自己留個念想，她自己都分不清楚。

離開的那一剎那，公主的眼淚滑下臉龐，落在他唇角。

太傅面如刀刻，未起任何波瀾，袖中雙手卻攥得隱隱發抖。

「你果然不喜歡我。」明明失魂落魄，明華公主卻笑了。

「公主國色天香，臣不敢高攀。」

明華公主還是笑，背對他笑。

「公主還有吩咐嗎？」太傅低著頭問。

明華公主雙手捂面，擦了好久才揚起頭，一邊笑一邊落淚：「有啊，我與平西侯世子兩情相悅，太后不喜我，還請太傅幫我安排出嫁事宜……嗯，好事成雙，我與駙馬大婚之期，就定在太傅迎親同一日吧。」

最後一個字說完，明華公主不哭了，身姿輕盈地轉身，朝跪在那裡的太傅俏皮一笑：「其實我第一喜歡的是太傅，第二才是世子，既然太傅已經心有所屬，我就不纏著你了。太傅的喜酒我是喝不到了，提前祝您與夫人早生貴子，百年好合吧。」

不等太傅開口，這一次，她先走了，腳步輕快。

只留太傅跪在原地，跪在陽光照不到的地方，孤寂淒涼。

這場戲比較艱難，拍攝完畢，張導給兩個主演放了半天假。

明薇回飯店睡了一個小覺，洗完澡依然有點悵然若失，一個人無聊，又跑去片場看戲了。

穆廷州沒她這麼有閒情逸致，獨自在房裡看劇本。

肖照來找他，解決兩件正事，他開始八卦：「換個女演員你也同意拍那場吻戲？」

在別人看來，上午太傅與公主悲情的吻都算不上吻戲，但肖照清楚穆廷州對女人的抵觸。

「要換女主角了？」穆廷州頭也不抬，目光沿著臺詞移動。

肖照習慣地推眼鏡：「假設要換。」

穆廷州放下劇本，非常認真地看過來：「為什麼要假設？」

肖照：「……當我沒說。」

第六章 穆先生，再見

「Action！」

洞房花燭夜，駙馬在前面宴客喝酒，明華公主一身紅裝坐在新房裡，自斟自飲。

一杯又一杯，她不敢停，怕停下來會控制不住去想今晚另一個新郎。太傅與錦兒交杯共枕的畫面無異於一把匕首刺在她心上，又疼又酸又澀。

一眨眼，一壺酒喝得半滴不剩，明華公主晃晃酒壺，自嘲一笑，放下酒壺站起來，搖搖晃晃地朝床榻走去，最後一頭栽在床上。大紅的龍鳳喜被，大紅的嫁衣，公主膚白如雪，一頭青絲水藻般鋪散開來，恍若瑤池醉酒的仙子。

駙馬來了，看到床上他深深戀慕的嬌小公主，情不自禁笑了，只是當他走到近前，才發現公主醉紅的臉上殘留淚水，他嘴角笑容便慢慢地凝固，眼底升騰起複雜的情緒，波濤般湧動。

「明華。」

看了許久，駙馬緩緩坐下，俯身輕喚。

明華公主睜開眼睛，迷離的目光先落到男人一身大紅喜袍上，稍稍扭頭，慵懶又茫然地往上看，入眼的是她心心念念的太傅。長眉挺拔，面容平靜，深潭般難以琢磨的黑眸定定地看著她，欲語還休。

「太傅？」明華公主喜上眉梢，高興地坐了起來，「你怎麼在這？」渾然不知這只是一場幻象。

太傅罕見地笑了，眉眼溫柔：「妳我已經成親，公主忘了？」

明華公主眨眨眼睛，呆呆地想了想，忽然笑了，羞澀地低下頭。是啊，她嫁給太傅了。短暫的羞澀後，明華公主歡喜地撲到男人懷裡，緊緊抱住他，孩子氣地撒嬌道：「我就知道，你心裡一直有我。」說完仰起頭，貪婪地端詳男人。

美人如花，嬌豔欲滴，太傅輕輕摸摸她烏黑的長髮，忽而抱著明華公主倒了下去，半邊身體都壓住了她。

好重……

明薇閉著眼睛在心裡吐槽，今年之前，她怎麼都沒料到第一次被男人壓會是這種情形。

帳中光線很暗，因為鏡頭拍不到明薇，明薇可以休息，穆廷州卻還要再演一小段。注意到明薇緊緊皺著的眉頭，穆廷州儘量用左肘撐著床，再慢慢抬腿，讓雙腳也離開地面。作為一部正劇，洞房戲到這裡也就結束了，穆廷州不用再做其他動作，但就算一動也不動，還是通過身體相貼的地方感受到了明薇的柔軟。

手臂軟、腿軟、胸口軟，看起來纖細瘦小的女人，抱著、壓著卻有種圓潤感，舒服到讓人想捏一捏。

「Good！」

思緒被打斷，穆廷州立即鬆開明薇，抽身離去。

明薇長長地舒了口氣，撐著床坐起來，就見穆廷州已經走到房間中央了，張導演笑著朝她點頭：「拍得不錯，今晚就到這，大家收拾收拾回飯店休息吧！」

明薇徹底放鬆下來，跟著助理去卸妝，累得什麼都不想關注。

越累睡得越香，這晚明薇睡得跟豬一樣。

頂樓房間裡，穆廷州同樣順利入睡，只是睡著睡著就做夢了。夢裡他是太傅，洞房花燭夜的太傅，一開始好像還在演戲，他牽著病怏怏的錦兒進了新房，但戲到這裡突然改了劇情，蓋頭挑起，新娘子竟然變成了明華公主。

「我就知道，你心裡一直有我。」

明華公主熱情地鑽到他懷裡，笑盈盈地對他說，然後兩人一起倒在了床上。

身體柔軟的女人，重複又規律的動作……

穆廷州陡然驚醒，空蕩蕩的豪華房間裡只有他急促的呼吸聲。

一分鐘後，穆廷州揉揉額頭，開燈去浴室洗澡，順便換了一件四角褲。

第二天早晨五點，穆廷州準時醒來，刷牙洗臉，等肖照過來，兩人下樓用早餐。這個時間絕大多數賓客都在睡覺，電梯一路下降，快到三樓，速度卻慢了下來。

肖照推推眼鏡，頗有興致地猜測：「會不會是明小姐？」

穆廷州頭往左偏，電梯門打開，他隨意瞟了一眼。

「嗨——」明薇正要打哈欠，認出裡面的兩人，連忙換成一個燦爛微笑。

肖照笑：「早。」

明薇下意識看向穆廷州。

穆廷州薄唇緊抿，視線在她臉上轉一圈馬上就移開了，好像多看一秒都是浪費時間。

明薇習以為常，只跟肖照說話。

穆廷州不看她，卻聽得到她的聲音，清潤酥軟。可同樣的聲音傳進腦海卻變成了夢裡的另一句話：「穆廷州，這是拍戲，你別這樣……」

憶起那荒唐夢境，穆廷州渾身僵硬，他演過反面人物，但從未拍過強迫女人的戲，怎麼莫名其妙做那種夢了？

亂七八糟的，根本不像他。

明華公主嫁人前的戲份比較多，中期戲份輕鬆，六月下旬，明薇利用三天空檔回了趟蘇城。

明強來高鐵站接大女兒，快五十歲的男人，身材保養得非常好，高大健壯，露在外面的兩條手臂結實有力。他留著平頭，脖子上戴著一圈金光燦燦的粗項鍊，手腕上同樣有塊金錶，渾身散發著「土」豪的氣息。

「爸！」老爸鶴立雞群，低頭看手機，明薇故意繞個圈子，然後從後面用力拍老爸肩膀。

聽到女兒的聲音，明強先咧開嘴，只是一回頭看到瘦了一圈的明薇，馬上黑了臉，老婆的訊息也不回了，瞪著一雙虎眸訓明薇：「破翻譯有什麼好當的，累死累活一個月的薪水還不如我給妳的零用錢多！回家吧，別幹了，早點把肉養回來。」

《大明首輔》還沒有鋪天蓋地的宣傳，知道女主角資訊的人並不多，明薇沒告訴家裡人，準備正式宣傳或電視劇播出的時候再給家人一個驚喜，這樣明強當然誤會了女兒是做翻譯太辛苦，累瘦了。

「工作不累，我故意減肥的。」明薇笑著挽住老爸手臂，打聽家裡情況。

明強不上當，一路都在審問女兒在帝都的生活，細微到明薇一日三餐吃了什麼。

半小時後，車子駛進高檔臨湖住宅區。

二十多年前，明強只是個開汽車修理廠的小老闆，學歷只到國中程度，但他看起來雖粗，頭腦卻精明，還特別擅長結交各路朋友，於是賺的錢越來越多，三年前開了一家名車銷售店，生意紅火。明薇的外公曾經嫌棄女婿五大三粗的，覺得女婿配不上他才貌兼備的女兒，如今早把女婿當親兒子看了，隔三差五要見上一面。

「怎麼瘦了？」從廚房出來，看到大女兒，江月同樣詫異地問。

明薇假裝沒聽見，嬉皮笑臉地拍馬屁：「媽今天真好看。」

江月嗔了女兒一眼，端著菜盤走向餐桌。四十出頭的女人，穿一件淡青長裙，身段玲瓏纖細，根本看不出年紀。烏黑的頭髮用玉簪綰在腦後，簡潔素雅，下面露出一段修長優美的雪白脖頸，風韻動人。

明薇湊過去撒嬌，嘴饞想先抓菜吃。

江月嫌棄地打開女兒的手。

明強目不轉睛地看著母女倆，薇薇小時候就像江月，現在長大了，無論五官還是氣質，母女倆都像同個模子刻出來的，但江月溫柔似水，薇薇的柔裡卻摻雜著一股倔，只要是她認定的事十頭驢也拉不回來。

就像他與江月希望女兒在南方讀大學別去帝都，女兒非要一個人北上，離家千里。對此，明強頭疼又自豪，覺得薇薇脾氣像他，可偶爾明強又控制不住地想，薇薇是不是像那個男人，那個江月不肯告訴他身分，他僅憑蛛絲馬跡推斷應該住在帝都的人。

「姐。」洗手間的門打開，明橋走了出來。

「想好讀什麼科系了嗎？」明薇熱情地抱住升學考剛結束的妹妹，摸了摸妹妹的頭髮。

明橋性格偏冷，跟親姐姐也不會太熱絡，看一眼端著菜走出來的母親，低聲道：「汽車工程。」

明薇驚呆了。

「妳看，妳姐也不贊同，哪有女孩子去修汽車的？」江月放下菜盤，不悅地瞪著小女兒。

明橋低頭不語。

明薇看看自己的冷美人妹妹，記起小時候妹妹就喜歡去家裡的修理廠玩，這摸摸那摸摸，沒一會兒弄得滿身油污。別的女生包括她，喜歡好看的裙子、喜歡洋娃娃，妹妹只喜歡汽車模型，並且得到了老爸的支持。

明薇很開明，既然妹妹喜歡汽車，那讀相關科系也挺好的。

「我什麼都沒說。」明薇立即澄清，然後躲去洗手間洗手。

午飯時一家人就著明橋讀什麼科系展開了激烈的討論，最後三比一，江月的反對票無效。飯後江月生悶氣，一個人去廚房收拾，不准兩個女兒插手，明強厚著臉皮賴在廚房哄老婆，明薇跑到妹妹房間聊天。

「讀T大吧，姐也在帝都，有空就去看妳。」撐著手肘趴在床上，明薇開心建議妹妹。她是文組，讀的是外語系，妹妹從小就是理科天才，動手能力超強，高中時她的音樂盒壞了，交給妹妹一下子就修好了。姐妹倆關係好，明薇希望妹妹離自己近點。

「能錄取就去。」明橋早有計劃。

明薇笑，妹妹可是今年的理科狀元，進T大一定沒問題。

在家住了三晚，假期結束，明薇重返劇組，一邊拍攝一邊學習，時間過得忙碌而充實。

轉眼到了八月，天氣轉涼，歷時五個多月的《大明首輔》劇組終於迎來了最後幾場戲。

人間一天，劇中一年，《大明首輔》殺青在即，女主角明華公主也到中年，成了兩個孩子

的娘。兩個孩子都很可愛，只是孩子的爹太不安分，因為嫉妒明華公主曾經深深戀慕太傅大人，駙馬爺一直將太傅視作眼中釘，為了打壓深受皇上信賴的太傅，駙馬毅然走上謀逆道路，最終功虧一簣，被押入大牢。

當年的小皇帝已經成人，狠辣果決，下旨斬首駙馬九族，只有明華公主免了死罪，幽禁於公主府，終身不得外出。

明華公主心知駙馬死罪難逃，進宮跪求皇帝饒過她兩個尚未成年的兒子，可昔年依賴她、信任她的小皇帝沒了，坐在龍椅上的是威嚴冷漠的新一代霸主，他毫不留情地拒絕了明華公主，並命侍衛送公主出宮。

被人拖上馬車，明華公主伏在坐榻上嗚咽痛哭，哭著哭著，肩膀忽然停止顫動，然後緩緩抬起頭，凌亂的髮絲下是一雙淚水漣漣的眼睛。她一動不也動地看著車廂頂部，許久許久，那雙眼裡重新燃起希望。

擦了眼淚，明華公主翻出玉梳、明鏡，一絲不苟地裝扮起來。馬車輕輕顛簸，她畫得認真極了，黛眉細長，眼眸如水，白駒過隙的十幾年歲月，彷彿沒在她的臉上留下一絲痕跡。

化好了妝，明華公主放下鏡子，對著車窗發會兒呆，眼神堅定下來，低聲吩咐道：「去太傅府。」

車夫領命，在下一個路口轉彎。

「Good！」

一次通過，張導演看看腕錶，宣佈上午先拍到這裡，下午再繼續。

明薇跨下馬車，助理立即撐傘過來，替她擋住八月燦爛的日光。明薇喝口水，視線無意一掃，發現熟悉的工作人員裡多了一個陌生女人，穿著一件充滿異域風情的細肩帶黑裙，頭戴遮陽帽，眼戴墨鏡，又酷又豔，一雙紅唇媚惑勾人。

明薇忍不住多看了兩眼。

對方注意到了她的視線，唇角微揚，摘下墨鏡朝她走來。

助理小聲告訴明薇：「那是東影老闆娘的親姐姐沈素，天際模特兒經紀公司老總，大概是想簽妳。」

明薇恍然大悟。外面的人不知道她出演明華公主，但這在圈子裡並不是祕密，從進組到現在，一直都有經紀公司陸陸續續約她見面。小公司明薇拒絕了，有兩個讓她心動的較知名的經紀人，她請陳璋參謀，陳璋掌握的內幕比她多，建議她推掉，再等等。

思忖間，沈素已經來到近前，微笑著自我介紹，並誇讚了明薇的演技。

明薇謙虛道謝。

「明小姐有時間嗎？方便的話，一起吃個午飯吧。」沈素提出邀請。

明薇有兩個小時的休息時間，與沈素去了飯店。

沈素最初主要發展模特兒，最近幾年開始向影視圈拓展，單靠自己就打下了一片天地，後來她妹妹嫁進東影陸家，沈素手裡的資源更多了，公司整體實力非常強悍。但沈素公事公辦，跟明薇聊天時一句都沒有提到推薦明薇試鏡的東影老闆娘，還勸明薇不用急著做決定，先拍戲，殺青了再仔細考慮是否簽約天際。

明薇心動了，回房上網搜尋沈素的相關資料，再看看沈素留給她的合約，明薇的心便穩穩落了地。

第一部劇即將拍攝完成，經紀人也有了，看來她的演藝事業要真正開始了。

下午是明薇與穆廷州的最後一次對手戲。

太傅府，太傅一個人坐在書房，愁容滿面。

年過五旬的太傅，臉上有了皺紋，嘴周、頦下都留了鬍鬚，唯一不變的是那雙深邃明亮的黑眸。經歷過無數朝廷風雲變幻，太傅很少流露出明顯的個人情緒，但此時此刻，他的心情沉重得快要喘不過氣。

「大人，公主求見。」

太傅手一抖，有那麼一瞬間懷疑自己是不是聽錯了，可馬上又了然了。

她現在只能求他了。

太傅親自去迎接公主，遠遠望見她一身公主朝服，面色蒼白，卻依然皎若明珠，讓他無法直視。

「不知公主前來，恕臣有失遠迎。」離得遠，還敢看兩眼，距離近了，太傅恭敬地垂著頭，如這麼多年他與她的每一次見面。

明華公主無聲落淚。

當初她恨他無情，衝動嫁人，婚後數月，錦兒病逝，太傅成了鰥夫。那時明華公主悔得寢食難安，多希望時間倒退，那她一定會再等幾個月，等他喪了妻子，再纏著他，直到他心軟，也就是那時候，明華公主才知道，自己愛太傅太深，早已深入骨血。

可時間回不去，她也沒了任性的資格，駙馬對她情深義重，腹中又有了孩子。

錯過了，終究只能錯過。

「太傅請起。」她輕輕地說，聲音哽咽。

太傅沒有抬頭，微微彎著腰，請她去上房。

自從婚後，兩人見過幾面，但很少交談，如今共處一室，她不再年輕任性，他依舊沉默寡言，物是人非。即便如此，在明華公主眼裡，太傅不是外人，她與他不需要客套。他或許不喜歡她，可一直在用自己的方式照顧她，包括數次容忍駙馬。

靜默半晌，明華公主直言道：「駙馬罪無可恕，我無心救他，可琅兒、瑀兒是我身上掉下來的肉，我不能眼睜睜看著他們去死……太傅，皇上最聽你的話，我求你……」

說到這裡，明華公主泣不成聲，捂著嘴轉了過去，背對他哭。

她不想為難他，但她真的沒辦法了。

「臣遵令，臣會竭盡所能，替兩位公子周旋。」

沒有任何猶豫，沒有任何利弊權衡，太傅平平靜靜地承諾，那麼輕易就答應下來，這很容易令請求之人心生被寵溺著的錯覺，似乎她要他的命，他也會毫不遲疑地奉上。

明華公主哭得更悲傷了，年少不懂事，看不透他的深情，如今懂了，卻也遲了。

她抬袖擦淚，擦到淚停，然後慢慢轉身，朝他走去。

太傅低著頭，目光跟隨她的腳步移動，距離只剩兩步了，他本能地想要後退。明華公主卻先一步撲了過來，不顧一切地抱住他，腦袋緊緊抵著那寬闊胸膛，極力隱忍的哭聲傳了出來。

這哭聲比任何撒嬌都管用，太傅穩穩地站在原地，不躲了，閉上眼睛任由她抱。

「穆澤對你好嗎？」她哭著問。

穆澤是太傅的養子。

「敬我如親父。」太傅唇角微揚，聲音意外的柔和。

明華公主笑了，身邊有個小輩陪他，多多少少是個伴。

「如果重頭再來，還會騙我嗎？」依賴地蹭蹭他的胸口，她幽幽地問。

太傅睜開眼睛，視線落在對面掛著的字畫上，彷彿透過那幅字畫，看到了十五年前。

他明白她的意思，但不知道該怎麼回答，到底會不會，其實自己也不知。

門外有小廝走動，朝務纏身的太傅無法給明華公主太多時間。

他不催，明華公主主動鬆開他的肩膀，小手拉著他的左臂，一點點下移，最後握住布滿繭子的大手。太傅低頭，看見她一邊落淚，一邊將手腕上的紅玉鐲子，她母妃留給她的鐲子，套到他的手上。

「以後我出不來了，你照顧好自己，一把年紀了，別再事必躬親。」言罷鬆了手。

太傅手指動了一下，想抓住她，最終卻還是放她走了，連送都沒送。

未料今日一別，便是永別。

接下來，太傅進宮面聖，不惜放棄手中大權換取明華公主兩個兒子活命。皇上有些動搖，答應考慮，夜裡卻夢到駙馬帶著兩個兒子殺進皇宮，皇上驚醒，殺意越發堅定，很快，駙馬一家盡皆問斬。

明華公主驚聞噩耗，呆坐一夜，黎明之前，她換上少女時期的髮髻服飾，服毒自盡。

太傅聞訊，一夜白頭，自此日漸消瘦，於同年深冬，溘然長逝。

後期太傅死時回首一生，犧牲愛情成就千秋功績，受萬人敬仰。

從正劇角度，穆廷州真實地演繹了這位首輔的生平，壯年殺伐果決晚年睿智內斂。從言情角度，太傅與明華公主雖然是悲劇，但兩人的感情線始終貫穿全劇，戲份精簡卻處處動人，為太傅這個角色增加了人性的一面，也為整部劇增添了很多趣味性，成為吸引年輕觀眾的關鍵。

殺青宴上，張導演喝到微醺，拍著穆廷州肩膀誇個不停，也不單單只有穆廷州，每個重要演員都得到了導演的誇讚。劇本寫得好，演員演得好，無需上映，張導演便清楚地知道這次又出了一部好片，註定會成為經典。

「我們老了，早晚要退出舞臺，你們幾個小輩要努力，以後國家的影視界就靠你們了，要拍就拍精品，為下一代帶個好頭！」張導演大聲道，臉都喝紅了，跟著高舉酒杯：「來，為好片乾杯！」

「為好片乾杯！」

明薇起立，與眾人碰杯，心中莫名豪情萬丈。

熱鬧了一晚，宴席到了快九點才散。

明薇這一桌走得最晚，叫了代駕，她、穆廷州、陳璋上了同一輛車，穆廷州坐副駕座。

「下部戲選好了？」陳璋與明薇聊天。

明薇已經簽了沈素的公司，因為保密協議，不便說太清楚，只道：「有兩個劇本，一個是大案子的女配角，一個是小案子的女主角，我還沒想好要接哪一部。」女配角是正面人物，戲份不少，據說在女星之間挺搶手的。

陳璋稍微一推敲就猜到大案子是什麼了，意味深長道：「選擇權在妳，不過，我也接了一個大案子。」

明薇秒懂，笑了笑，沒給准信。能跟朋友合作當然愉快，但明薇其實更喜歡那個小案子，有新鮮感，大案子劇本老套，全是宮廷劇那些套路。

車到酒店，陳璋還要去別的地方見朋友，明薇、穆廷州下了車。

明薇與陳璋有說不完的話，跟穆廷州卻找不到話題，反正穆廷州不愛理人。

誰料等電梯時穆廷州先跟她說話了，問她要接的兩個劇本是什麼類型。

明薇受寵若驚，簡要回答。

穆廷州面無表情，先跨進電梯，看著樓層數字道：「妳的起點高，能拍女主角就別拍女配角，掉價。」

沈素也說過這話，明薇受教，低聲道謝。

三樓到了，明薇仰頭，看著對面熟悉又陌生的影帝，突然有點不捨，似朋友將別，畢竟合作了四、五個月。

「穆先生，再見。」

趕在電梯門關上之前，明薇三步跨出去，回頭朝裡面的影帝道別。

穆廷州默默地看著她，薄唇緊抿，黑眸深邃，分辨不出眼底情緒。

女人打完招呼就走了，電梯門關上，繼續上升，載著一個神色複雜的男人。

第七章　爾等何人

劇組殺青，明薇先回蘇城，第二天再陪妹妹去帝都辦入學手續。

「媽，妳也去吧，我讀大學妳都沒去送。」出發前，明薇摟著母親道。

江月笑：「我暈車，出不了遠門，妳爸爸去就行了。」

「好吧，別想我們。」

明薇無奈放棄，父女三人去了機場，八點多出發，到帝都正好午餐時間。飯後去T大報到，明強跟老師打聽女兒班裡男女比例，男老師看看明薇姐妹倆，笑了：「這屆學院一共七個女生，三班只有明橋一個，有的班級清一色都是男的。」

明強的臉黑了，第一次後悔支持女兒學汽車，那麼多惡狼圍著，女兒被欺負了怎麼辦？

明橋無所謂，她是來讀書的，同學是男是女跟她沒什麼關係。

明薇告訴自己，有空就來這邊看看妹妹。

東西放進寢室，明強帶兩個女兒去領車。去年明薇畢業，明強就想送女兒一輛車當畢業禮物，明薇覺得搭車比較方便就拒絕了，現在當了演員，需要更多的私人空間，明薇便高興地接受了老爸心意，挑了一輛白色凱宴（Porsche Cayenne）。

「橋橋別急，等妳畢業了，爸也送妳一輛。」手心手背都是肉，明強一碗水端平。

明橋一點都不急。

送走老爸，再將妹妹送回學校，明薇開車返回公寓。

林暖出國旅遊了，公寓裡只有她一個人。明薇洗了個澡，靠在床頭看民國劇《南城》的劇本。

這是沈素為她挑的第一部劇。

現在的影視圈，一個演員想紅，可能不需要多扎實的演技功力，但好運氣必不可少。明薇屬於運氣爆棚的那一類人，因為與林暖是閨密，沾了林暖的光被東影老闆娘推薦到大製作，但能順利簽約沈素的經紀公司，這是她努力提高演技的結果。

明薇非常感激《大明首輔》劇組。

如果說她進組的初衷是為了賺外快，那麼在接觸過一眾敬業的好演員，親眼目睹並參與一部電視劇的製作過程後，明薇真正喜歡上了演戲這職業，而且明薇覺得演戲跟當翻譯都有一個從根本上吸引她的相同點：豐富多變。

做翻譯，要接觸各行各業，可能今天與廣告公司合作，明天就要去當製藥廠經理的翻譯，這就讓明薇必須不斷瞭解新的行業背景，擴大知識層面。演戲則比翻譯更有趣，它要求明薇代入一個全新的人物，在短短幾個月裡過另一種精彩生活。

而凡是明薇感興趣的她都會力求完美，高標準要求自己做到最好。

《南城》十月中旬在上海開機，明薇只有一個半月的時間準備。劇本裡女主角是富家千金，後淪落風塵，賣藝不賣身，因為明薇會古箏，劇組臨時改動劇情，將女主角擅長的琴換成箏，如此明薇只需要培訓民國交際舞、耍槍與一些禮儀就夠了。

九月底，明薇接到《大明首輔》劇組通知，要她去錄音棚配音。

《大明》主要演員的臺詞功底都很強，明薇是唯一的外行，但她的音色好，念起臺詞很有味道，所以沒安排配音。張導演拍攝時採用現場收音，後期會濾掉雜音，可有些場景拍攝時噪音太大太雜，後期過濾困難，這時候就需要重新配音了。

按照劇務所說，明薇的配音今天就能錄完。

明薇設定了早上六點的鬧鐘，起來後練了一小時瑜珈，簡單吃點早飯，八點左右出門，門都鎖上了，才想起天氣預報，又重新開門拿雨傘。

她叫了一輛計程車，提前十五分鐘抵達錄音棚。

推開車門，一滴雨水落在臉上，趁雨勢還不大，明薇快步跑向大廈入口，路上趕超兩個持傘的人。明薇沒留意，一直跑進大廈才喘了幾口氣，緩緩朝電梯那邊走去。正是上班時間，電梯忙碌，剛上去一趟，下面還有五、六個在等。

明薇站在人群後，低頭玩手機。

「啊，你是穆廷州吧？」

耳邊忽然傳來年輕女人興奮的聲音，明薇心中一動，循聲望去，一眼就看到了穆廷州。身高接近一百九十公分的男人，站在幾個上班族另一側，鶴立雞群。他戴著網球帽，墨鏡遮擋了大半張臉，只露出緊抿的薄唇，無形中散發著拒人於千里之外的孤冷。明薇看過去的時候，穆廷州微微點頭，承認了身分。

年輕女粉絲激動地從包包裡掏出筆記本，請影帝簽名，其他人紛紛效仿。

但穆廷州只簽了三個。

他話少，第一個認出他的女粉絲主動幫他解釋，圍觀群眾們紛紛表示遺憾，然後電梯一下來，他們熱情無比地請穆廷州先進，並體貼地幫穆廷州留出一大片私人空間。這麼一搞，原本能搭十幾個人的電梯，除了穆廷州，就只剩六、七個人的空間了。

明薇摸摸額頭，選擇搭乘下一趟。

電梯門緩緩關上，走了。

明薇面朝大廳外面站著，短短幾分鐘，雨大了，嘩啦啦地砸落，秋風秋雨，總感覺有一點點蕭瑟。

都說什麼樣的心情看到什麼樣的景，好吧，明薇確實有點失落。

合作的那幾個月，明薇一開始是挺反感穆廷州的，可穆廷州的演技擺在那，明薇發自內心地佩服，她一旦佩服起某個人，對他的缺點就會下意識包容。兩人合作默契，交流卻不多，明薇沒奢望影帝願意跟她做朋友，但分別前一晚穆廷州主動詢問她的事業並提點如何挑劇本，明薇便覺得兩人應該有了點同事情誼。

可剛剛穆廷州都沒看她一眼。

沒認出來？不太可能，朝夕相處四個多月呢。認出來但沒興趣打招呼，或是不想在公開場合與她相認？

明薇更相信後者，但這也從另一方面說明她與穆廷州不是同一個地位的人。

咖位相差懸殊，又怎麼能談交情？穆廷州避她是應該的，她也該忘了合作之誼了，免得太熱絡被影帝或群眾誤會自己想倒貼。

等明薇來到錄音棚，穆廷州已經摘了墨鏡帽子，低頭聽工作人員說話，側臉淡漠又專注。

「明薇來啦，沒淋到雨吧？」錄音導演笑著打招呼。

明薇微笑搖頭，見穆廷州並未看她，便專心陪錄音導演說話。

說來也巧，男女主角都到了，但兩人的配音沒有任何交集，明薇自己錄自己的，穆廷州在做什麼，她聽不見，也沒那個好奇心。陳璋人在外地，錄音導演安排助理陪明薇對戲幫她找感覺，明薇的表現不錯，錄了一會兒，中途休息。

「穆先生在隔壁錄，要去看看嗎？」助理邀請明薇。

明薇搖頭婉拒：「我回一下訊息。」

助理自己去了。

明薇看看訊息、滑滑社群、錄錄音，工作順利結束。

離開錄音棚時大概下午四點，明薇拿著手機走進電梯，準備到了樓下再叫車，誰料按好樓層，一抬頭，看到穆廷州不緩不急地走了過來，距離電梯還有十幾公尺。明薇猶豫了下，但既然已經打了照面，她還是擋住電梯門等他。

「穆先生，好久不見。」她客氣地寒暄。

穆廷州看她一眼，點點頭，跨了進來。

電梯裡只有他們兩個，氣氛幾乎凝結，明薇不想表現得太像倒貼，卻也不想太不懂事，儘量自然地找話題：「早上等電梯時我看到你了，你忙著簽名，我就沒打擾了。」

穆廷州淡淡「嗯」了聲，眼睛看著電梯，腦海裡是今早第一次看到她的情形，她穿著牛仔褲從他身邊跑過，瀏海被風吹亂，露出光潔額頭，白皙臉龐一閃而過。電梯門前，她低頭玩手機，他簽名時餘光注意到她在看自己，沒等他歪頭，她縮縮脖子，轉過去了。

四層樓，電梯很快降落，電梯門打開，大樓外大雨滂沱。

明薇準備叫車。

「妳要去景山公寓？」穆廷州視力好，看到了她的目的地。

明薇驚訝抬頭，見男人盯著她的手機，本能地道：「是、是啊。」

「坐我的車吧，順路。」穆廷州目視前方，側臉清冷。

明薇判斷不出他是客套還是真心，想了想，笑著道：「算了吧，被人看見又要亂傳了。」

「隨妳。」穆廷州冷聲說，戴上墨鏡撐開傘，毫不留戀地跨入雨中。

明薇站在大廈裡面，等了五分鐘左右，司機來了，她撐傘趕過去上了車。

雨太大，明薇忙著收傘，沒留意路旁不遠處停了一輛黑色保時捷。

司機開走了，保時捷停在原地，直到明薇那輛車消失在車海中，穆廷州才開車上路。雨水不斷地砸中車窗，雨刷規律地來來回回，穆廷州一手握著方向盤，一手抵著下巴，幽深黑眸沒有焦距地望著前路。

「穆昀，朕不行了，明華、太子還小，你替朕照顧好他們……」

「臣領旨。」

先帝死了，留給他一個十五歲的公主和一個八歲的小皇上。

小皇上懂事聽話，公主頑劣調皮，下雨天嚷嚷著要去湖上泛舟：「太傅，好太傅，就一次……」

她拽著他的袖子，嘟著嘴撒嬌，那樣水潤的眼，依賴討好地望著他，他無法拒絕。宮女撐傘，她不要，提著裙擺跑到他的傘下，驚奇地說他好高。他立即放低身子，大半張傘都遮在她頭頂，公主察覺了，左右瞅瞅，再來瞧他。

他早已刻意避開視線，卻還是看見她偷偷笑了，笑得那麼甜蜜滿足。

雨線連綿，打在他的肩上，碰不到他心，她只是笑著立在那，就破了自己三十年的道行。

「童童！」

淒厲的女人尖叫劃破雨幕，穆廷州猛地回神，看見馬路中央呆呆站著的小男孩，他雙手先於大腦行動，一個急轉，黑色保時捷便如突然改道的閃電，直奔路邊一棵梧桐而去，「碰」的一聲，迎面撞上！

晚飯宜清淡，忌油膩。

明薇弄了一盤茭白炒肉，配上冬瓜排骨湯，雨天一個人窩在溫馨的公寓裡，吃得暖融融。

收拾完廚房，才晚上七點，聽著窗外連綿的雨聲，明薇忽然想彈一下箏。

林暖的興趣與職業都與漢服有關，公寓裝修時留了一間寬敞明亮的工作室，裡面清一色明清風格高檔實木陳設，得知明薇會彈古箏，林暖興致勃勃收拾出半間工作室給她放箏，中間擺上四幅山水屏風，置身房中，特別有意境。

雖然林暖不介意她隨時彈箏，甚至常常催明薇彈給她聽，但明薇會儘量錯開時間，免得打擾林暖畫圖。

今晚只有她一人，明薇戴上義甲，想了想，開始按弦。

她彈的是《大明首輔》中的古箏配樂。明華公主愛箏，劇中出現好幾次她彈箏的戲份，明薇都是親身上陣，官方配樂也是她彈的。劇組想另外給她一筆音樂報酬，明薇拒絕了，她對劇組有感情，沒必要事事都談錢。

初期明華公主無憂無慮，曲調歡快活潑，中期明華公主出嫁，曲風轉哀婉，待明華公主當了母親，心境變了，曲子也變得平和安逸，仔細聽才能聽出一絲遺憾思念。最後是為明華公主量身打造的片尾曲，婉轉哀傷。

連續幾曲談完，劇情也在腦海裡過了一遍，收了音，明薇怔怔地望著窗外，有點心疼劇中的公主。

幸好《南城》是歡喜結局。

過了箏癮，明薇做了一套瑜珈，練戲之前她習慣地滑著社群網站。大一註冊的帳號，明薇沒有特別經營過，但她喜歡旅遊、喜歡美食，個人主頁上幾乎都是景色、美食的照片，偶爾爆幾次真人照，幾年下來竟然也有了不少粉絲。

陳璋想關注她，明薇讓他等官方劇照出來再說，先保持低調。

上一則發文還是三月份的義大利旅遊照，明薇翻開相簿，上傳了一張今天拍的雨景，配上李清照的詞：「薄衣初試，綠蟻新嘗，漸一番風，一番雨，一番涼。」

上傳送不久，冒出好幾則留言，有陌生粉絲的，也有大學同學，都是男士居多……

明薇笑著看，剛滑到一個眼熟的美女大頭照，電話就來了，正是帳號的主人，她的大學室友韓小雅。

明薇猶豫幾秒，謹慎地接聽。

『薇薇啊，好久沒聯絡了，還在做翻譯？』

手機裡傳來充斥著濃濃喜悅的聲音，想來室友的心情不錯，這讓明薇更好奇了。寢室裡四個人，她與韓小雅都是美女，明薇不想攀比，但韓小雅一直跟她比較，比不過就背後說閒話，兩人的關係可想而知，偏偏同在一個寢室的，抬頭不見低頭見，表面的關係還是要維持。

敘舊一分鐘，韓小雅終於道明她打這通電話的目的：『薇薇，我十月六號結婚，就在宏遠酒店，妳也過來吧，小方、秀秀都來，我們寢室好久沒聚了。』

明薇有點猶豫，畢業後一直沒聯絡的尷尬室友結婚，要去嗎？看韓小雅的表現，如果不是她剛剛發文秀了一把存在感，對方根本想不起要邀請她。

『來吧來吧，畢業的時候我們都說好了，不管誰結婚，都要叫其他三個去當伴娘，我伴娘服都準備好了，等等把照片傳給妳，好了，先這樣吧，我老公叫我。』

通話結束，明薇滿臉無奈，從聊天列表找出其他兩位室友，交流一番，果然都要去。

那就去吧，吃頓飯又不會少一塊肉。

『啊，你們快看熱門話題，穆廷州出車禍了！』

熟悉的人名在毫不相關的社群裡出現，明薇心頭猛跳，立即去看。

——#穆廷州車禍#

半小時前還沒有的話題，轉眼已經爬上熱門前列。明薇點進去，看到一段混亂的影片，瓢潑大雨，到處都是雨衣、雨傘，完全看不到人臉，但鏡頭給了一張穆廷州豪車的特寫，黑色保時捷，車牌號碼……

明薇渾身發冷，怎麼可能，下午她才見過穆廷州，好端端的一個人，怎麼就出車禍了？

呆了五分鐘，明薇打電話給沈素。

沈素知道的比她多，證實穆廷州的確進了醫院，具體情況還不明瞭，並勸明薇保持沉默，先別在社群上轉發分享穆廷州的相關訊息，包括祈求平安之類的。明薇現在哪有心情滑手機，打過交道的熟人出了車禍，她只希望人能平安。

冷靜五分鐘，明薇傳訊息給肖照，這也是她與穆廷州唯一的聯繫方式。知道肖照現在肯定忙得團團轉，明薇言簡意賅：『我看到新聞了，希望穆先生平安，你先忙，我會留意最新報導。』

肖照沒看到明薇的訊息，一收到穆廷州車禍通知，他分別打了電話給工作室助理、穆家父母，然後手機關機，第一時間趕到醫院，心情沉重地在手術室外等候。醫院已經封鎖，無關人員不得進入，穆廷州的母親竇靜最先趕來，名導演穆崇在外拍戲，最早的飛機也要明天凌晨才會到。

「見到廷州了嗎？」看到肖照，竇靜失聲痛哭，想知道兒子進去前是什麼情形。

肖照與穆廷州是竹馬，一直把穆家長輩當親人敬重，抱住快要崩潰的竇靜，肖照鎮定道：「伯母別急，護士說廷州沒有皮外傷，現在在做各項檢查，肯定沒事的。」

兒子情況不明，竇靜怎麼冷靜得下來，但除了等待，她無可奈何。

凌晨四點多，穆崇匆匆趕到醫院。

穆廷州的脾臟有輕微受傷，問題不嚴重，CT等等的檢查也沒發現隱患，已經可以排除生命危險，但穆廷州卻一直昏迷不醒，醫生們只能繼續觀察等待。

危險解除，肖照終於有心情應付媒體。

得知穆廷州沒有生命危險，網路上歡呼一片，還傳出幾段醫院外粉絲們喜極而泣的影片。

公寓裡面，明薇靠回椅背，對著電腦螢幕鬆了一大口氣。

不嚴重就好。

「叮」的一聲，有訊息提示，明薇抓起手機。

肖照：『多謝關心，廷州醒後我會向他轉告。』

明薇笑笑，回了一個「擁抱」貼圖：『祝他早日康復，一切順利。』

肖照：『會的。』

放下手機，看著病床上彷彿熟睡的摯友，肖照眉頭皺得更深，遠沒有話裡那麼輕鬆。

♛

兩天後。

穆崇先回西藏拍攝了，肖照、竇靜留在醫院照顧穆廷州。早上八點，窗外秋光明媚，肖照從外面散步一圈，拎回好幾個花籃，都是粉絲們送的。鮮花燦爛，竇靜強顏歡笑一一擺好，然後回到病床前，一邊按照醫囑幫兒子按摩，一邊跟肖照說話：「廷州最近有什麼事嗎？」

她瞭解自己的兒子，智商遠超常人，做事一板一眼，做什麼都以高標準要求自己，正常情況下，兒子絕不會犯開車走神這種低級又危險的錯誤。前兩天她擔心兒子，沒閒暇考慮這些，現在稍微冷靜下來，竇靜終於想起要查問事故原因了。

肖照看一眼摯友，沉默片刻，道：「跟以前一樣，還沒完全從戲裡走出來。」

有個做導演的父親，穆廷州六歲就出道了，隨著年齡增長，他的演技越來越成熟，難以出戲的情況也越來越嚴重。二十五歲時穆廷州拍了一部犯罪題材的作品，那次最嚴重，殺青半年穆廷州依然受角色影響。

那次也是一個轉捩點，最近幾年穆廷州擺脫角色耗費的時間開始減短，假以時日，定能做到真正的收放自如。

竇靜偷偷擦淚，她的兒子從小就是個戲癡，大部分精力都放在拍戲上，戀愛都沒時間談。

「廷州三十了，你只比他小兩歲，年紀都不小，等廷州好了，你們都休息一年，先找個女朋友，拍戲不急。」平復下來，竇靜用命令的語氣道。

肖照摸鼻樑，剛要糊弄過去，忽見病床上的男人不知何時睜開了眼睛。

「伯母，廷州醒了！」

竇靜手一抖，抬頭去看，兒子真的醒了！

「廷州，你感覺怎麼樣？」聲音顫抖，竇靜俯身問，目不轉睛地盯著兒子。

廷州是誰？

太傅默默地想，他聽到女人說話了，但視線還停留在上方雪白的屋頂上，活了三十五年，下過江南去過漠北，他還是第一次看到這樣的房子。視線緩緩下移，逐一掃過身旁各種奇形怪狀的東西，包括那些花籃，最後才轉向床邊的女人。

女人看起來大概四十多歲，留著一頭奇怪的短髮，也穿著奇怪的服飾。

「廷州？」見兒子表情怪異，竇靜下意識捂住胸口，莫名恐慌。

再次聽到「廷州」這個名字，太傅難以察覺地皺了皺眉。

這是什麼地方？先帝駕崩，剛剛下葬皇陵，回京的路上他在護國寺暫歇一晚，怎麼一覺醒來寺院客房變了模樣？心中驚濤駭浪，但太傅十四歲中狀元，入朝為官二十餘載，早已練就泰山崩於前而面不改色之心性，自知形勢不對，便不動聲色，靜觀其變。

肖照叫了醫生過來。

主治醫師先檢查影帝的身體情況，跟著和藹地問影帝：「記得自己叫什麼名字嗎？」

竇靜的心提了起來，肖照面色凝重。

太傅將這些怪人的神情看在眼裡，沉默半晌，他抿抿薄唇，冷聲反問道：「爾等何人？」

第八章　拜見公主

「康熙是哪個朝代的皇帝？」

「聽說過《大明首輔》這部小說嗎？」

「……」

病房中不時響起醫生出於診斷目的的詢問，夾雜著穆崇夫妻關切的聲音，希望兒子能記起自己的家人。但知己知彼，在弄清周圍情況之前，認定自己是太傅的影帝穆廷州，拒絕回答任何問題，有的是不願意回答，有的其實也回答不上來。

大明首輔是他，康熙是誰？

穆廷州不知道，但依舊面無表情，誰也看不出來他在想什麼。

醫療檢查顯示他身體正常，醫生們初步判斷，穆廷州大腦受損影響了記憶，誤以為自己是戲中古人，可穆廷州到底記得多少，因為他不肯配合回答，醫生們束手無策。竇靜淚比話多，穆崇比較鎮定，但兒子不理他，鎮定有什麼用？

「伯父、伯母，你們先跟李醫生去看報告，我陪廷州說說話。」

病房內氣氛僵硬凝重，肖照忽然提議道。

穆崇看看兒子，點頭默許。兒子長大了，一年到頭常住在外面，回家次數屈指可數，確實是肖照與兒子的相處時間更多，更容易哄兒子開口。

人都走了，VIP病房空曠下來，肖照關上房門，單手插著口袋走回床邊。

穆廷州背靠床頭，黑眸沉沉地看著他。

肖照熟悉這眼神，穆廷州扮演太傅時便是這麼看人的。

打開手機錄音，肖照坐好，朝穆廷州笑了笑：「太傅大人，繼續僵持下去不是辦法，這樣如何，你我互相提問，一問一答，彼此瞭解了才能解開眼前困局，否則你一日不配合，就要在這裡多困一日。」

穆廷州垂眸。

肖照幫自己倒杯水，耐心地等著。

「穆廷州是誰？」

大概過了三分鐘，床上的人低聲問。

「這個，說來話長，你還是自己看吧。」肖照打開桌子上準備的筆電，上網搜尋「穆廷州」，點開關鍵字，然後將筆電遞給穆廷州，順便簡單介紹道：「筆記型電腦，一種多功能工具，搜索資料就是其中一個功能。」

穆廷州皺眉，勉強消化掉，先看關鍵的。

他看，肖照臨時扮演即時翻譯，解釋穆廷州目前可能不理解的詞彙：「這是我們這個朝代的曆法，年月日……我朝帝都的地理位置與明朝京城相仿……演員是一個職業，類似明朝戲子，但身分地位與他人平等，好演員非常受人尊敬……」

肖照的話通俗易懂，穆廷州失憶了，但智商依然爆表，一小時後，通過這一頁「穆廷州」維基百科，穆廷州對「現代」多了很多瞭解，尤其是一連串影視圈詞彙，什麼人氣、獎項、電視劇，大概都明白是怎麼回事了。

「該我問你了。」

闔上電腦，肖照推推眼鏡，直視穆廷州道：「太傅，我想知道你甦醒之前人在何處、發生了什麼事。我剛剛用半個時辰回答你的問題，誠意可鑒，還望太傅坦誠相告。」體貼地使用一些古代詞彙。

穆廷州對肖照持懷疑態度，但還是說了實話。先帝駕崩人人皆知，沒必要隱瞞。

穆廷州進組後，肖照一直陪在身邊，馬上記起了穆廷州所說的劇情。當時劇情才剛開幕，太傅剛剛接管小皇帝、明華公主……問題是，《大明》初期劇情簡單，穆廷州入戲太深是在後期，要是真的是因為入戲失憶，穆廷州怎麼只記得前面的部分？

肖照想不通。

「我為何會在這裡？」輪到穆廷州發問了。

看著摯友一本正經的臉，肖照頭疼道：「因為你是影帝穆廷州，太傅只是電視劇《大明首輔》裡的一個角色，你入戲太深，車禍撞到腦袋，記憶錯亂，才誤以為自己是太傅。」

穆廷州不信，目光轉冷，明顯對肖照失去了信任。

大致情況已經瞭解，肖照保存錄音，去找醫生。

幾位醫生聽完錄音，再次對穆廷州的病情做了診斷：「穆先生患的是心因性失憶症，這種失憶，患者並無生理上的症狀，純屬心理原因所致，通常發生在遭受痛苦打擊之後，過段時間可能會自己恢復……患者可能忘了自己是誰，卻記得如何開車以及其他熟練操作。」

「按照肖先生所說，太傅一生愛慕明華公主，結局明華公主自盡，太傅過分悲痛，鬱鬱而終。穆先生可能入戲太深，以為自己是太傅，又不想明華公主死，便有選擇地遺忘那段劇情，記憶卡在了愛上明華公主之前……」

「那怎麼連現實生活都不記得了？」竇靜焦急問，無法接受兒子不認親媽。

幾位醫生互視一眼，其中一位遺憾道：「大腦結構複雜，有些病情現代醫學也無法解釋，穆先生這種情況，建議接受心理治療。」

竇靜愁容滿面。

「試試吧。」穆崇疲憊道。

可惜，夫妻倆低估了親兒子的心性與智商。穆廷州堅信自己是太傅，雖然無法理解為何周圍環境變得天翻地覆，但固執地無視了一切試圖勸他接受影帝身分的說法。心理醫生介入治療想誘導穆廷州解開心防，穆廷州閉眼閉口，當醫生不存在。醫生嘗試催眠，穆廷州不肯主動配合，醫生與穆崇夫妻商量後實施了一次被動催眠，效果不理想，穆廷州的情緒還出現了負面反應。

竇靜不敢再強迫兒子。

「伯母，廷州不是普通人，我們越逼他，他的抵觸情緒就越高，再用心理療法，我怕他對我們失去最基本的信任，拒絕讓我們接近他。」病房外面，肖照皺眉分析道。

穆崇贊同：「醫生也說了，可能哪天廷州自己會想起來，他的智商，我們想糊弄他都糊弄不了，先這樣吧，循序漸進，一點一點來。」

竇靜心事重重。

「伯母，廷州現在應該最信戲裡的小皇帝與公主。秦磊才讀小學，連假跟家人出國玩了，叫他過來不方便，明薇就在帝都，伯父、伯母同意的話，我請她過來一趟，由她解釋這場車禍，廷州可能聽得進去。」

竇靜眼睛一亮，像抓住了一根救命稻草：「你有她的聯絡方式嗎？」

肖照笑，摸出手機。

接到肖照的電話時，明薇正在試穿韓小雅送來的伴娘裙，淺紫色的無肩帶小禮服，裙擺及膝，說不上多漂亮，但也不醜。

「他說自己是太傅？」明薇驚得下巴都要掉下去了，網路上只說穆廷州醒了，根本沒提到失憶。

『嗯，情況複雜，明小姐方便過來嗎？我們需要妳幫忙，畢竟在廷州眼裡，妳是他的公主。』

肖照語氣正經，明薇卻臉上一熱，公主什麼的，太令人感到羞恥了。

找不到拒絕的理由，明薇馬上換衣服。

醫院附近肯定還守著眾多記者、粉絲，明薇綁了個丸子頭，配上一套大學生風格的打扮，裸色針織衫、淺色牛仔褲和白色運動鞋，素面朝天，一來不想吸引多餘的關注，二來打扮簡單點，免得穆崇夫妻生出不必要的誤會，懷疑她想趁機博得影帝的好感。

太傅、公主關係匪淺，瓜田李下，她必須謹慎再謹慎。

社區外面有水果超市，明薇買了幾樣水果，搭計程車去醫院。

怕粉絲闖進去鬧事，醫院最近嚴防死守，肖照提前打了招呼，明薇暢通無阻。

穆廷州打了鎮定劑，還在睡覺。

竇靜、穆崇在外面客廳等人，看到肖照領進來的明薇，夫妻倆都吃了一驚。這新人演員怎麼跟個高中生似的？從頭到腳、從裡到外都透著一股「純」的感覺。

「穆導好，伯母好。」明薇大大方方地打招呼，「外面都是粉絲，我怕買太多禮物會引起注意，就簡單買了點水果……」

「明小姐客氣了，大老遠的還麻煩妳跑一趟，真是不好意思。」竇靜歉疚地說，請明薇坐在身旁。

「伯母，明薇是我的朋友，您直接喊她的名字吧，都別見外。」肖照端來茶水，笑著調節氣氛。

明薇受寵若驚，不過回想待在劇組那段時間，肖照對待她的確實有點對待朋友的感覺。

肖照面熱心冷，輕易不認朋友，竇靜只當肖照因有事相求才對明薇熱情，不由得有點同情「被利用」的明薇，然後更愧疚了，拉著明薇的小手先誇讚、感激了一番。她看得出來，這女孩是真心來幫忙的，沒想吸引她的影帝兒子。

「您別這樣，我只是個新人，之前與穆先生的合作我學到了很多，現在能幫上忙是我的榮幸。」明薇誠心道。

竇靜嘆口氣，開始聊兒子的病。

「伯母，廷州快醒了，讓明薇先進去吧。」肖照看一眼腕錶，低聲提醒道。

「麻煩妳了。」竇靜期待地目送明薇。

於是，明薇頂著泰山那麼重的壓力，單獨去了裡面病房，肖照三人守在客廳，屏氣凝神。

秒針滴滴答答地轉動，床上男人皺了皺眉，醒了。

他無聲無息地睜開眼，入目還是陌生的房間陳設，心沉了下去，看向旁邊。

沒有眼鏡男，沒有穿白大褂的所謂醫生、護士，沒有自稱是他父母的那對夫妻，卻多了一個身量纖細的姑娘。她頭朝窗外，清澈的眼睛不知道在看什麼，長睫毛輕輕搧動，肌膚白皙細膩，如極品羊脂美玉。

第一眼，他覺得眼熟。

再看一眼，穆廷州認了出來！

「微臣拜見公主。」

掀開被子，穆廷州以雷霆之勢跳到地上，剛要彎腰行禮，忽聞椅子滑動聲，疑惑抬眸，竟見公主跌坐在地，一臉驚慌地望著他。

穆廷州本能地檢視自己，意識到他只穿了一套中衣，穆廷州大悔，當即跪地請罪：「微臣身在囹圄衣衫不整，唐突了公主，還請公主恕罪。」說著就要磕頭。

「別！」

明薇大叫，被炸一般躲出老遠，背靠窗臺，驚駭又同情地看著跪在那的影帝。

這、這人病得不輕啊！

裡面荒謬的對話聽得清清楚楚，竇靜急著要進去，被肖照攔住：「伯母，給他們一點時間。」

竇靜只好繼續忍耐。

病房裡，明薇往門口掃了好幾眼，猜到肖照他們不會過來，再看看仍然跪在地上的穆廷州，明薇平靜幾秒，試探著道：「你……你先起來。」

穆廷州領命，因「衣衫不整」，他自覺地繞到病床另一側，再屈膝跪坐，雙手放在膝蓋上。坐好了，男人抬起頭，不著痕跡地打量明薇一番，沉重道：「公主身著奇裝異服，莫非也是一朝夢醒，不知為何淪落至此？」

明薇滿臉黑線。

幸好她提前知悉了穆廷州的情況，搓搓手，明薇指著旁邊的沙發道：「來這邊坐吧。」不然看高冷孤傲的影帝傻子一樣跪在那，她既尷尬，又忍不住想笑。

穆廷州為難：「臣儀容不雅，不敢唐突公主。」他光著腳，怎能讓公主看見。

明薇跟穆廷州不熟，但她瞭解劇裡的太傅。說實話，穆廷州與太傅有些共同點，都冷，差別就在於，穆廷州又冷又傲，太傅冷而威嚴，因為時代背景不同，穆廷州略顯散漫，太傅肩負江山重任，整日操心國事，十分正經，沒有說笑、嘲諷別人的閒心。

「你的身體還沒……痊癒，既然不坐，那先躺回床上吧，免得病情加重。」明薇再次勸道，說完坐到沙發上，身體、神情漸漸放鬆下來。

「臣遵令。」身處異地，穆廷州不敢放縱，重新回到床上，用被子遮住腰部以下。

明薇低頭，思考著怎麼開口。她不能承認穆廷州是太傅，那樣會更堅定穆廷州的執念，可一上來就告訴穆廷州他有病，肯定會激起穆廷州的抵抗情緒。唉，早知今日，大學期間她該選修心理學課程的。

她默默煩惱，穆廷州也滿心擔憂，看公主的表現好像已經接受了這裡的一切？那些人想盡辦法要將他變成另一個人，他心志堅定才沒讓對方得逞，可公主年幼，不諳世事，太容易受人迷惑擺佈。

「公主見過其他人嗎？皇上人在何處？」穆廷州率先發問。

明薇愣了一秒，下意識道：「他在……」

剛開口，明薇頓時意識到不對，她這是在默認太傅、皇上的存在，不行，要掌握談話的主動權。

「你信我嗎？」明薇心虛地問。

「臣當然信公主。」看出她的小心翼翼，穆廷州淺笑了下。先帝將皇上、公主託付給他，那麼公主既是公主，也是他要照顧的晚輩，對待自己人，他向來不會太嚴厲。

習慣了穆廷州的冷臉，突然看他笑起來，暖如春風，溫柔關懷，明薇恍惚了一下才回神。這殺傷力，怪不得那麼多女粉絲爭著、搶著喊他老公，知道穆廷州出車禍，一個個哭得比穆家親屬還傷心。

「既然信我，能不能請你耐心聽我說些話？」明薇打起當初畢業答辯時的鄭重精神，認真地說。

穆廷州挑了下眉，伸手請道：「公主但說無妨。」

明薇便一字一句地，從她在酒樓初遇穆廷州說起，一直講到前幾天兩人在錄音棚分開，最後非常惋惜地說：「穆先生，我很同情你的遭遇，只是大家都很擔心你，你的父母、肖照，還有外面成千上萬的粉絲，如果你相信我，能不能請你配合心理醫生的治療，早日恢復正常生活？」

穆廷州扯了扯嘴角，身體往後一靠，少了臣子的恭敬，多了一切了然於胸的長者風範。他看明薇的目光還是溫和的，但溫和之下仍是鄭重叮囑：「公主，如果臣信了妳方才所言，那麼臣將不是臣，公主將不是公主，如此，臣最初就不該信妳，妳與外面那些人又有何異？換句話說，只有妳是公主，臣才會心平氣和地同妳相處，信之、敬之。」

明薇詫異地瞪大了眼睛。

穆廷州笑了笑，目光轉向窗外，從他的位置可以看到外頭那些高樓大廈，如海市蜃樓：「公主，妳還年幼，這大千世界無奇不有，臣曾聽聞，苗地產奇毒，其中一種服之會產生幻想，就像變成另一個人，醉生夢死。臣尚且不知妳我為何會身處此境，也不知那些人用什麼辦法哄妳接受了他們的說詞，但公主放心，無論何時何地，臣都會竭盡所能，護衛公主周全。」

眼角眉梢都是自信，那是屬於穆廷州的傲氣。

明薇忽然懂了，失憶的穆廷州，將他的身分設定成了太傅，但他的性格還是屬於穆廷州本人的。

明薇很想幫忙，可是穆廷州這種情況她真的無能為力。

「穆先生好好休息，我先走了。」明薇起身，進來後第一次明確地稱呼穆廷州，也算是強調身分。她是明薇，他是影帝穆廷州，穆廷州不信，不肯接受心理治療，她很遺憾，但沒義務陪他玩太傅與公主的遊戲，當然，如果最後穆廷州妥協，她願意適當地配合。

穆廷州聽懂了她的言外之意，身體離開床頭，沉聲道：「公主要去哪裡？」

她想勸他接受假身分，他也想幫她找回記憶，繼續做大明公主。

「我不是公主，我只是普通人明薇，穆先生的病我無能為力，現在要回家了。」明薇客氣地說。

「臣隨公主同行。」穆廷州一躍而起，什麼衣衫不整都顧不得了。

明薇頭疼，這次肖照三人終於進來了，竇靜捂著嘴哭，淚眼汪汪地看著她失憶的兒子：「廷州，你醒醒吧，你跟明薇都是現代人，根本沒有太傅、公主，那些都是假的，都是電視劇劇情，你不是看過劇本了嗎？」

穆廷州心中冷笑，話可以是假的，白紙黑字就一定是真的？公主會喜歡他一個長者，他會癡戀他視為晚輩的小公主？這種「劇情」也只能是編出來的，怕是蓄意要挑撥他與皇上、公主的關係，讓大明生亂。

但穆廷州不會再反駁。

「夫人真把我當兒子看？」穆廷州面無表情地問竇靜。

這是什麼話？

竇靜心酸難當，邊哭邊點頭：「我跟你爸只生了你一個，不把你當兒子把誰當兒子？」

穆廷州看一眼明薇，冷聲道：「那就放我離開，否則我此生都不會考慮認妳為母……」

「你再說一句！」穆崇怒了，揚手要打兒子。

明薇嚇得打了個哆嗦，情不自禁往肖照那邊湊，竇靜則一把推開丈夫，哭著擋在兒子面前，怒視穆崇：「廷州什麼都忘了，你跟他發什麼火？」

穆崇看看老婆、孩子，兩邊都心疼，無奈地轉了過去。

明薇畢竟是外人，不好在幾個知名人士面前發表意見，肖照沒那麼多顧慮，沉著臉質問穆廷州：「太傅大人，威脅一個急著與兒子相認的母親，這就是你的為人處世之道？」

穆廷州摸摸手臂被扎針的地方，眉眼漠然：「是你們先把我幽禁於此。」

肖照氣得眉頭直跳，「幽禁」都出來了，真想知道將來穆廷州恢復記憶，想起這段時會是什麼心情。

「別說了，是我們不對，媽今晚就帶你回家。」與母子不能相認的難過比，竇靜更心疼兒子，既然醫生們治不好兒子的失憶，不如先回家，或許回到熟悉的環境更有助於兒子康復，「老穆，你去辦出院手續。」

穆崇聽話地去了。

竇靜擦掉眼淚，走到明薇身邊，努力笑著對兒子道：「廷州，明薇有自己的家，現在外面一群記者守著，如果他們知道你把明薇當公主，或是拍到你跟明薇回家，對你沒有太大影響，明薇卻會受到連累，造成很多不便，譬如出門被人追蹤拍攝，所以你們先各回各家，以後有機會再見吧？」

注意到穆廷州一直在看她，明薇輕輕點頭，自嘲地活躍氣氛：「穆先生，你有上千萬的女粉絲，被她們知道這件事，她們肯定會對我品頭論足，我撐不住啊。」

作為證據，肖照用手機打開穆廷州的社群主頁，讓穆廷州看他的粉絲數量與留言，「你真把明薇當公主，就該替她考慮。」

穆廷州懂了，換成在明朝，他與公主走得太近，也會招惹流言蜚語。

「公主住在何處？你們要安排我住何處？」放棄同行後，穆廷州拋出兩個關鍵問題。

「我住景山社區。」明薇對肖照說。

肖照打開地圖，輸入景山社區與穆廷州的別墅地址，兩個地點相距二十分鐘車程。明薇偷瞄一眼，發現穆廷州從錄音棚回家確實與她順路。

「我要先去那邊看看。」不親眼查看公主住處，穆廷州不放心。

「可以，但只能進社區，不能上樓。」肖照提出條件。

穆廷州勉強接受。

肖照這才對插不上嘴的明薇道：「妳先回去吧，到社區我打電話給妳，在陽臺露個面就行。」

明薇如釋重負，禮貌地朝竇靜三人道別，毫不留戀地走了，沒看到身後穆廷州薄唇緊抿。

明薇離開不久，穆崇辦好出院手續，夫妻倆聯合肖照，辛苦地突破記者、粉絲包圍，成功護送穆廷州上了肖照的車。

肖照開車，透過車內後視鏡看穆廷州：「那麼多記者粉絲，難道也是我們安排的？」

穆廷州看著窗外，充耳未聞。

竇靜用眼神示意肖照安心開車，她耐心地向兒子介紹路邊的一切。

穆廷州默默吸收各種資訊。

副駕駛座上，穆崇一開機立即收到各種消息，竇靜見兒子盯著丈夫的手機看，她也拿出自己的，教兒子使用常用的通訊工具。前面肖照翻出穆廷州倖免於難的手機，物歸原主，「指紋解鎖，大拇指按住 Home 鍵就行。」

在竇靜的幫助下，穆廷州學會了「解鎖」技能。

他按照順序點螢幕上的各種軟體圖示，在相簿裡看到幾張一家三口的合照，剩下的大多是風景。穆廷州心如止水，繼續往下，很快輪到通訊錄，一排排人名後幾乎都備註著職業，導演、編劇，除了幾個親屬稱謂，肖照是少數沒有備註的人之一。

從上看到下，從下看到上，看了兩遍，都沒有「明薇」或「公主」。

「廷州，這就是明薇住的社區。」竇靜柔聲提醒道。

穆廷州抬頭，看向窗外。

前面駕駛座上，肖照舉起手機，打電話給明薇：「我們到了。」只說一句肖照就掛了，穆廷州卻盯著他的手機看了好幾眼，才繼續遠望外面樓房第五樓。陽臺上多了一道身影，站得太高，小小的，但確實是她。

「放心了？」肖照回頭問。

穆廷州抿唇不語。

肖照不再嗆他，駛出社區，直奔穆廷州常住的別墅。

到了別墅，穆廷州一個人待在房間，站在書架前翻書看，一直到天黑。

晚上六、七點，對大都市的人來說只是晚飯時間，飯後還有豐富多樣的消遣，但對古代「太傅」而言，天黑，就意味著睡覺，至少公主應該過這樣的規律生活。

拿起桌面上的手機，穆廷州傳訊息給肖照：『我要公主的聯絡方式。』

二樓房間裡，肖照哭笑不得，想了想，將明薇的手機號碼、通訊軟體帳號一起傳了過去。

第九章　叫我太傅

沒胃口吃飯，明薇窩在沙發上不停地翻娛樂圈新聞。

穆廷州出院再次引起一波狂潮，明薇仔細閱讀各種爆料，確定真的沒有出現自己，暫且放了心。但依然後患無窮，如果穆廷州固執己見，認定她是公主，以太傅的責任心，穆廷州定會堅持「保護」她，萬一被狗仔拍到……

會有惡劣影響嗎？

其實也沒什麼，相反，明薇還能借穆廷州的名氣紅一把，可明薇不想蹭熱度，能避免最好，再說穆廷州動不動就磕頭行禮，相處起來實在很尷尬。安心占他便宜，穆家人、粉絲們不高興，不占便宜，她就必須主動躲，平白多了個大包袱。

訊息提示一直響，是程耀：『剛從英國回來，一起吃晚飯？』

明薇笑了，程耀也是個妙人。那晚談話時程耀只說他投資《大明》的動機是她，並未聲明自己是靠他才能進組，但不可否認，程耀在故意誘導自己誤會。這其實能理解，程耀想重歸於好嘛，可惜適得其反，暴露了他非君子的一面。

說出真相，相信以程耀的自尊絕不會再糾纏，可明薇沒那麼莽撞。程家在帝都也是一號人物，何必將程耀得罪的那麼死？萬一程耀惱羞成怒蓄意報復怎麼辦？人在社會上，總要圓滑點，做不成戀人，也不必做仇人。

她簡單回：『吃過了。』

該說的狠話早已說過，都是聰明人，她保持冷淡，程耀自會明白她的想法。

這拒絕比帝都傍晚的秋風還涼，景山社區外，程耀心頭苦澀。暗示明薇靠他進組，這已經是自己的底線，明薇坦然拍戲又不改變對他的態度，程耀疑惑，卻又問不出口，問了，就是挾恩圖報，更招人厭煩。

『那我先回家，有空再約。』摸摸手機背景上明薇的生活照，程耀緩慢打字。

明薇沒回，放下電腦去洗手間。

出來時聽到電話鈴聲，拿起手機看到是一個陌生號碼。

程耀換號碼了？

明薇有一絲遲疑，舉到耳邊接聽。

她沉默，對面也沉默，這態度太曖昧，明薇皺皺眉：「你是？」

穆廷州：『……』

聽出公主的聲音，「第一次」用手機打電話的「太傅」，全身湧起一種奇怪的感覺。鎮定片刻，他恭敬道：『微臣穆昀，遙拜公主。』那些人硬塞給他一個名字，可他記得自己的真名。

文縐縐的話，激起明薇一身雞皮疙瘩。

摸摸手臂，明薇盡量溫和地道：「穆先生，我說過很多次了，我不是公主。」

對方是病人，她要有同情心。

『臣也說過多次，您乃大明公主。』逐漸習慣了手機通話，穆廷州平靜說。

明薇無語，坐回沙發上摸著額頭問：「不提這個，穆先生找我有事？」

『叫我太傅。』穆廷州威嚴道。

明薇心裡哀嚎，腦筋一轉，嘗試道：「我想叫什麼就叫什麼。」不是太傅嗎？敢以下犯上？

電話那頭果然沉默了。

明薇心情好轉，又問他目的。

『臣想知道，公主來這邊多久了。』穆廷州走到落地窗前，目光複雜地望著窗外的夜景。

明薇報出自己的出生日期：「我是土生土長的本國公民，家鄉蘇城。」

穆廷州前兩天學了西曆，算完公主的年齡，他譏笑：『公主還是您十五歲那年的模樣，絕非二十二。』又找到一個他與公主身處虛幻世界的證據。

明薇差點笑岔氣：「那是因為十五歲的公主是二十二歲的我演的。」

穆廷州自動將這句列入「公主失憶語錄」，繼續問：『公主身邊可有宮女侍奉？』

「沒有，我現在住朋友家。」

『臣需要知道那人的身分背景。』

「個人隱私，恕不奉告。」

穆廷州眉頭快擰成一個「川」字了，忍了忍，退一步問：『對方，可有家室？』

明薇繞個彎才跟上他的思緒，不忍讓「太傅」著急，老實交代道：「我朋友是女的，我們都單身，互相照顧。」

穆廷州仍不放心：『公主的衣食住行，都由她侍奉？』公主嬌生慣養，一個「宮女」怎麼夠用？

明薇無聲尖叫，攥攥拳頭，擠出體內藏著的所有耐心，一口氣道：「這個時代沒有宮女、奴婢，我跟她都是自由身分，她有她的事業，我有我的工作，我自己賺錢、自己洗衣做飯，不用別人伺候。穆先生，您再用古代的階級觀念考慮事情，我們恐怕談不下去了。」

她的語氣帶著警告，穆廷州聽得心都要碎了。

先帝臨終托孤給他，他竟然讓公主淪落到操心錢財的境地，想像昔日錦衣玉食的嬌氣公主如今自己裁衣、燒柴，穆廷州臉色鐵青，恨不得立即找到謀害他與公主之人，逼對方交出解藥，再押入大牢重刑拷問。

「穆先生？」

那頭沉默太久，明薇突然有點擔心，之前的煩躁情緒一掃而空。穆廷州生病了，她該多多體諒他，若非失憶，人家堂堂影帝也不會追著她喊公主，又跪又拜的，也許將來穆廷州記起這些，想殺人滅口都有可能。

這麼一想，明薇的聲音更輕柔了：「穆先生，您沒事吧？」

對面傳來男人沉重低啞的聲音：『臣無礙，公主現在以何為生？』

明薇一顆心懸著，慢慢道：「以前是翻譯，現在當演員，剛起步，很多地方做的還不夠好，但我會努力的……那個，你知道演員這職業嗎？」

『臣知道，有人敲門，臣先告退。』寂靜的房間裡，穆廷州幽幽道。

明薇莫名感到一陣不安，看看螢幕，見通話還在繼續，重新將手機舉到耳邊，意外地聽到了開門聲，然後是下樓的腳步聲。再看看螢幕，明薇輕輕咬唇，穆廷州是不會掛電話，還是忘記掛了？理智告訴她現在就該掛斷，可強烈的好奇心阻止了她。

滿腦子糾結，就在明薇準備掛斷時，手機裡終於又有了聲音。

『肖照。』

站在肖照門外，穆廷州揚聲喚道。

肖照剛洗完澡，最近忙著照料穆廷州，他都沒顧上個人衛生。揉揉還沒吹乾的短髮，肖照戴好眼鏡，穿著浴袍來開門，下意識諷刺道：「太傅找我……」

話沒說完，人影也沒看清，迎面驀地飛來一拳，肖照沒有任何防備，左臉結結實實挨了一拳頭，打得他頭暈眼花，連續倒退好幾步。不算小時候男孩子間的調皮打架，這這是肖照從國中算起第一次挨打！

公眾面前溫文儒雅的男人，在盛怒之下爆了粗口：「靠，你又發什麼神經？」

說著抬起頭，左臉火燒似的疼，肖照抹一把嘴角，還好，沒流血。

他怒在表面，穆廷州寒在心底：「為何騙公主去當戲子？」

戲子？

肖照差點又要罵人，只是對上穆廷州沒有任何溫度的眼睛，想到太傅對明華公主的深情，以及《大明》殺青後穆廷州連續幾天都沒開口與人交談，他強迫自己不跟一個失憶病人計較。扶一扶眼鏡，肖照正色道：「我解釋過了，在這個時代，演員是受人尊敬的職業，明小姐喜歡演戲，這是她的個人選擇，我無權干涉。」

穆廷州理解這一點，其他人演戲他不會瞧不起，但他無法接受尊貴的公主登臺演出娛樂大眾。公主，那是公主，凡夫俗子見到公主都要下跪，他們有什麼資格看公主……

「公主拍了幾部戲？」盛怒過後，穆廷州開始審問。

肖照忍他，轉身往裡走，摘下眼鏡，拿起吹風機繼續吹頭髮：「只跟你合作了《大明》，正在後期製作，預計明年開播吧。」

「不許播，公主金枝玉葉，容不得你們輕賤。」

肖照笑，手裡吹風機對準穆廷州：「不好意思，在我們這裡，你不是太傅，管不了別人。」

穆廷州沉著臉躲開吹風機的風力，目光更冷。

「上輩子我肯定欠了你。」肖照低聲自言自語，關了吹風機，再次向穆廷州普及影視圈：「……你與明小姐都簽了拍攝合約，就算你能說服明小姐退出演藝圈，《大明首輔》還是會照常播放，再說了，那是一部正劇，主講朝堂風雲，明小姐出演公主，服飾保守，除了跟你的那場清水吻戲……」

「住口。」穆廷州厲聲打斷他。

肖照聳肩。

穆廷州看著他，心底慢慢升騰起一種無力感，那是他當首輔太傅時從未有過的體驗。人在這裡，他無權無勢，空有護她之心卻無實行之力，甚至連公主都不信任自己。

「若我發現公主拍了有損她名譽的東西，我對付不了別人，殺你易如反掌。」認定肖照與幕後之人有直接關聯，穆廷州淡淡道，聲音很輕，神色也不像剛剛那麼嚇人，卻更令人頭皮發麻，心底發寒。

肖照簡直要跪下了，他費神費力照顧穆廷州，如今還要承受生命危險？

「太傅，冤有頭債有主，你歸我管，但明小姐的經紀人是沈素，她的劇本都是沈素挑的，你不想讓明小姐拍親密鏡頭，請去找沈素談。不過還是那句話，我們是朋友，我處處體諒你，人家沈素、明小姐可不欠你，你最好考慮清楚再上門，免得被拒於門外。」

經紀人可以管她？

穆廷州心中一動，問肖照：「我想當公主的經紀人，需要做什麼？」

肖照說了一堆，口乾舌燥正在喝水，聞言一口噴了出來。

穆廷州眼中掠過一抹嫌棄。

肖照抽紙巾擦拭嘴角，不耐煩道：「不可能，明小姐已經簽了合約，歸沈素管。」

穆廷州偏首，調動目前掌握的所有資訊思考對策：「違約金是多少？我有多少錢？」

肖照蹙眉：「你認真的？不怕關係公開，媒體亂傳你與明小姐的緋聞？」

穆廷州肅容而坐，梅風傲骨：「護衛公主乃本官職責所在，清者自清，何懼人言。」

他盡太傅之責保護、教導公主，只要時時守禮，旁人能說什麼？

肖照推推眼鏡，陷入了沉思。

偷聽半晌的明薇，心慌意亂掛了電話。穆廷州病得這麼重，真的還能治好嗎？還有肖照，怎麼感覺要配合穆廷州「保護」她了？毀約……毀個屁啊，沈素挺好的，她為什麼要接受一個失憶影帝做經紀人？

別人巴不得跟穆廷州綁在一起，明薇偏偏不想要。

一顆心上上下下，明薇撥了肖照的電話。

『晚上好，明小姐。』

才隔了幾分鐘，肖照又恢復成文質彬彬的模樣，而且心情似乎不錯。

明薇腦袋快亂成一團了，開門見山：「對不起，剛剛穆先生打給我，忘了掛斷，我無意聽到了一些。肖照，我知道你希望穆先生早日恢復，但我有我的工作生活，請你轉告穆先生，我不會與天際那邊毀約，他還是安心養病吧。」

肖照目光變了幾變，等明薇說完了，他回頭，看著沙發上的影帝道：『明小姐放心，毀約這麼兒戲的事，我不會讓他胡鬧的。』

明薇鬆了一口氣。

『不過，據我所知，明小姐還沒聘用正式的助理？』

明薇呼吸一噎，險些斷氣！

如果穆廷州是普通人，明薇可以理直氣壯地拒絕與他產生任何關係，對方來糾纏就趕走，糾纏太狠就報警，總有辦法收拾他。可問題就出在穆廷州太不普通，他是國內知名影帝，在全球都有相當高的人氣。

不可否認，名人總會享受一些優待，特別是一個值得敬佩的名人。

明薇也不能免俗，所以雖然內心是拒絕的，但她還是跟沈素坐在一起，與穆崇夫妻、肖照進行視訊會議，商量讓穆廷州做她助理這件事。穆廷州並沒有出現在鏡頭裡，可能被肖照安排在其他房間休息了。

「沈總、薇薇，不好意思，我們這邊都是記者，不方便直接去找你們，只能先這樣談了。」

竇靜憔悴地道歉。

「伯母客氣了，我們理解。」明薇大方地表示沒關係。

客套完畢，肖照接話道：「明小姐，廷州的病情相信妳已經瞭解了，他智商高學習速度快，正常生活不是問題，但現在只認妳，拒絕與我們長期接觸。醫生建議我們尊重他的意願，病人情緒穩定才有助於記憶恢復，這也是我提議讓廷州擔任妳的助理的主要原因。」

「可……」

「明小姐，請先聽我說完。」

肖照微笑打斷明薇，繼續侃侃而談：「這件事，名義上廷州受妳雇用，實際上是明小姐在配合廷州的治療，所以明小姐無需支付廷州任何助理酬勞，相反，穆家還會給妳一筆可觀的報酬以示感謝。其次，明小姐投身演藝圈，除了沈總這樣有能力的經紀人，還需要一位專業助理，如果明小姐不嫌棄，廷州擔任妳助理之後，我會義務做妳的第二助理，既為明小姐提供服務，同時也是監護廷州，確保妳能正常工作、生活。」

明薇有點頭暈。

穆廷州、肖照可是娛樂圈的金牌藝人與經紀人搭檔，穆廷州那些女粉絲拒絕穆廷州與女星的緋聞，卻樂此不疲地幻想穆廷州與肖照的「浪漫」基情，現在兩個人都要給她這個小新人當助理，傳出去，她會不會被眾粉絲的熊熊嫉妒之火燒死？

「肖先生，您考慮過穆先生的意願嗎？」沈素冷靜地問，「這種安排極有可能造成明薇與穆先生的緋聞，穆先生現在不在乎，可他總有恢復的那一天，屆時若穆先生回想此時的失憶行為而遷怒明薇，一旦穆先生在公共場合表露出來，哪怕只是蛛絲馬跡，明薇也將承受一定程度的輿論傷害，粉絲有多瘋狂，你我都很清楚。」

從造星的角度來講，這合作對明薇有好處，沈素是支持的，但她同樣尊重明薇的意見，會儘量替明薇婉拒。

肖照點點頭，看向穆崇夫妻。

竇靜歉疚地看著明薇：「薇薇有顧慮是應該的，但妳放心，我暸解廷州，他不是那種人，而且我會將這點寫進合約裡，道德、法律雙重約束，儘量避免給妳們造成負面影響。如果薇薇同意，在廷州擔任妳的助理之前，我們會開記者會解釋此事，無論廷州能不能恢復記憶，妳都是我們穆家的恩人。」

提到兒子的病，竇靜聲音哽咽，說完便走出鏡頭，擦眼淚去了。

穆崇沒說什麼，但看明薇的眼神，讓人感到沉重如山。

明薇對穆廷州只有同情，但竇靜的眼淚讓她心酸心疼。

穆崇夫妻提出的條件，不能更有誠意了。

她轉頭看沈素，沈素微微點頭。

明薇便朝肖照笑了笑，頗為無奈：「那就委屈你們了。」

事情談妥了，穆崇去安慰妻子，肖照繼續談合約條件。

明薇不要穆家的報酬，這種合作，穆廷州能幫她的名氣帶來質的飛升，雖不是她主動求的，但再要錢就太不厚道了，她只希望事後穆廷州別翻臉不認人。至於穆家開記者會的時間，因為明薇後天要去參加同學婚禮，所以定在了十月七號。

會議結束，明薇告別沈素，開車回家，剛推開房門手機就響了，來自「太傅」。

明薇搖搖頭，靠在牆上接聽。

『微臣穆昀，遙拜公主。』

錄音似的「請安」傳了過來，明薇頭皮癢癢，閉著眼睛「嗯」了聲。

『肖照說，您同意用臣當助理了？』穆廷州端坐在書桌前，對著電腦螢幕問。

明薇被他摧殘得身心俱疲，包包丟到沙發上，人也躺了下來，仰面跟「病人」陪聊：「是啊，可你明白助理的意思嗎？助理很辛苦，我渴了你要幫我遞水，餓了你要端飯給我，偶爾我還可能朝你發洩負面情緒……」

『這都是臣分內之事。』穆廷州平和道，『公主是不是累了？』

他的聲音突然低了幾度，莫名溫柔，如一根軟軟的羽毛，在心尖掃過。

明薇怔了幾秒才隨口道：「是，是有點。」

『那公主早點休息，待時機到了，臣再去拜見公主。』穆廷州移動滑鼠，關閉剛瀏覽完的網頁。

「嗯，你……記得關機。」明薇友情提醒。

『臣明白。』記起昨晚他犯的操作錯誤，穆廷州神色嚴肅起來，努力維持太傅威嚴。

明薇看不見他的樣子，結束通話，她一手搭在額頭，呆呆地想事情。

公開之後，她的世界也要天翻地覆了吧？

影帝的公主，這名頭，夠閃亮，想不出名都不行。

六號參加婚禮，七號穆廷州那邊公布病情，那麼五號將是明薇默默無聞的最後一天。想做什麼就做什麼，不用擔心被狗仔跟拍、被穆廷州的粉絲圍堵，這樣的一天比金子都還要珍貴！

明薇決定好好享受。

上午逛景點、到遊樂場瘋玩，中午一個人吃大餐，下午逛商場買買買，晚飯前做了一次全身ＳＰＡ，渾身舒暢，然後也榨乾了最後一絲力氣。一回到公寓，明薇就撲到床上舒舒服服睡大覺。

睡著睡著，被電話吵醒，是韓小雅的，提醒她明天別遲到。

明薇揉揉眼睛，設定了鬧鐘，繼續睡。

電話又響了，是肖照。

『明小姐，廷州回別墅後一直在看電腦，連續兩晚沒睡了，我勸不動他，能不能麻煩妳……』

明薇納悶：「他看電腦做什麼？」

肖照：『瞭解新時代。』

明薇差點笑出聲，翻個身，認命地打電話給病人。

穆廷州正在看飛機起飛原理，接到公主主動打來的電話，神色一凜：『公主有何事？』

明薇無聊地繞頭髮：「沒，我聽說你這兩晚都沒睡？」

穆廷州立即猜到是誰跟公主通風報信了，但他有充分的理由：『公主，臣初來乍到，必須儘快熟悉這個朝代。』熟悉了，才能更好的照顧公主。

「是該熟悉，可你要勞逸結合啊，熬夜有害身體，把自己弄到病了，還怎麼當我的助理？」明薇順著他的思考方向說。

穆廷州沉默。

明薇打個哈欠，含糊地道：「我要睡了，你睡不睡？」

透過手機，穆廷州彷彿能看到公主睏倦地站在對面，鬼使神差的，也感受到一絲疲憊。

『臣，遵令。』關掉電腦，穆廷州低聲道。

明薇滿意了，手機放到床頭櫃上，抱著被子秒睡。

穆廷州捏捏疲乏的肩膀，練了一套形意拳舒展筋骨，這才入睡。

太久沒有正常睡眠，這一覺穆廷州一直睡到上午十點多，窗外陽光刺眼。

沐浴更衣，穆廷州慢步下樓。

肖照在客廳看娛樂新聞，穆廷州可以什麼都不考慮，但他還要處理影帝的公關。

「廚房裡溫著粥，餓了就吃，不餓等等直接吃午飯。」背靠沙發，肖照對著電視說。

穆廷州餓了，自己去廚房盛粥，吃完了準備上樓繼續瞭解新知識。一隻腳都踩上樓梯了，穆廷州忽然想起什麼，回頭問肖照：「記者會為何定在明日？」他本以為肖照今天有事，現在看來，肖照非常閒。

肖照知道他急著想見「公主」，淡淡道：「明小姐的同學今天結婚，她要當伴娘，沒時間。」

穆廷州皺眉：「什麼是伴娘？」怎麼感覺像伺候人的？

肖照解釋不清楚，讓他自己上網查。

穆廷州快步回到房間，開機，搜尋。

搜尋引擎裡有說明也有圖片，一眼掃過那些露胳膊、露腿的女人，想到他的公主現在可能也穿成這樣被一群男人圍觀，穆廷州額頭青筋暴現，猛然關掉電腦，抓起手機打電話。

明薇正在洗手間補妝，一看是穆廷州打來的，下意識皺眉，偷偷接聽。

『妳在哪？』

男人怒火中燒，沒用敬語，明薇先是一愣，跟著大喜：「你記起來了？」

穆廷州不答反問，語氣急促：『是不是在當伴娘？』

明薇茫然：「是啊……」

『地點。』

「……宏遠酒店，穆先生，你……」

沒等明薇問完，電話斷了，明薇滿頭霧水，想打回去，外面室友叫她，明薇遲疑一會兒，飛快傳訊息給肖照：『穆先生剛剛問我在哪，你盯著他一點，我先去忙了。』

訊息傳送，明薇將手機調成震動模式，重返會場。

這邊肖照才聽完語音訊息，就聽到一陣蹬蹬蹬的下樓聲，抬頭，穆廷州一身黑色西裝，面冷如霜。

「你……」

「去宏遠酒店。」穆廷州健步如飛，不容拒絕。

第十章 公主請自重

明薇大學寢室有四個人，論家庭條件，明家算是最好的，只是明薇的青春期也是老爸明強的創業期，創業這種事，有起有落，老爸為錢苦惱、埋頭苦幹的身影不知何時深深印在了明薇腦海深處，所以後來家境轉好，老爸也越來越豪放了，明薇卻依然保持著勤儉節約的生活習慣。

韓小雅從小就是校花級美女，沒想到一進大學撞上了明薇，不說整個學院，連班花她都只能排第二。習慣被人眾星捧月的她當然受不了，暗暗較勁跟明薇比了四年，結果妝容再精緻，別人也不會承認她比明薇美。

顏值不如人，韓小雅發憤圖強，畢業前夕，明薇做了自由翻譯，她成功進了一家知名外商公司。

韓小雅本來想炫耀一番的，但社群上明薇經常上傳一些出國旅遊的照片，吃吃喝喝別提有多快活，再看她，因為是新人，既要左右逢源打好人際關係，又要加班加點地工作，生活太累，韓小雅故意忽視明薇，只與境況不如她的同學保持聯繫。

今年開春，韓小雅陪公司一位王姓老總出國出差，一個中年離異多金有權，一個年輕貌美欲迎還拒，宛如乾柴烈火，熊熊燃燒了起來，如今更是奉子成婚。韓小雅漂亮會哄人，王總特別寵她，要什麼給什麼。

韓小雅春風得意，不過因為明薇太美，她一開始沒打算邀請明薇當伴娘，後來原定的一位伴娘起水痘無法出席，正好明薇發了新動態，韓小雅一時興起才叫明薇來湊數，趁機炫耀一番自己的美好婚姻。

新娘要去會場了，出發前伴娘們圍在身邊看她戴首飾，項鍊、耳墜、戒指一整套全是知名珠寶品牌，珠光寶氣，讓女人難以抗拒。明薇知道怎麼做能讓韓小雅高興或鬱悶，但人都過來了，何必在這種日子玩幼稚？所以韓小雅秀首飾，她便挽著室友小方的手臂，三個人一起看。

「哇，這是幾克拉的？」小方發自肺腑的羨慕與好奇。

韓小雅神情甜蜜地伸出一隻手：「他想送我九克拉的，我怕將來不敢戴出門，就挑了這一款。」

「多少錢？」另一個室友嘿嘿笑地問。

韓小雅看眼明薇，低頭笑：「我們不談錢，重要的是他對我的心意。」牌子款式都有，室友們回頭網路上一查，自然知道價格。

「啊，好羨慕妳。」小方將戒指還給新娘，真的很羨慕。

韓小雅慢慢將戒指套到自己白皙修長的無名指上，眼睛不著痕跡打量明薇腳上的高跟鞋，聲音真誠，充滿了祝福：「妳們別急，緣分到了，說不定比我嫁的還好呢，到時候就輪到我羨慕妳們了。」

小方嘆氣：「我肯定沒辦法，薇薇或許還有機會。」

韓小雅聽了，抬頭問明薇：「薇薇可是我們學院的院花，追妳的人不少吧？」

明薇無奈地笑：「沒遇到合適的。」

韓小雅一副非常懂的模樣：「自由業就是這一點不好，交際圈太窄，要不然我介紹妳來我們公司？薪水絕對比現在高，還有各種福利。」

她只顧著刺激明薇，沒注意到另外兩個室友尷尬的表情，都是室友，怎麼不推薦她們？

「還是不了，我不太習慣束縛。」明薇婉拒，看看外面，提醒新娘：「是不是要下去了？」

想到宴會廳裡事業有成的老公，韓小雅幸福地點點頭，身穿繁複奢華的婚紗，隆重登場。

婚宴有專業策劃人，伴娘們的任務輕鬆，而且韓小雅特別照顧明薇，沒給她安排什麼事情，明薇便去找其他幾位校友敘舊聊天，直到新郎、新娘要攜伴娘、伴郎團們合影，明薇才大大方方地朝臺上趕去。

三位伴娘，小方臉蛋清秀但身材比例不太協調，肩寬腿粗，秀秀身材不錯但五官普通，導致身穿伴娘服的明薇走到前面時，一下子吸引了所有賓客的視線。女客們目光複雜，男人們則或明目張膽或隱晦地欣賞美女，看她雪白的肩膀、纖細的腰肢、修長勻稱的腿。

就連新郎官王總都忍不住多看了明薇幾眼。

明薇化了淡妝，離得遠了點，肯定是盛裝打扮的新娘更豔麗奪目，但是距離近了，一個天生麗質一個需要錦上添花，高下立判。

注意到老公的眼神，韓小雅悄悄咬唇，但手碰到懷孕四月的小腹時又笑了，都登記結婚了，孩子也有了，明薇不可能威脅她的地位。

目送明薇上臺，攝影師笑著指導幾人擺姿勢，擺好了正要開拍，宴會廳外面突然傳來一陣騷動，像地面突然形成的龍捲風，過境之處立即引起喧囂。明薇好奇地探身張望，先看到靠近門口的賓客亂了，有人震驚地捂住嘴，有人狂喜尖叫。

「穆廷州！真的是穆廷州！啊啊啊！」

那一秒，明薇雙耳彷彿失聰般，什麼都聽不見了，只看到一個穿黑色西裝的男人大步跨進宴會廳，燈光好像也變成了粉絲，全都打在他身上，太耀眼，她看不清他的臉，也看不清他手裡拿的是什麼。

但明薇知道穆廷州是為了誰而來，儘管自己並不清楚理由。

關鍵時刻，趨利避害的本能發揮了作用，明薇做賊般偷偷往室友身後躲。

「穆廷州！老公，是你請他來的嗎？」

明薇剛藏好，韓小雅也從那做夢似的感覺中醒了過來，激動地問她老公。

王總目瞪口呆地看著朝這邊走來的影帝，已經澈底傻了，他怎麼可能請得動這種超級明星？

與影帝相比，王總的顏值簡直成了泥石流，韓小雅雙眼發亮地望著影帝，沒留意到自己老公的呆愣，她興奮地朝影帝走去，想要來個粉絲與影帝的熱情擁抱，都來參加她的婚禮了，抱一下應該沒關係吧？

然而穆廷州連她一根頭髮絲都沒看，寒著臉避開韓小雅，再越過另外兩個伴娘，直接來到明薇面前。他面容冷峻威嚴，眸中湧動著怒氣，抬頭看到這樣的影帝，明薇突然記起一幕《大明首輔》的劇情：第一次意外擁抱後，為了得到太傅的關心，明華公主故意摔倒，當時的太傅也是一副臭臉。

可是她做錯了什麼？

明薇努力朝穆廷州使眼色，求他想辦法圓過去，別現在曝光他的病。

只是她剛動了下眼珠，穆廷州就動了，雙手一甩一扯，轉眼就將明薇裹了起來，從脖子到腳，嚴嚴實實。明薇呆若木雞，反應過來發生了什麼事，她難以置信地低頭，就見身上多了一層似窗簾又似被單的東西，長到都拖地了。

有那麼幾秒，整個宴會廳都沒了聲音。

「你有……你瘋了？」

悶熱感將明薇拉回現實，掃一眼臺下舉著手機拍攝的賓客，再看看身上的「外袍」，明薇的臉一下子紅了，一邊掙扎一邊質問穆廷州。她知道他有病，但能不能別這麼有病？一想到她被裹的影片很快就會被傳到網路上，明薇恨不得用頭撞牆！

丟人，丟死人了！

「公主千金之體，冰清玉潔，如此不顧清譽，臣痛心疾首，不能不管。」穆廷州身體逼近，低沉壓抑地在她耳邊說，明薇還在思考自己怎麼就不愛惜名聲了，腳下突然一空，竟被穆廷州打橫抱了起來！

眾目睽睽，影帝抱女人了！

宴會廳內尖叫連連，各種牌子的手機被主人高高舉起來，或錄或拍，場面完全失去了控制。

明薇腦海裡一片空白，唯一的反應是躲在穆廷州臂彎裡，不敢面對鏡頭。

穆廷州低頭，看到她幾乎紅透的側臉與耳根，目光更冷，煞氣逼人，圍堵的人群見了，下意識地退到兩邊，再加上有肖照幫忙，五分鐘後，穆廷州抱著明薇順利走出酒店，直奔肖照那輛休旅車而去。

等那群賓客追過來，車子已經消失在了馬路上。

「王總，那個伴娘跟穆廷州是什麼關係啊？」

「小雅妳行啊，大學同學居然是穆廷州女朋友，怪不得那麼漂亮。」

「不過好好的婚宴，穆廷州搶人做什麼？」

「嘖嘖，穆廷州的占有欲可真強，你看他拿窗簾裹住女朋友，肯定是吃醋了，不想讓別人看他的女人，真霸道。」

影帝搶了伴娘就走，賓客們雖然重回了宴會廳，但話題都集中在影帝的緋聞八卦上，而本該風風光光的新郎、新娘，孤零零站在臺上，說有多尷尬就有多尷尬。婚宴主持試圖挽回局面，可惜效果堪微，賓客們的心已經跟著影帝飛了。

炫耀不成反被明薇搶了風頭，韓小雅臉氣得臉都白了，在心裡把明薇罵了千百遍。

休旅車後座，明薇的臉色一會兒紅一會兒白，胸口宛如一座活火山，隨時可能噴發。

穆廷州坐在她旁邊，雙手搭在膝蓋上，眼簾低垂，嘴角緊抿。

肖照看看後座，識趣地保持沉默。

最後還是明薇先沉不住氣，誰都不看，低著腦袋，試圖把手從窗簾裡解放出來。

「公主。」穆廷州不悅地開口，聲音嚴厲，像在訓人。

明薇聽見了，但懶得理他，只顧著掙扎自己的。

「回別墅再說吧，他是古人思想，覺得妳穿得太少了。」肖照同情地看了看明薇。

「我管他怎麼想？」明薇不聽，繼續掙扎。

她穿著低胸禮服，扭來扭曲，窗簾滑落，白皙的肩頭若隱若現，穆廷州忍了又忍，終於忍不住了，伸手想把窗簾蓋回去。明薇發現了他的動作，在穆廷州的魔爪靠近之前，猛然抬頭，憤怒地瞪著他。

穆廷州的手就那麼頓在半空。

她生氣，他既理解又不理解，但愣住全是因為女孩眼裡盈盈浮動的淚。

他沒再繼續，明薇重新低頭，眼裡的水受重力作用，沿著臉龐滾落。

憑什麼，他憑什麼？

她遷就他的病，可自己是個自由人，他有什麼資格管她穿褲子還是裙子？甚至強行帶她離開？

哭出來了，委屈的感覺也過去了，明薇扭頭，努力讓自己平靜下來。

車裡鴉雀無聲，明薇看著車門內側，穆廷州目光複雜地看她。

肖照誰都沒看，以最快的速度開回別墅車庫，然後車門一甩，丟下兩人先進去了。

公主也好，明薇也好，穆廷州闖的禍，他自己解決吧！

穆廷州一直在等肖照離開，有些話他不想當著外人的面說。

肖照一走，穆廷州看看面朝車窗的公主，默然下車，從車尾繞到明薇那邊，拉開車門。

明薇人還在窗簾裡裹著，其實路上是可以掙開，但她突然不想掙扎了，賭氣。懶得看穆廷州，明薇轉過腦袋，只留後腦勺給他。

「臣情急之下對公主不敬，請公主責罰。」穆廷州毫不遲疑地跪下，低頭賠罪。

明薇聽到動靜，回頭見他跪在那，既彆扭又頭疼，沒好氣吼他：「你起來！今天我先跟你說清楚，我不喜歡你下跪，再跪一次，就不用當我的助理了，我們各過各的，這輩子都不會再見到你！」

影帝跪得輕鬆，她還怕折壽呢！

太傅乃重臣，對待公主完全不必動不動就下跪，但穆廷州猶記得她眼裡的淚，愧疚道：

「公主……」

「起來。」明薇冷冰冰地打斷他。

她盛氣淩人，穆廷州眼簾微動，默默站直了，腰以上被車擋住，明薇只能看到一雙大長腿。西裝最襯男人的氣質，輪到穆廷州這種顏值爆表、身材完美的極品，女人看他的腿，就與男人看美女的胸是一樣的效果。

明薇又轉了過去，煩躁。

穆廷州頓了頓，關上這邊車門，重新繞過去坐好，順便關上右車門。

生氣解決不了問題，明薇背靠座椅，目視前方：「肖照說你最近在熟悉現代常識，你瞭解現代服裝了嗎？」

穆廷州垂眸：「臣略知一二。」

明薇冷了聲音：「那你難道不知道，現代觀念開放，女人喜歡穿什麼就穿什麼？」

穆廷州知道，但那些都是網路上看到的文字與服裝圖片，前幾天見面公主衣著還算保守，暴露程度與古裝差不多，他便以為公主懂得避諱，哪料到……腦海裡再次浮現宴會廳中的公主，大半個肩膀都露在外面，白花花的，以及長度不到膝蓋的裙子……

穆廷州及時止住念頭，肅容辯道：「她們是她們，公主金枝玉葉，臣身為太傅，對公主有教導之責，公主犯錯，臣無法坐視不理。」讓公主受了委屈，是他之過，但接公主回來，穆廷州並不覺得自己有錯。

明薇火氣上湧，想強調自己不是公主，但開口之前又硬生生憋了回去。

如果穆廷州那麼容易放棄他的幻想，也就不會成為她的「助理」。

深深呼吸，明薇決定換條路走：「既然你把我當公主，是不是該聽我的話？」

穆廷州不卑不亢：「公主行事穩妥，臣但憑公主吩咐，公主行事有差，臣必當勸諫。」

明薇氣笑了，盯著他道：「按照你腦袋裡古人那一套，我就不該拋頭露面，那你當我助理做什麼？直接把我關進故宮不就行了，順便把故宮裡的工作人員都趕出來，再給我找一群宮女、太監伺候，哦，別說我沒提醒你，在我們這，除非別人自願，你敢逼迫別人當太監，就等著進牢房吧！」

穆廷州僵硬地坐著，臉上沒有任何表情，眸中卻風起雲湧。

他何嘗不想讓她入住皇城？

一覺醒來，周圍什麼都是陌生的，公主被那些人蠱惑忘了前事，除了性格依然倔強，其他方面簡直像變了一個人。皇上遠在千里，身邊被安排了新的父母，穆廷州剛得知時恨不得殺了所有折辱皇族的人，可事實是，皇上在那邊過的很快樂，肖照還說，如果他堅持去保護皇上，不僅年幼的皇上會哭、會恨他，更會耽誤讀書影響心智，那對父母也會訴諸法律，用武力手段限制他接近皇上。

穆廷州不敢冒險，只能先照顧單獨生活更容易遇到危險的公主，等皇上到了心智成熟的年紀再去稟明真相。

但這是無能的妥協，如今公主提及被人占據的皇宮，提及他無法安排的宮女、太監，明晃晃揭發他的無能，穆廷州身心煎熬，頭疼欲裂。

不想在公主面前示弱，他努力壓制胸口的狂亂情緒。

明薇就在他身旁，清晰地看到穆廷州臉色蒼白，一轉眼額上就多了一層汗珠，搭在膝蓋上的雙手也緊緊握成拳頭，微微顫抖。

明薇突然有點怕自己是不是說重了，刺激到了失憶的影帝？電視上不都是這麼演的嗎，如果強迫失憶病人記起現實，病人會非常痛苦。

前一秒還氣他無理取鬧，這時明薇又同情起影帝了。

「太傅……」

不自在地在窗簾裡扭了扭，明薇低著腦袋投降，病人為大，他喜歡聽什麼，她叫什麼就是，當務之急是先穩定病人的情緒。

熟悉的稱呼傳入耳中，冰凍般的影帝終於有了動靜，眼中狂躁的情緒瞬間沉入海底，換成內斂的驚喜一閃而逝。他緩緩側首，看到縮在座位上小小的她，本就纖細瘦弱，現在裹成一團，更像個孩子。

「公主記起臣了？」穆廷州試探著問，期待掩飾在心底。

明薇搖頭，小心翼翼地偷瞄他：「你感覺怎麼樣？還難受嗎？」

穆廷州沉默半秒，隨即自嘲一笑，目光悠悠地望向窗外：「臣才疏學淺，暫且無力改變現狀，惟願公主信臣，妳我之間莫再橫生罅隙。」

明薇呆呆地看著那張老氣橫秋的俊臉，忽然笑了，幸好她讀過書，換個文化程度不高的，恐怕連穆廷州的話都無法理解。

誰病誰有理，明薇唉聲嘆氣：「我也不想跟你吵，但就算我是公主，既來之則安之，在找到回去的辦法之前，我們都必須先適應這個時代對不對？拿衣服舉例，你不贊同我衣著暴露，但我已經露過了……」

穆廷州皺眉：「何時的事？」

明薇想拿手機，可惜手臂無法抬起來，身體還隨著慣性朝一旁倒去。

穆廷州眼疾手快地扶住她，一觸即退。

明薇抿唇，大眼睛無辜又委屈地對著他：「幫我解開，我要拿手機。」

穆廷州下意識看向她的肩膀，才瞥見那泛著粉色的耳垂便馬上收回，別開臉幫她解身後的窗簾結，然後背對明薇坐著。

破繭而出，明薇誇張地舒了口氣，低頭看看，禮服皺了歪了，露得更多了。明薇臉一紅，飛快調整好禮服，收拾好了才取出肖照臨危不亂幫她拿回來的包包，翻出手機搜尋自己的社群發文。忽略猛增的粉絲數量與私訊，明薇不停翻找相簿，找到去年夏天的一張沙灘照。

「你看。」明薇將手機遞過去。

穆廷州背對她，反手接手機，再看螢幕之前他已經做好了心理準備，但當他看到只穿一件勉強遮住大腿根短褲的公主，大咧咧張開手臂站在海邊，穆廷州猛地翻過手機，心跟照片中的海面似的，碎成了一道道波浪。

「閱讀量代表看過這張照片的人數，而且不只有這一張。」明薇繼續補刀。

穆廷州沒看，直接刪除。

他側著身體，一言不發，手臂動來動去不知道在做什麼，明薇好奇地問了兩次他也不回答。明薇疑惑，湊過去看，就見穆廷州在刪她的照片，刪那些記錄了美好時光、並且經過仔細挑選才上傳的照片！

「給我！」明薇怒了，一手按在他的肩膀上一手搶手機。

穆廷州不給，不習慣與公主身體接觸，穆廷州一手擋住她一手推開車門，身姿敏捷地下車，並搶在明薇出來之前關上車門。他背靠車門，明薇推不開，急著從另一邊下車，結果她剛甩上車門，身後突然傳來開門聲，明薇詫異回頭，就見穆廷州拍動作片似的鑽進了副駕駛座！

心念急轉，明薇猛地拉車門！

沒拉開……車門被穆廷州鎖了。

「穆廷州！」

明薇火冒三丈，繞到副駕駛那邊，瘋狂拍窗：「穆廷州你別太過分，那是我的手機、我的照片，你憑什麼刪？」

她話裡帶著怒火，穆廷州猶豫了一秒，見眼前這張照片只露了兩截白皙小臂，便放過了，只刪露得多的。食指一滑，跳出一張男人的背影照，對方站在一個擺滿古怪器械的地方，上半身光著，肌肉遒勁。

照片配字：『喜歡健身的老爸（驕傲臉）。』

穆廷州冷笑，公主之父乃大明帝王，這個男人分明是假冒的，用來迷惑公主，讓她以為自己真是這裡土生土長的平民女子。他之前應該也被迷惑了三十多年，但好在自己的意志力比公主強，及時甦醒了。

既然是假的，自然沒有保存的必要。

刪了照片，穆廷州繼續往下翻。

明薇看不清他都刪了哪些，只知道他的手沒有停過，又心疼又惱火，明薇急中生智，張開手臂跑到車前：「穆廷州！」

穆廷州抬頭，看到露胸、露胳膊、露大腿的公主，他馬上又低下去，非禮勿視。

「你再不出來，我穿成這樣去找肖照，我還要抱他！」明薇大聲威脅。

穆廷州眉頭一跳。

明薇不管他，轉身就往車庫外面走，身後傳來開門聲，明薇唇角上揚，走得更快了。

可惜，就在明薇即將跨出車庫的那一秒，熟悉的窗簾再次飄落，包圍，束縛，牢不可破。

明薇仰頭，怒火熊熊。

他眉眼清冷，又語重心長：「公主，自重。」

第十一章　明薇公主

明薇裹著窗簾走進穆廷州的三層樓別墅。

肖照懶洋洋靠在沙發上，手裡端著茶，瞧見她這副打扮，放下茶杯，幸災樂禍地笑了：「看來，太傅比公主厲害。」

「我餓了，沒力氣跟他拉扯。」明薇一點也不客氣地坐到肖照斜對面，氣鼓鼓地說。她真的餓了，早上吃的簡單，當伴娘站了一上午，好不容易熬到開席了，還沒動筷子就被穆廷州搶了出來，饑腸轆轆，身心俱疲。

「在這裡吃吧，我讓趙姨做了妳的份。」肖照看一眼廚房，笑著說。

明薇點點頭，外面都是記者，正是風尖浪口，吃飽了才有精力突出重圍。

默契地無視穆廷州，明薇把手從窗簾中伸出來，一邊打開社群一邊問肖照：「網路上曝光了？」

距離穆廷州酒店搶人剛過去半小時。

「上了熱門話題，還沒有揭露妳的身分，妳社群上新增的粉絲主要都是跟那些賓客相關的圈子，以及手快的群眾。」肖照馬上回答，聲音平穩，十分專業，「但最遲今天下午，妳的消息肯定會被公之於眾。」

明薇心不在焉地聽著，手機調成靜音，看不知哪個賓客上傳的影片。裡面穆廷州高冷登場，神經病的內在絲毫不損他帥氣的儀表，在如此高顏值影帝的襯托下，被灰色窗簾裹成毛毛蟲的她怎麼看都像個傻子。

明薇痛苦地關掉影片，順勢把披著的窗簾也扔到了對面沙發上。

肖照本能地瞥了過來。

年輕女孩繃臉靠著沙發，烏眉水目，膚白唇紅，肩膀單薄如美玉雕成，下面低胸禮服完美發揮了它的設計目的。明薇身段纖細，胸部豐滿卻不誇張，很符合東方審美。禮服裙擺只能遮住膝蓋之上，兩條修長美腿併攏微斜，白色細高跟鞋中，她的小腳白白淨淨，指甲瑩潤可愛。

無處不美，美得自然清新，賞心悅目。

欣賞淺嘗輒止，肖照君子地收回視線，低頭喝茶。

穆廷州去而複返，見公主又把窗簾扔了，沉著臉快步走下樓梯，然後故意面朝肖照站著，反手將一套黑色休閒服送到明薇面前：「請公主更衣。」

肖照發出一聲輕笑。

穆廷州淡淡斜他一眼。

明薇心煩意亂，再加上別墅這邊沒酒店宴會廳的適宜溫度，扯過衣服直奔洗手間。

穆廷州監視般盯著肖照。

肖照晃晃茶杯，低頭勸影帝：「女人愛穿裙子，你管得了今天管不了以後，與其天天煩她逼得她看你更不順眼，不如早點接受現實，大家愉快相處。」

穆廷州沒回應，聽到那邊的關門聲，回頭看看，坐下先幫公主倒茶，再倒自己的。

洗手間裡，明薇半蹲著，捲了好幾下才收好兩邊過長的褲管，站起來照照鏡子，好像小孩子故意穿大人的衣服。衣服應該是穆廷州的，但看起來非常新，不知道有沒有穿過，洗手檯上手機螢幕一直閃爍，電話、訊息連續不斷，明薇全部忽視，先打電話給妹妹。

明橋在學生餐廳，聽姐姐說完近況，她有點擔心：『會影響妳嗎？』

明薇故作輕鬆：「不會，姐姐還占了便宜呢，晚上肯定上頭條，名氣大了，還怕沒人找我拍戲？我就怕狗仔們去學校打擾妳。」明星沒有隱私，但明家沒有見不得人的祕密，父母那邊好說，明薇只擔心影響妹妹的學業。

『姐，妳照顧好自己，不用管我。』明橋出乎意料的冷靜。

「嗯，那妳有事就打電話給我，聯絡不到我打沈姐、肖照的也行，等一下我把他們的號碼傳給妳。」

叮囑好妹妹，傳完聯繫方式，明薇咬咬唇，換種心情打電話給老爸。

明強、江月正在吃午飯，孩子們不在身邊，少了很多顧忌，明強故意緊緊黏著老婆，像年輕的時候一樣甜蜜。接到女兒的電話，明強咳了咳，聲音變得正經起來：『……我跟妳媽吃飯呢，薇薇吃了沒？』

明薇背靠門板，小聲交代。

聽說女兒背著他演古裝正劇女主角，明強咧開嘴，笑得特別自豪，得知電視劇男主角是大紅大紫的影帝穆廷州，明強更驕傲了，有穆廷州出演，這電視劇能差？反過來證明她女兒足夠優秀，但當女兒說出穆廷州車禍之後的事，明強的笑臉就變成了黑臉。

『什麼公主、太傅，他是不是看妳漂亮，故意裝傻糾纏妳？』在明強心裡，他的女兒最好，別的女人想方設法追求影帝，到了自家女兒這裡，就變成了影帝死纏爛打，就是這麼護短又自信。

老爸太看得起她，明薇覺得害臊，壓低聲音道：「沒有，他失憶前都用鼻孔看我，很少跟我說話，現在動不動就對我下跪，正常人誰會這樣？」穆廷州都未必跪過他爸媽。

明強有點相信影帝是真的病了，但他還是不高興：『薇薇別管他，我們別攪進這破事。』

明薇嘆氣：「說得簡單，ＢＭＷ老總有事請你幫忙，你能不管嗎？」

明強經營的就是BMW銷售中心。

『薇薇，要不然我們不演戲了，演戲又累又要應付狗仔，媽怕妳受不了。』江月搶過手機，焦急地勸女兒，姣好的臉龐不知不覺白了。

明強忽然想到了老婆的祕密，粗重的眉毛皺了起來。

明薇不知情，小聲撒嬌：「媽，我喜歡演戲，比當翻譯有趣多了。」

江月抿唇，掙扎半晌，最終還是捨不得委屈女兒，柔聲道：『行，那妳小心點，家裡不用妳擔心。』

家人都溝通過了，明薇再無後顧之憂，打電話給沈素。

江月沒了繼續吃飯的胃口，手裡拿著筷子，魂不守舍。

明強曾經答應她不追問當年舊事，但現在關係到長女，明強拿走老婆的筷子，扶著她的肩膀將她轉過來，低頭看她眼睛：「月兒，妳不希望薇薇演戲，是不是怕薇薇出名了，那個人來認她？」

江月低著腦袋，眼底情緒複雜。

怕嗎？當然怕，怕自家平靜的生活被打亂，怕女兒得知真相，傷心從小到大喊的爸爸不是親爸爸。可女兒喜歡演戲，她不忍心阻止女兒，又忍不住抱著一絲僥倖。那年她去酒店演出，茶水裡被一個有錢的老闆下了東西，她喝的時候不知道，喝完感覺身體不對，立即想要離開，還沒走出酒店整個人就迷糊了，只記得撞到一個男人……

第二天，陌生的房裡，江月在男人懷裡醒來，她渾身發冷，以為自己被那個壞老闆糟蹋了，哭得生不如死。

但要了她第一次的另有其人，對方很不滿意她哭，一邊穿衣服一邊諷刺她：「昨晚是妳自己投懷送抱，我好心滿足妳，現在哭什麼？」

那是一個高大俊朗的男人，面容冷峻，眼神孤傲輕蔑。他問她叫什麼，她只知道哭，他終於不耐煩，丟給她一疊鈔票，還有一張紙條：「我對妳有點興趣，但我徐修從不強人所難，電話號碼給妳，打不打，看妳的心情。」

男人走了，江月撕了紙條，也沒要他的錢，唯獨記住了他的名字。

其實他不說，她也認得他，那晚的宴會就是當地富商為了招待他而辦。

她穿好衣服回了家，澈澈底底洗了好幾遍，可惜天意弄人，她還是懷上了。她命苦，去醫院診斷被熟人看到，對方以此威脅要跟她發生關係，父母思想保守，她很害怕，六神無主地被男人拉著走，幸好被明強撞見了。

明強是她的追求者之一，粗魯彪悍，絕不是江月喜歡的類型，但明強當著熟人的面承認孩子是他的，還狠狠揍了對方一頓，緊接著向她求婚。讓她哭得昏天暗地，最終為了江家的體面，答應嫁給明強。

孩子來得不愉快，懷孕期間她極其煎熬，是明強細心照顧她，任勞任怨，等孩子出生，看著明強開心燦爛的笑臉，她早就動搖的心徹底為他打開。

所以，江月由衷地希望，那個顯貴的男人早已忘了她，別將薇薇的血脈連結到他身上。

吃完午飯，肖照上樓了，明薇與穆廷州面對面坐在客廳。

「穆廷州，我要跟你約法三章，你答應了，我們繼續合作，你不答應，我們趁早一拍兩散。」

昂首挺胸，明薇態度強硬。

穆廷州穩如泰山：「公主先說。」

明薇伸出一根手指：「第一，不許你下跪磕頭，任何情況都不準。」

穆廷州看看她，不太情願地「嗯」了聲：「好。」

開局順利，明薇繼續道：「第二，如果你覺得我哪裡做的不妥，你可以提出意見，我們心平氣和地商量，但我對我的言行舉止有絕對的控制權，在溝通無效的情況下，你必須聽我的，不能強迫我做任何事，包括穿衣風格。」

穆廷州抿唇，半天沒說話。

明薇蹭地站了起來：「不同意就算了，以後我們互不相干。」

「公主。」穆廷州幾個箭步攔到她面前，阻止她走。

明薇仰頭，挑釁地問：「同意了？」

穆廷州不想同意，奈何他空有太傅之名沒有太傅之權，公主一意孤行，他也沒辦法強來。

「臣可以答應，但也請公主承諾，以後不論做任何事，公主都必須先知會於臣。」

明薇撇嘴，扭頭道：「難道我去上廁所，也要向你報告？」

穆廷州臉上飛快掠過一抹尷尬，退後一步道：「日常瑣事不必，但公主出門要見何人、要去何地，須報給臣知曉。」

明薇想了想，重新坐回沙發：「好，我們各退一步。」

穆廷州沒再落座，探究地看著她：「除了這兩點，公主還想臣做何事？」

昔日俊美高冷的影帝現在自然無比地一口一個公主，想到她接下來要說的話，明薇莫名臉熱，聲音也不復剛剛的理直氣壯：「我、我知道你把我當公主，但，男女有別，現在開始，你要儘量對我冷淡，能不說話就不說話，更不要有任何身體接觸……免得被人看見，說不清楚。」

她真的不想跟影帝鬧緋聞，不想淪為千萬女粉絲的假想敵。

前兩項穆廷州都答應得十分困難，這點他卻輕易接受了，淡然道：「公主放心，臣自有分寸。」

她是公主，他是太傅，理該保持君臣之禮。

明薇的社群帳號一直沒有申請公眾人物認證，本來是想等《大明首輔》正式宣傳前再認證的，只是隨著她與穆廷州「曖昧關係」的曝光，認證註定要提前了。沈素建議明薇，等穆家那邊開完記者會再遞交申請。

其實只隔了一天，但今天認證，明薇難免有迫切宣傳自己之嫌，不如由穆崇夫妻先公開她的身分。

但網友們還是從各個管道知道了明薇的演員身分，並聯想明薇、穆廷州在拍攝過程中假戲真做，擦出了愛情火花。以緋聞為基礎，穆廷州的粉絲們很快分成了兩派，支持派愛影帝愛到尊重他的一切選擇，並肯定了明薇的容貌。反對派則認為明薇既沒名氣也「長得一般般」，根本配不上她們的影帝老公。

這兩派中間，從各個角度挑剔明薇的反對派，在人數上占絕對優勢。

『長得還行，但也就那樣，比她漂亮的女明星太多了，穆廷州到底看上她哪裡？』

『外大畢業有什麼了不起？現在名牌大學生早就不值錢了，更何況比她學歷高的女人有的是，光憑一個外大的畢業證書就想配上穆廷州？』

『只有我關注一個義大利語翻譯也能拍戲嗎？有後臺吧，欸，只要有臉有後臺就能進演藝圈，怪不得最近電視劇的品質越來越不行了。』

『我覺得明薇很美啊，明星也有戀愛自由，人家穆廷州喜歡就夠了，要你們嘰嘰歪歪。』

『……』

穆廷州社群下面的留言火箭般增長，明薇這邊的粉絲也坐火箭般破了五萬大關。

出了這麼大的新聞，明薇什麼事都沒有心情做，回到別墅後幾乎一直在滑社群，光看她這邊的留言都滑不過來。粉絲們吵得熱鬧，明薇的心情還算平靜，反正她與穆廷州又不是真的談戀愛，隨便粉絲們胡亂猜想好了。

看到十點，明薇睏了，正打算關掉電腦，肖照的電話來了。

『公主睡了嗎？』肖照不無調侃地問。

明薇背靠枕頭，一手將落到前面的長髮往後撩，反擊道：「你被他傳染了？」居然也叫她公主。

『相信明天之後，叫妳公主的人會越來越多。』肖照一邊說話，一邊點了一下滑鼠。

穆廷州就坐在旁邊，見肖照關注明薇了，他也將游標移到明薇的昵稱下面，點擊。

明薇的網頁還開著，粉絲新增人數持續增長，已經懶得查看了，便不知道兩人做了什麼，但時刻關注穆廷州動態的那些粉絲們卻興奮地炸了：

『穆廷州關注明薇了，是要承認戀情了嗎？』

『哇，這好像是穆廷州第一次關注年輕女星耶，之前都是他父母那代的。』

『肖照也關注明薇了！啊啊啊，穆廷州戀愛，他是不是傷透了心？』

『等等，他們該不會想拿明薇當擋箭牌吧？』

『樓上滾出去，穆廷州才不是那種渣男！』

肖照隨便點開幾則，對這些留言早已無動於衷，「太傅」穆廷州對現代知識瞭解的還不夠全面，皺眉問肖照：「拿公主當擋箭牌，是何意？」

肖照扯扯嘴角，懶得理他。

通話還在繼續，明薇聽到了，奇怪道：「什麼擋箭牌？」

肖照笑：『妳去看他底下的留言。』

明薇立即轉到穆廷州的頁面，看到有人說穆廷州、肖照關注了自己，她震驚地張開嘴，連忙去搜自己的新增粉絲，結果因為穆廷州的舉動，明薇粉絲增加得更快了，她根本翻不出影帝二人組。

『什麼時候回關？太傅還在等。』斜一眼穆廷州的筆電，肖照打趣道。

明薇猶豫了下，分別關注他們。

肖照再提醒穆廷州更新頁面。

穆廷州面無表情照做，見明薇的關注列表中多了自己，他立即闔上筆電，並搶走肖照的手機，迅速移到落地窗邊，正色道：『公主，時候不早，您該就寢了。』

音色清冷，與肖照的溫潤非常容易區分，明薇愣了愣，跟著點頭：「好，你們也早點睡。」

耳機裡傳來男人低沉的聲音：『臣遵命。』

明薇渾身彆扭，果斷掛斷電話。

主人公們睡了，看熱鬧的還在努力尋找新的八卦爆料。

帝都另一座別墅中，韓小雅坐在書桌前，不停地翻著社群，證實穆廷州、明薇真的互粉後，她的情緒瞬間跌到谷底，嘴唇也氣惱地撅了起來。虧她在這邊為嫁入豪門洋洋得意，明薇竟然不聲不響演了女主角，並且與影帝鬧起了緋聞！

穆廷州是誰？父親名導演，母親是暢銷作家，不提兩人的財產，穆廷州本人就是東影第四大股東，各種投資加起來，據說身家幾十億，無論家產還是顏值，都能將她老公踩到腳底下，如果明薇真成了穆太太……

「怎麼還不睡？」王總洗完澡出來，見懷孕的新婚老婆還在玩電腦，不太高興。

「馬上睡。」韓小雅強顏歡笑，心事重重地關了電腦。

第二天韓小雅還有新婚應酬，除了早上睡醒看了一下社群，之後一直在忙，直到午飯前才擠出一點私人時間。她急切地開機，先去明薇的主頁，然後震驚地發現，明薇的粉絲居然已經破了十萬！這是什麼速度？

再細看看，明薇已經認證成了演員，還發了一則新動態：

『大家好，我是新人演員明薇。

《大明首輔》是我參演的第一部戲，能與穆先生以及其他諸位老師合作，是我的榮幸。穆先生的演技大家有目共睹，我從他身上學到了很多，一直都把他當前輩敬佩。獲悉穆先生的病情，我深表遺憾，唯一能做的，是按照醫囑配合穆先生的治療。在此我謹承諾，無論穆先生是影帝還是太傅，我都會繼續尊敬他，也請大家多多關注穆先生的恢復情況，為他營造良好的輿論環境。

祝穆先生早日恢復記憶，創造更多優質作品。』

這篇文發表於一個小時之前，但分享、留言數量都已十分驚人。

韓小雅看得糊里糊塗，回到社群首頁，這才注意到一則新的熱門話題：#穆廷州失憶#

韓小雅更糊塗了，點進話題，看到一段被瘋狂分享的影片。

影片中，穆崇、竇靜、肖照共同出席了記者會，由穆崇宣布兒子的病情，肖照陳述接下來穆廷州的行程安排，也就是以助理的形式陪在明薇身邊，直到記憶恢復，最後竇靜憔悴總結：

「首先，我替廷州謝謝媒體與公眾對他的關懷，這段時間大家都在為他祈福，我們真的很感動。然後，我要特別感謝明薇。廷州現在自認太傅，他很多想法都是古代陳舊觀念，包括昨天的影片，也是因為廷州覺得公主不該穿禮服，他才固執地帶走明薇，以至於明薇沒能為她的新婚朋友慶祝。聽起來或許好笑，但廷州這樣，明薇的生活與工作都受到了影響，所以我與廷州爸爸都很感激明薇，也希望喜歡廷州的朋友們多支持明薇，不要再給她添加輿論壓力。

最後這一段話，我想對媒體朋友們說。廷州是公眾人物，接受媒體關注，可以說是他的演藝事業附帶的義務之一，如果廷州一切正常，我不會干涉你們追蹤他、報導他，但廷州病了，我想以母親的身分懇求各家媒體，請你們給廷州一定的私人空間，給他時間治療，不要追得太緊……」

說到這裡，竇靜再也說不下去了，低頭落淚，被穆崇摟到懷中。

肖照推推眼鏡，手持麥克風，眼鏡後的黑眸專業而危險：「如果因為哪家媒體追的太緊致使廷州病情惡化，我們必將訴諸法律，追究到底。」

主角們陸續離開，影片結束。

韓小雅重新播放一遍，終於捋順了思緒，穆廷州失憶，也就是說，他與明薇根本不是戀愛關係？

被明薇大好前途壓得沉重的心，突然輕鬆了。

韓小雅笑著看影片下面的留言。

『祝州州早日康復！』

『明薇命太好了吧，被穆廷州當公主寵！天啊，還有比這更爽的設定嗎！』

『太傅那麼愛公主，穆廷州愛上明薇是早晚的事啊！』

『啊啊啊，所以說昨天穆廷州抱明薇，是名副其實的公主抱！』

『羨慕明薇，我也想當公主！』

『來來來，我賭一根魷魚絲，太傅、公主肯定會在一起！』

上萬則留言，那麼多所謂的鐵杆粉絲，居然都在聊太傅與公主。

韓小雅不喜歡這些預測，控制不住又去看明薇那邊的留言，結果底下全都在喊明薇公主。

韓小雅突然不想看了，「啪」一聲闔上筆電，一個人生悶氣。公主、公主，幾乎每個女生小時候都幻想過當公主，為什麼明薇運氣那麼好，那麼多女演員，為什麼偏偏讓明薇撿了這個便宜？

韓小雅心裡不平衡，有人比她更想吐血。

再次看完穆廷州從婚宴現場抱走明薇的影片，王盈盈煩躁得想抓頭髮。明華公主這個角色本來是她的，如果不是被明薇這匹黑馬半路搶走，那麼現在被穆廷州當成公主寵著的人，該是她啊！

這個明薇，先是搶了程耀……

想到程耀，王盈盈眨眨眼睛，忽然哈哈大笑，翻出手機，打電話給程耀。

誰叫他捧明薇，現在明薇成了穆廷州的公主，肯定悔得腸子都青了吧？

第十二章　太傅護駕

明薇提前辦了另一個手機門號，專門用於影視圈的工作聯繫，私人的只有至親好友知道。現在她一夜成名，曾經的同學、朋友、翻譯工作圈，無論關係遠近，陸續有人聯繫她，夾雜著不少媒體電話，太亂太雜，明薇直接設成靜音，暫且只用新的手機號碼。

今天有《南城》開拍前培訓，明薇設定了六點的鬧鐘，鈴聲一響，瞇著眼睛去摸手機，正要停止鬧鐘，卻透過勉強睜開的眼睛縫隙發現螢幕顯示的不是鬧鐘，而是肖照的電話。

明薇醒了一半，坐起來接聽。

『公主起來否？』

聽多了「公主」，明薇竟然越來越習慣了，打個哈欠道：「剛醒，有事嗎？」

肖照笑：『今日公主出門，臣與太傅來護駕。』

「正常說話。」明薇煩躁地掀開被子，一邊下床一邊問：「你們出發了？」

『嗯，剛到妳的門外。』

明薇震驚地停在原地：「你們怎麼上來的？」樓下明明有門禁。

『有住戶認出我們，幫我們開了門。』肖照淡笑答。

出乎意料，又理所當然。明薇摸摸額頭，再看看身上的睡衣，她無奈道：「等我三分鐘。」

『不急，公主慢慢來。』

肖照禮貌地結束通話，收好手機，朝穆廷州伸手。

穆廷州一身黑色西裝，將肖照那份早餐還回去，繼續拎著自己與公主那份。

沒等上三分鐘，門開了，穆廷州偏頭。

時間匆忙，明薇只來得及換上一件牛仔褲、一件針織衫，頭髮簡單抓抓，有點亂，卻帶著美人初醒的慵懶美感。看到衣冠楚楚的娛樂圈兩大男神，明薇尷尬道：「今天只是去培訓，你們可以不用來的。」

穆廷州不以為然：「公主聲名鵲起，外面堵了一批記者，您一人出行，恐有危險。」

明薇低頭腹誹，還不是都是他害的？

「太傅帶了早餐，一起吃吧。」肖照緩和氣氛。

明薇請他們進來，讓肖照幫忙招待「太傅」大人，她先去臥室洗臉。十分鐘後，明薇重新露面，長髮柔順地披在肩上，臉上化了淡妝，看起來更有精神了。

早飯是趙姨做的，魚片粥與小籠包，打開蓋子，熱氣香氣彌漫開來。明薇食欲大增，看看穆廷州，第一次感受到了被太傅糾纏的好處，睡醒就有人提供免費又營養的早餐，除了家裡的老媽，誰還會這麼好？

「多謝太傅。」吃人嘴軟，明薇朝穆廷州甜甜一笑。

穆廷州微微頷首，請她先動筷，階級觀念分明。

明薇就不客氣了，先嚐了一口香稠的魚片粥。

穆廷州奉行食不言寢不語，明薇與肖照有一句沒一句地閒聊。

「妳們的關係剛剛曝光，最近幾天記者都會密切關注妳，今天的穿戴跟沈素商量過了嗎？」掃一眼明薇身上的黑色牛仔褲、米色針織衫，肖照態度專業地問，「女星街拍搭配品味太差，也會成為黑點。」

明薇點頭：「等等換一件風衣。」

「如果可以，我想參觀一下妳的衣櫃。」

「好……」

「不可。」在明薇答應之前，穆廷州冷冷道。

肖照繼續慢條斯理地喝粥，拿他的話當耳邊風。見穆廷州朝她看了過來，明薇露出一個哄孩子似的溫暖笑容：「太傅，肖照是想幫我搭配服裝，你放心，我會先收拾一下，保證裡面沒有不可見人的衣物。」

穆廷州這才同意。

飯後明薇先去收拾，貼身衣物包括睡衣都藏好，再請他們進來。

肖照馬上就要過去，穆廷州卻擋住他，肅容道：「公主閨房，外男不得擅入，還請公主將衣物拿到外面。」

肖照扯扯嘴角，什麼都沒說，重新坐到沙發上。穆廷州一失憶，明薇差點被逼瘋，但肖照才是第一受害者，幾個日夜的相處後，肖照已經找到了迴避更多傷害的方法，即盡可能地接受穆廷州，不反對、不辯解。

兩個男人，一站一坐，明薇來回瞅瞅，懂了，認命地去抱衣服、提鞋子。

同等家庭條件的子女中明薇過得相對節儉，只準備了幾套高檔套裝、禮服用於商業應酬，日常穿著都是比較親民的品牌，前不久《大明》殺青，她臨時又買了幾套名牌的休閒裝。但衣服貴不代表搭配好，肖照的眼光高，看完明薇的收藏，勉強配出三套。

「晚上去逛商場。」配完最後一套，肖照「命令」道，並善意提醒明薇：「記得帶卡。」

身為一個女人，服裝搭配技能竟然不如一個男的，明薇有點受挫，但想到有高人指點買衣服，可以穿得漂漂亮亮的，明薇還是挺高興的：「好，不過我卡裡只有這麼多，你別帶我去太奢侈的地方。」

嘿嘿笑著朝肖照伸出一根手指頭。

她笑得可愛，穆廷州看了心酸，堂堂大明公主，本可以享受天下華服，如今竟要擔心錢財不夠？

「公主只管挑衣，臣會替您結帳。」穆廷州朗聲道，眼睛看著肖照，不容外人輕視公主。

肖照笑而不語。

明薇嚇壞了，現在穆廷州願意為她花錢，病好了後悔，找她算帳怎麼辦？她可不能貪圖眼前利益提前消費，將來還款時心肝肉疼。

「不用不用，我自己有錢。」明薇一邊婉拒穆廷州，一邊朝肖照使眼色。

肖照跟穆廷州是一夥的，當然不會讓穆廷州虧錢，除非有足夠證據證明明薇肯定會成為穆太太，真那樣，穆廷州替明薇買單便天經地義了。

商量好了，明薇又辛苦地將一堆衣服、鞋子都抱回臥室，這個過程中，那兩個平均海拔超過一百八十五公分的高大漢子，一動也不動地站在旁邊，眼睜睜看她一個弱女子當搬運工。肖照想幫忙，但穆廷州不讓他碰公主的衣服，穆廷州提議由他幫明薇將衣服運到臥室門口，明薇「鐵骨錚錚」地拒絕了！

要幫就幫全套，幫一半算什麼？

忙完，三人出發，肖照的瑪莎拉蒂休旅車停在樓下，遠處圍滿了記者。影帝失憶不能受刺激，為了避免出意外擔責任，記者們不敢湊太近，但也絕不可能放過這麼大的新聞賣點，所以明薇他們一出來，各種閃光燈就開始刷刷刷地閃了。

明薇身穿米色風衣，墨鏡遮住大半張臉，但她的皮膚白皙，嘴唇紅豔，本身的清純甜美與墨鏡塑造的冷感完美融合，再由穆廷州、肖照一左一右盡職盡責地護駕，一亮相，既有冷豔女王風範，又有嬌氣公主備受寵愛的柔弱感。

記者們其實都是衝著影帝來的，只是明薇氣場太強烈，他們鏡頭的焦點便不受控制朝明薇傾斜，最後的效果，穆廷州與明薇平分秋色，肖照……畢竟只是助理，只占了一小角，用他帥氣的儀表為影帝與公主錦上添花。

到了車前，兵分兩路，肖照繞到駕駛座，穆廷州護送明薇上車。

男人搶先一步，幫明薇拉開車門，並微微俯身，體貼地護著她的頭頂。

明薇：「……」

她並不需要影帝如此體貼，可穆廷州已經做了，她只能先上車。

就在明薇低頭準備上車的那一剎那，五公尺外記者圍成的人群中突然衝出一個短髮女人：「廷州你醒醒，你是我們的，那女人是騙子，她不是你的公主！」

瘋狂的女人，瘋狂的速度，瘋狂的尖叫，從未經歷過粉絲鬧場的明薇嚇得忘了行動，呆呆地站在車前，看著那女人越來越近。她嚇傻了，已經拉開車門的肖照也神色陡變，但他只是攥了一下扶手，沒有任何行動。

穆廷州也不需要他幫忙，動作迅速又不失溫柔地將明薇塞進車，穆廷州輕輕關門，等他站直了，瘋女人已經跑到車前，激動地朝穆廷州伸手，要擁抱、占有她心目中的偶像老公。可惜迎接她的是一個教科書式的過肩摔，簡單俐落，只聽「碰」的一聲，瘋女人被重重地摔到地上，兩眼圓睜，半天沒有出聲。

眾記者：「……」

明薇：「……」

現場鴉雀無聲，穆廷州眉眼淡漠，摸出一張手帕擦手，擦完往女人身上一扔，重新拉開車門，低頭對明薇道：「您坐裡面。」

明薇的身體先於大腦行動，毫不猶豫地挪到內側。

穆廷州彎腰進來，關上車門。

「沒出人命吧？」駕駛座上，肖照回頭，不放心地問。

穆廷州言辭吝嗇：「不會，開車。」

肖照放了心，駕車離去。

車子動了，穆廷州轉向明薇，見她小臉慘白，目光溫柔了幾分：「公主勿憂，有臣在，沒人能動您分毫。」

明薇不敢看他，胡亂「嗯」了聲，心砰砰跳。早就知道穆廷州練過武，可親眼目睹穆廷州彪悍的武力值，明薇不怕別人碰她，卻怕哪天穆廷州情緒失控，朝她動手該怎麼辦？一個精神不太正常的人，誰能保證沒有意外？

回想她之前竟然朝穆廷州發過脾氣，明薇不禁一陣後怕。不行，以後穆廷州再氣人，她都必須忍著，不能輕易發火。

「公主，這邊防衛不足，外人可輕易闖入，臣懇請公主移駕寒舍，由臣親自照顧。」

她心慌意亂，穆廷州另有所想，幾番考慮，開口提議道。

明薇傻了眼，穆廷州，讓她搬去他的別墅「寒舍」？

「公主不願？」見她眼神躲閃，穆廷州的身體微微朝公主傾來，疑惑低沉的語氣，彷彿別有深意。

想到瘋狂粉絲被穆廷州過肩摔的那一幕，明薇心尖一顫，鬼使神差就答應了：「好、好啊……」

♛

在穆廷州、肖照的陪伴下逛了一整晚商場，明薇吸引了無數關注，也刷掉了不少「血汗錢」。

東西太多，兩大男神幫她送貨上門。

「公主暫且安歇一晚，明早臣再來接您。」退到門外，穆廷州恭敬地說。

「好，太傅慢走。」明薇哭笑不得，目送穆廷州轉身，再朝電梯前的肖照擺擺手。

人走了，明薇關門回房，先收拾好新買的戰利品，癱在沙發上滑手機。

果不其然，早上他們出門的影片被人傳到網路上了，標題亮眼：《公主出行，影帝護駕。》

明薇點開影片。

換個角度看感覺截然不同，因為跟穆廷州他們都熟悉了，早上出門明薇沒覺得有多誇張，但現在作為一個觀眾，看著被穆廷州、肖照護在中間的「公主」，明薇自己都覺得像是在觀看偶像劇。不過明薇並不自戀，確定自己沒有醜鏡頭後，就只看穆廷州了。

一身裁剪得體的黑色高級訂製西裝，無形中加強了影帝的顏值效果，那張臉淡漠清冷，彷彿外面的花花世界與他毫不相關，但當這樣冷冰冰的人主動幫一個女人拉開車門時，雖然臉龐被擋住，可那恭敬自然的動作，還是令人遐想到「溫柔」一詞。

前一秒還細心照顧公主的影帝，下一秒便展現了他冷漠無情的一面，一鎖一甩，瘋狂女粉絲就被丟出去了。沒人關注女粉絲被摔的時候的表情是不是痛苦，所有人欣賞的都是影帝簡單俐落的動作，帥氣幹練……

反正明薇只重播了三、四遍。

真帥啊，可惜出了車禍，腦袋撞傻了。

明薇再一次惋惜，穆廷州是個好演員，如果沒出車禍，他可能已經在為新片籌備了，再回想她與穆廷州合作拍戲的那幾個月，被「穆太傅」糾纏之後，明薇第一次發自肺腑地心軟了，覺得她應該對穆廷州好一點。

感慨過後，明薇好奇地點開留言。

『我靠，太傅好帥！』

『太傅文武雙全，又帥又忠犬，石頭做的公主也會動心吧？』

『這影片比偶像劇還精彩，像不像全民圍觀太傅談戀愛？』

粉絲們為什麼會粉一個明星？因為粉絲能從明星身上得到一種快感，或是精神層面的敬佩折服，以明星為榜樣激勵自己，或是感官層面的享受，明星或顏值高、或性格好、或是幽默搞笑，總而言之，喜歡明星，是因為明星讓粉絲舒服了。

現在穆廷州作為「太傅」的表現趣味十足，再加上他與明薇並非戀愛關係，那些粉絲們就更想看他的最新進展了，《大明首輔》電視劇雖未上映，實體小說銷量卻猛地攀升，粉絲們看完小說，得知書中太傅對公主的深情，感動落淚的同時也移情到穆廷州與明薇身上，希望太傅早日征服「公主」，圓滿一段愛情。

種種因素綜合起來，嫌棄明薇搶走穆廷州的留言越來越少，支持她的粉絲們越來越多，留言中都親昵地喊她公主或明公主。

明薇托著下巴，情不自禁地看了一則又一則。

身旁傳來手機鈴聲，明薇隨手一撈，意外看到一個有些眼熟的未備註號碼，好像是程耀。

明薇猶豫要不要接時電話斷了，又打來第二次。

明薇嘆口氣，接聽。

對面先傳來一聲男人的冷笑，『總算打通了，明公主，知道我今天一共打了多少通電話給妳嗎？』

明薇靠回沙發，平靜道：「那個手機號碼太忙，這幾天都沒用，新號碼還沒來得及通知所有朋友。」

程耀半個字都不信，如果不是他拐彎抹角從別人那裡打聽到她的新號碼，恐怕她這輩子都不會主動告訴他。

『妳跟穆廷州是怎麼回事？』掐滅菸頭，程耀危險地問。

「網路上解釋得很清楚了，就是那麼一回事。」明薇心不在焉地道，走到臥室打開電腦繼續看。

程耀諷刺地笑：『穆廷州有錢有貌，現在還把妳當公主，妳敢保證不會動心？』

明薇有點煩了，直接嗆道：「動不動都是我的事，程耀，我說的很清楚了，只要你願意，我們還可以是朋友，但是做戀人，不可能。」

『當然不可能，妳現在有了穆廷州，眼裡更看不見我了！』憋了幾天的煩躁之火被一句話點燃，程耀猛地起身，一腳踹歪了沙發。

話不投機，明薇繃著臉掛斷，並將程耀的號碼拉進黑名單。

世界清靜了，明薇卻沒了看留言的心情，看看時間，竟然快十點了。她揉揉長髮想去洗個澡。

手機又響了，明薇下意識皺眉，看到「太傅」兩個字，才放鬆警惕。

『微臣穆昀，遙拜公主。』

熟悉的開場白，就像電話通用的「你好」，明微笑笑，走到衣櫃前挑睡衣：「怎麼了？」

『公主剛剛在跟誰講電話？』別墅這邊，穆廷州坐在電腦前，挺拔長眉微皺。在他看來，晚上十點是最晚的睡覺時間，他本想找公主商量一件事，並提醒公主就寢，未料電話一直忙碌中。半夜三更公主還在跟別人通電話，兩人的關係一定不簡單。

「一個朋友，太傅找我有事？」明薇挑了一件粉色睡裙出來，想快點說完，她要去洗澡。

『臣挑了兩張床，稍後傳給公主，還請公主過目。』

床？

明薇滿臉疑惑，見電話斷了，她放下睡衣，先看訊息。

「叮叮」幾聲，穆廷州的訊息來了，是兩張圖片。

明薇放大，好傢伙，是兩張古代拔步床，高檔實木，雕刻精美，奢華之氣撲面而來。

太傅：『臣以為，公主更適合用這等床具，精心養神。公主下旬即將啟程南下拍戲，臣會安排工匠重新裝修公主寢居，桌椅陳設待臣匯總之後，再請公主挑選。公主愛箏，臣也會為公主安排一間箏房。』

明薇呆若木雞。

敢情，穆廷州不但把她當公主保護照顧，還要把她當真正的古代公主養啊？

震驚到差點打錯字，明薇趕緊回覆：『不用不用，我大多數時間都在外面，太傅別麻煩了。』

穆廷州隨時都有可能恢復記憶，他恢復的時候也就是兩人分道揚鑣之時，自己註定不會在那邊久住，那又何必讓穆廷州做這些？好好的別墅，重新裝潢、購買家具，都是一筆開銷。

太傅：『公主不必客氣，照顧公主是臣之責。』

明薇：『……我沒客氣，我睡習慣了現代床，不習慣古代的了。』

訊息傳過來，穆廷州看完，突然沉默了，猜不透公主是在客氣，還是真的不喜歡。

他沉思，明薇傳了一個月亮貼圖：『不早了，太傅別忙了，晚安。』

穆廷州看看那個月亮，回她：『公主早睡，臣告退。』

被人關心的感覺總是好的，明薇放好手機，哼著歌去洗澡。

穆廷州卻在為難，三分鐘後，他將兩張拔步床的圖傳給肖照：『公主房間用這種如何？』

肖照拿起手機，分別點開圖片，用語音回他：『跟別墅不搭，你等等。』

穆廷州默默等著。

一分鐘後，肖照傳來幾張圖片：『這些是歐式宮廷公主床，現在女人都愛這種，你挑一個吧，先別告訴公主，留著當驚喜。』

穆廷州皺皺眉，還是覺得古代的床更順眼，但肖照的話也有道理，拔步床確實與別墅的裝潢不搭。

『我還有別的房產嗎？』穆廷州問肖照。

肖照挑眉：『你想做什麼？』

穆廷州：『與你無關。』

肖照氣笑了，但還是將穆廷州的幾處房產情況傳給他，後來猜到穆廷州問房子的目的，肖照補充道：『老爺子有座四合院，不過房子現在歸穆導管，你想重新裝潢的話，要先跟穆導商量。』

提到他如今名義上的父親，穆廷州沉默了。

有穆崇把關，肖照一點都不擔心穆廷州胡鬧。

第二天早上，肖照開車陪他去接明薇。

明薇並不準備把東西全搬到別墅去，只收拾了兩箱衣服與日常用品。

「公主這裡沒箏？」掃一眼擺在客廳的行李，穆廷州奇道。

明薇本能地看向閨密的工作室。

穆廷州懂了，勸她：「一起帶上吧。」公主愛箏，怎能不帶在身邊。

「算了，太重了，搬來搬去挺麻煩。」明薇找藉口拒絕。

「臣幫您搬。」穆廷州堅持，並不認為公主還會搬回來。

明薇沒轍，帶他去工作室，門一打開，室內古色古香。穆廷州愣了一下，環視一周，目光再落到公主纖細的背影上，難以察覺地抿了抿薄唇。公主口口聲聲否認自己的身分，但看這邊的陳設，公主顯然喜歡古代陳設，所以她確實就是他的公主，只是是忘記了前事的公主。

既然如此，寧可暫認穆崇為父，也要送她一座古宅。

「太傅？」箏就在眼前，穆廷州卻神色複雜地看著她，明薇心裡奇怪，小聲喊他。

穆廷州回神，視野清晰，看到他的公主站在四幅屏風旁，明眸皓齒，面若桃花。

「臣在。」他垂眸，拱手行禮。

明薇：「……需要我幫忙抬嗎？」雖然她的箏並不重。

如此稚氣的問題讓穆廷州唇角上揚，笑著走到箏前，彎腰抱箏，動作熟練。

第十三章　護主之心

先是公主抱，再來是失憶，當媒體拍到明薇搬到影帝的別墅時，粉絲們已經見怪不怪了，湊CP的呼聲反倒越來越強烈。

肖照發文澄清：『因女粉絲事件，「太傅」擔心「公主」安危，暫接別墅居住，親自保護。』

明薇低調分享，沒有添加解釋，她是眾人眼中的受益者，再說什麼「我跟他只是普通關係」之類的話，容易招惹粉絲反感。而中心人物太傅大人，在公主入住他的寒舍後，便不再關注社群，覺得逛社群是浪費時間。

早上六點，明薇自然清醒，看到陌生的房間愣了幾秒才記起搬家的事。穆廷州的別墅一共三層樓，三樓原是穆廷州的地盤，如今整個三樓都成她的了，用穆廷州的話說，「她是公主，公主不宣召，除了打掃房間的趙姨，旁人誰也不得擅闖公主居所。」

這恭敬的姿態，明薇差點要飄起來，真的以為自己成了公主。

洗完臉，明薇裡面穿著健身服，外面套上休閒裝，第一次以住客的身分跨出房門。

三樓靜悄悄的，明薇不由自主地放輕腳步，走到二樓依然一片靜謐。看一眼穆廷州緊閉的房門，明薇繼續往下走。

「公主起來啦。」趙姨人在廚房，看到她，笑瞇瞇地打招呼。

明薇尷尬，摸著腦袋道：「阿姨還是叫我明薇吧。」

趙姨滿臉堆笑：「那可不行，太傅大人特地囑咐我喊公主的。」影帝雖然病了，但性格脾氣幾乎沒怎麼變，趙姨就覺得這件事沒那麼嚴重，而且明薇漂亮好相處，趙姨心裡也有點期待兩人能走到一起，這麼大的別墅，還是人多才有意思。

明薇無可奈何，聊聊早飯又重新上樓，準備去她的專屬健身房健身。作為一個演員，保持身材乃日常必須。

走到二樓，忽然聽到開門聲，明薇抬頭，看到穆廷州從西邊一個房間走出來，透過門縫，裡面的健身器械露出冰山一角。門前，穆廷州一身黑色休閒裝，俊臉泛紅，短髮又濕又亂，顯然剛運動完，洗過澡。

目光相對，穆廷州秒速退回房間，誠懇的賠罪從門縫傳了出來：「臣不知公主在外，唐突了。」

明薇眨眨眼睛，回想穆廷州的打扮，沒露胳膊沒露腿，頭髮濕就是唐突？

「沒事，我先上去了。」

回到三樓，明薇忘了那段小插曲，專心健身，然後換身衣服，神清氣爽地下樓。

客廳裡，穆廷州與肖照並肩坐在沙發上。肖照也住在這片別墅區，之前擔心穆廷州的情況多陪了穆廷州幾晚，現在明薇來了，肖照迫不及待地搬回自家去了，反正他不走，二樓三間房，一間改成健身房，一間書房，一間做穆廷州的臥室，根本沒有他的容身之地。

但趙姨做飯好吃，肖照經常來蹭飯。

明薇才走到二樓，穆廷州便提前站起來了，遠遠地朝明薇行禮：「臣穆昀拜見公主。」

肖照沒動，但也朝明薇看了過來。

迎著兩大男神的目光，明薇差點不會走路了，藉著與肖照說話轉移壓力：「你吃過了？」

肖照笑：「在這邊吃。」

明薇點點頭，三人一起去了餐廳。

「那個，我爸說他剛剛登機，大概十點到這邊……」吃完半碗粥，明薇低著頭說。

穆廷州放下筷子，神色嚴肅：「他來做什麼？」

明薇抿唇。

肖照一想就猜到了，諷刺穆廷州：「你把人家女兒拐回家，明先生不來才怪。」

穆廷州平靜反擊：「他與公主到底是什麼關係，你比我清楚。」就是不承認明強夫妻。

「好了，我爸是想來這邊看看情況，穆先生如果不同意，我會安排我爸住飯店。」明薇打斷兩人的口舌之爭，依然低著頭。從法律上來講，穆廷州有權拒絕老爸登門，但老爸擔心她也是人之常情，穆廷州要是敢拒絕，她馬上搬出去。

穆廷州沉默，在考慮讓明強住飯店的可行性。

他的情商一向感人，肖照做主道：「公主放心，等等我去接機。」他親自接人，以示重視。

明薇嘟囔道：「我們一起去吧。」

肖照溫和地反對：「不好，外面都是記者，妳跟廷州一起出門動靜太大。」

明薇想想也是，朝肖照笑：「那辛苦你了，改天我請客。」

肖照坦然接受。

穆廷州看看兩人，忽然覺得公主朝肖照笑的次數似乎有點過於頻繁。公主年幼，正是情竇初開的年紀，他忠言逆耳屢次觸怒公主，肖照卻事事縱容，兩相對比，更顯得肖照好，長此以往，公主會不會……

「公主還有一妹？」動動手指，穆廷州違心地問。違心，是因為他知道那個妹妹也是假的。

明薇詫異地看他：「是啊，怎麼了？」

穆廷州垂眸道：「明先生千里迢迢來京，不如也請那位明小姐過來，你們……一家團聚。」

他終於肯承認她與家人的關係了，明薇忍不住笑：「好，正好今天週六，謝謝太傅！」笑得比剛剛還開心，一雙眼睛水潤明亮，浮動著快樂的光芒。

穆廷州暗暗搖頭，公主真是太好糊弄了，他怎麼放心讓她一個人去外面闖蕩。

飯後明薇打電話給妹妹，姐妹倆互相擔心，都想當面聊聊。

「我現在不方便出門，等一下肖照先去接妳，順路再去機場，爸脾氣不好，妳見機行事。」站在落地窗前，明薇說完行程安排，小聲囑咐妹妹，怕老爸朝肖照開炮。

商量好了，明薇把妹妹的號碼傳給肖照。

八點多，肖照開車離開別墅，記者們見車裡只有他一人，繼續守在別墅外面。

距離T大還有十分鐘路程，肖照打給明橋，幾分鐘後，肖照抵達T大附近的一個路口。放慢車速，視線沿著路口往前看，很快便發現一個穿牛仔外套的女大學生，她穿著白色球鞋，目測身高一百七，及肩長髮散落下來，擋住了半邊臉。

肖照慢慢開過去，離得近了，按了一下喇叭。

明橋在玩數獨遊戲，聽到動靜偏頭，透過車窗，看到一個穿淺灰西服、戴金絲眼鏡的男人。最近網路上都是姐姐的新聞，明橋瞭解穆廷州的同時，也簡單查了肖照的相關資料，因此一眼就認了出來。

她收起手機，朝那輛瑪莎拉蒂休旅車走去。

身分確定，肖照下車，微笑著自我介紹：「妳好，我是肖照。」

男人風度翩翩，明橋淡淡一笑：「麻煩你了。」

明薇的聲音柔，明橋的音色卻偏冷，無形中拉開了距離感，與肖照想像的稚氣大學生完全不同。

「應該的。」簡單握握手，肖照紳士地幫她拉開車門。

「謝謝。」明橋面色淡然，彎腰上車，粉絲們眼中的男神，在她眼裡只是陌生人。

肖照的時間拿捏得非常準，兩人在機場等了十分鐘左右，明強的航班便降落了。

「爸爸！」接機大廳，明橋先認出老爸，輕輕揮了揮手。

明強單槍匹馬來的，沒帶任何行李，意外地看到小女兒，他喜上眉梢，只是瞥見女兒身邊的眼鏡男，明強笑臉陡變冷臉。

肖照始終保持客氣的微笑，一邊走向停車場，一邊簡單地向明強介紹情況：「明先生放心，廷州敬明薇小姐為公主，衣食住行處處用心，絕不會委屈明薇小姐。」

「用不著，我的女兒我自己養。」明強語氣強橫，他這次過來就是要接女兒離開穆家。

肖照推推眼鏡，默默往明強頭上蓋了一個章：來者不善。

等紅燈的時候肖照將明強那句話傳給穆廷州。

穆廷州心中一沉，公主太信任明家人，如果明強堅持，公主恐怕會盲從。

「公主，肖照接到明先生了，他似乎準備接走您。」從單人沙發上站起來，穆廷州盯著明薇道。

明薇在看電視，聞言愣了愣，老爸電話裡可沒這麼說。

「公主想走嗎？」穆廷州平靜問。

明薇當然想走，一個是陌生的別墅，一個是閨密的公寓，肯定是跟閨密住更自在。

關了電視，明薇看看穆廷州，見他神色正常，她低下頭，捏著遙控器道：「太傅，其實我們住在一起，確實不太合適，粉絲們都以為我們有……那種關係了。」那天她是被穆廷州的過肩摔嚇到了，不敢拒絕。

「都是無關之人，臣只在乎公主安危。」穆廷州坐到明薇身邊，隔了一人的距離。

明薇握著遙控器，絞盡腦汁想拒絕的理由。

像是猜到她心中所想，穆廷州忽然笑了，安撫道：「公主不必為難，公主想走，臣不會強留，只是無論公主定居何處，臣都會竭力與公主毗鄰而居，以保證公主安全。」

明薇震驚抬頭。

穆廷州從容自信：「臣是無權，但臣有財，只要誘之以利，那些鄰居定會讓出房產。臣只擔心，公主疲於搬家或因媒體頻繁曝光浪費精力，無暇準備即將開拍的新劇。」

男人侃侃而談，明薇呆呆地張開嘴，竟然有點認同他……

知道她已妥協，先曉之以理的太傅大人，繼續動之以情：「公主，臣甦醒已有多日，但昨晚，是臣睡的第一個安穩覺，還請公主留在寒舍，成全臣一片護主之心。」

男人起身，抱拳朝沙發上的女孩行禮，兩排長睫毛整齊垂下，側臉俊美又誠懇。

「薇薇，妳還是去林暖那住著，爸幫妳雇幾個保鏢，我們不住他這。」

路上跟小女兒說過話了，到了別墅，明強沒理那位赫赫有名的影帝，直接將明薇叫到一旁，用所有人都能聽見的聲音「竊竊私語」，最後才放低聲音，看傻孩子似的看著寶貝女兒：

「他腦袋有病，妳跟他住一起，哪天他發病怎麼辦？」

明薇已經被穆廷州那番威脅與誠意打動，回頭看一眼沙發那邊，扯扯老爸袖子，小聲撒嬌：「爸，我都搬過來了，再搬回去媒體又要瞎猜……再說我下週就出發去上海了，身邊都是劇組人員，肯定沒事的，拍攝三個月，等我回來他可能也恢復正常了。」

「沒恢復怎麼辦？」明強瞪眼睛，「他一輩子不恢復，妳要給他當一輩子公主？狗屁太傅，妳是我女兒，他憑什麼管妳？」一想到剛剛進門時女兒想衝過來抱自己，卻被穆廷州一聲咳嗽止住了，明強就火冒三丈。

應付完穆廷州還要哄老爸，明薇心力交瘁：「你先別想那麼遠啊，穆導他們比我們還要著急，肯定會想辦法儘快治好他的。」

明強哪能這麼容易放棄：「說的簡單……」

「爸……」明薇嘟嘴，拉長聲音抗議，「反正我就住這了，今天開始我要專心準備新劇，你想讓我煩心，那就繼續說。」

可憐地望著老爸。

面對女兒的撒嬌，明強沒有任何抵抗力，掃一眼一直提防著觀望他們的穆廷州，明強重重哼了聲，瞪著穆廷州道：「行，妳的翅膀硬了，我管不了妳，不過他們要是敢欺負妳，薇薇儘管告訴爸，爸幫妳報仇。」

脖子上戴著金鏈子，濃眉大眼，就像是黑社會老大。

明薇莫名尷尬，想起高中時每次開家長會，只要老爸一出現，其他孩子的家長立刻會安靜下來，把老爸當危險人物防備。

「行了，去坐坐吧，你不是還誇過人家有演技嗎？」明薇努力提醒老爸對穆廷州的「美好回憶」。老爸不會搞什麼浪漫，一家人每年最多的活動就是集體去看電影，穆廷州的電影作品多，有次他演一部犯罪片，大概是戳中了喜好，老爸看完誇了好幾句。

明強回憶不起來！

但還氣勢十足的坐到沙發上了。

「明先生中午在這邊吃吧。」肖照替不苟言笑的影帝招待客人。

明強陰陽怪氣道：「外面都是記者，我們一家只能蹭飯了。」

肖照笑容不改：「給您添麻煩了。」

明薇特別不好意思，勸肖照：「我爸脾氣不好，你們忙吧，我陪我爸就行。」

明強卻道：「薇薇妳們姐倆去樓上，我有話跟穆先生說。」

明薇心裡七上八下的，躲在老爸身後偷偷嘀咕：「人家是影帝，你別得罪死了，我以後還想在影視圈混呢。」

「上去、上去。」明強不耐煩地轟她。

明薇輕輕推他一下，領著妹妹上樓了，然後躲在三樓樓梯旁偷聽。

客廳內，明強正襟危坐，盯著穆廷州、肖照道：「我不管你們是影帝還是經紀人，薇薇是我女兒，我明強雖然沒多少錢，但保證她們姐妹吃穿不愁沒問題，現在是你們求薇薇幫忙，不是我們賴著你。薇薇還小，被你們糾纏一陣子就心軟了，可我醜話說在前頭，如果她們因為你們受了委屈，我明強保證十倍百倍地還回去，不信就試試。」

男人聲音洪亮，鏗鏘有力，明薇在樓上聽得清清楚楚，嘴角高高翹了起來，有老爸撐腰就是好啊。放心了，明薇摟著妹妹的手臂往臥室走，打聽妹妹那邊的情況：「學校有記者去嗎？有沒有影響上課？」

樓下，面對公主假爹的威脅，穆廷州面無表情：「我奉先帝之名教導公主，絕不會讓任何人欺辱公主。」說著，意有所指地看了看對面的兩個男人。

肖照仰頭看天花板。

明強火氣上湧，眼看就要爆發，口袋裡的手機響了，明強狠狠瞪眼穆廷州，掏出手機一看，老婆的。戾氣瞬間收斂，明強快步朝窗邊走去，語氣也從憤怒的老爺們變成了灰太狼：「……嗯，到了……沒生氣，聊得挺好的……」

穆廷州無動於衷，肖照笑了，這些男人啊，外面再兇狠，到了自己女人面前都成了妻奴。

想到穆廷州對明薇的恭敬，肖照推推眼鏡，坐到穆廷州身邊，一手搭著沙發，一手放在膝蓋上，用只有穆廷州能聽見的聲音調侃道：「如果不是那天在醫院你對伯母太不客氣，我都要懷疑你是故意玩失憶，趁機追求明小姐。」

車禍前穆廷州對明薇就不太一樣，他早就看出來了。

穆廷州自動無視一切無意義的話。

手機震動，肖照摸出手機，看到來電顯示，他挑挑眉，接聽。

一分鐘後，肖照結束通話，對穆廷州道：「有位名導演想請你跟明小姐合作一部電影，正好晚上有空，我讓他來別墅見面，相信沈素也在通知明小姐。」

穆廷州皺眉，因明強在他便沒有詢問詳情。

接女兒脫離狼窩的計畫落空，下午明強就回去了，肖照先送他去機場，再送明橋回T大。

「有事常聯絡。」停好車，肖照繞到後面幫明橋拉開車門。

「我姐剛進演藝圈，希望你看在穆先生的分上，多照顧我姐。」T大生活平靜，明橋更緊張姐姐，娛樂圈聽起來很複雜，姐姐沒有背景，長得那麼美，無法不讓人擔心。

肖照卻覺得這份擔心幼稚可笑，看著眼前的小女生道：「二小姐太小瞧廷州的影響力了，她現在是國民公主，誰敢得罪她？」

明橋不喜歡他的自負，點點頭，頭也不回地走了。

肖照站在車旁，目送女孩走過路燈，在心裡對比姐妹倆的性格，笑笑上車離去。

晚上六點，沈素與廖導相繼抵達別墅。

沈素是明薇的經紀人，不用介紹。廖導來頭更大，曾有兩部電影獲得奧斯卡提名，其中一部的男主角正是穆廷州，穆廷州失憶前與廖導的關係還算不錯，這也是肖照痛快邀請廖導來穆廷州別墅的主要原因。

貴客苦惱，鑒於穆廷州暫時還無法接受禮服，明薇換了一套白色套裝，長髮高綰，耳上戴珍珠耳環，一步一步沿著樓梯走下來，優雅中流露出幾分事業女人的成熟。肖照贊許地點頭，穆廷州只看一眼便移開視線，恪守禮法。

「公主這樣穿，更漂亮了。」美人來到近前，肖照紳士地恭維。

明薇淺淺一笑，有一點點害羞。

「太傅覺得如何？」肖照故意逗影帝。

穆廷州冷聲告誡他：「公主乃金枝玉葉，非你我能直言妄議。」

自詡再也不會被影帝傷害的肖照，還是被傷到了，氣得先去外面等人。

明薇默默尷尬。

耳邊突然傳來穆廷州低沉的聲音：「肖照言詞輕浮，公主還是疏遠為妥。」

看他一本正經的模樣，明薇笑了，耐心解釋道：「太傅，現代女子喜歡被人恭維，我也是，有人誇我漂亮，我會很開心。」

看著她明媚的笑臉，穆廷州腦海不自覺地浮現出幾句詩詞，全是盛讚女子貌美的，但就在他猶豫要不要說出來讓公主更加開心時，他眼中的公主卻低頭意味不明地一笑，隨即朝門外走去，只留下一縷淡淡清香。

穆廷州抿抿唇，緩步跟上。

一番介紹後，五人坐到餐廳共進晚飯，氣氛輕鬆下來，再愉悅地談正事。

談到他新接的奇幻劇本，廖導神采飛揚：「我們國內的文藝好片不斷，但科幻大片空缺，想拍一部經典，既需要好劇本做根基，也需要名演員吸引粉絲帶動票房。剛接到劇本，我第一個想到的就是廷州……女演員我一直在物色新面孔，這幾天看到明薇的照片，一下子跟我想像中的女主角對上了，昨天我去張導那看了幾集《大明》，明薇很有靈性啊，演女主角沒問題。」

明薇連忙謙虛。

廖導哈哈笑：「當然，用妳，也是想蹭蹭妳與廷州的熱度，現在國內你們倆最紅。」

明薇對此就不好說什麼了。

沈素笑道：「明年開拍，明薇這邊檔期沒問題，穆先生……」

「抱歉，我不會演戲。」話題轉到他，穆廷州平靜又異常堅定地道。公主喜歡拍戲，他阻止不了，但他堂堂太傅，絕不會拍什麼電視劇、電影娛樂旁人。

廖導真沒想到影帝會拒絕，不解地看向肖照。

肖照苦笑，替影帝擦屁股：「廷州的情況……現在確實不適合接戲，但我相信如果他沒失憶，一定不會錯過這次與您合作的機會。」

廖導苦惱了，摸摸下巴，他再次看向影帝：「這樣吧，女主角就是明薇了，男主角我先等等，明年五月開拍，或許那時廷州已經康復了，我瞭解廷州，他絕對喜歡這個劇本。」

肖照起身，鄭重地代表穆廷州向他道謝。

明薇也再次感謝廖導對她的信任。

只有穆廷州，神色淡淡，除了留意公主與兩個男人的身體距離，其他的都不關心。

第十四章　千金之軀

十月下旬，明薇帶著她的兩大新任助理，高調無比地去了上海，登機困難，飛機降落，從機場出來，又是一波人山人海。穆廷州配了保鏢開道，但保鏢都差點被擠成肉醬，明薇幾乎是被穆廷州、肖照架著走的，碰來碰去，幾次撞到穆廷州懷裡，他順手提著她走幾步，當天就上了頭條。

粉絲們高呼浪漫，明薇叫苦連連，真的出了名才知道成名的麻煩。

到了飯店，明薇癱在沙發上，一動也不想動，然後不知不覺就睡著了。

下午四點多，被陳璋的電話叫醒，約她們共進晚餐，導演也在。

明薇笑著說好，掛了電話，揉揉腦袋，心中有些感慨。

《南城》只是東影的一部小製作電視劇，既然是小製作，男女主角就不用請太大咖的，所以她這個新人靠沈素拿到了女主角，男主角則是另外一個具有鮮肉潛力的新演員，而正紅著的陳璋，在《大明》裡給影帝穆廷州當完男二，原定是要去演一個大案子的男主角的。

但她的一夜成名，成了娛樂圈的變數。

東影臨時決定將《南城》列為重點宣傳專案，那麼除了明薇這個名氣高漲但演技並不成熟的女主角，還需要一個既有名氣又有演技的男主角，力爭口碑、收視雙豐收。商場無情，原來的小鮮肉被臨時換掉，恰逢陳璋有兩個多月的檔期，抓緊時間，應該能保證《南城》的拍攝。其實也有別的男星選擇，但據說陳璋非常看好《南城》，他的經紀人便幫他爭取到了名額。

明薇有一絲絲同情被替換的男演員，可這並不影響她與陳璋的交情。

洗澡之前，明薇在她與男神們的小群組裡傳訊息通知：『晚上六點陳璋請客，你們去嗎？』

「叮叮」兩聲，隔壁兩間房裡，穆廷州、肖照的手機同時響了。

肖照笑著私聊影帝：『陳璋就是《大明》裡的駙馬。』

穆廷州正在看《南城》的劇本，聽完語音訊息，不悅地皺眉。《大明》的小說他看了好幾遍，劇情有看似合理的地方，也有數不清的荒唐，譬如公主會喜歡太傅，譬如太傅會動情，甚至在動情後因為一些虛名放棄公主……

穆廷州絕不承認《大明》裡的太傅是自己，整個故事只是肖照等人編造出來，給他與公主洗腦的工具罷了。既然不承認故事，他更不會承認陳璋駙馬的身分，儘管陳璋確實是平西侯府世子。如果陳璋記得前事，他會爭取這個同盟，可惜……失憶的世子，於他沒有任何意義。

『公主想去？』穆廷州回。

明薇：『嗯，已經答應了。』

穆廷州：『那臣陪公主赴宴。』

肖照：『＋1。』

明薇愉快地去洗澡，洗完站在衣櫃前挑衣服，手指碰到長褲，頓了頓收回來，再看一遍，拎了一件紅色長袖連衣裙出來，上面領口只露出鎖骨，相當保守，下面裙擺卻不及膝蓋，絕對會為「太傅」帶來視覺衝擊。

她喜歡裙子，這一錘早晚都要落下，不如趁早，免得影響拍攝。

穿好裙子，明薇配了一雙黑色高跟鞋，看看時間，五點整。

拎起包，明薇輕輕開門，做賊似的朝左邊穆廷州的房間走去，同時傳訊息給他：『我在你門外，請開門。』

穆廷州看到訊息，毫不遲疑地離開書桌，走到門前下意識瞥向貓眼。門外公主長髮披散，微微捲曲，顯得有些慵懶，她穿著一件紅衣服，那紅襯得她肌膚勝雪，白得讓人不敢多看，但他還是注意到那白皙的頸子上戴著一條珍珠項鍊，小小的珍珠垂在領口，瑩潤光澤，如它的主人。

視線下移，穆廷州拉開門板，最先入眼的是一雙黑色高跟鞋，以及公主白淨小巧的腳。

那是只有未來駙馬才能看的千金之軀！

心中大震，穆廷州本能地便想關門，明薇正防著他，一看他往後躲，立即衝上去，極不淑女地往門縫裡擠。怕弄疼她，穆廷州不敢硬來，迫於形勢轉身，一邊往前走一邊背對她訓誡：「公主穿成這樣，是存心激怒臣嗎？」

明薇輕輕關上門，小聲道：「太傅同意我拍戲，說明太傅不是迂腐之人，那為何不肯再變通一點讓我穿裙子？現在是秋天還好，以後夏天了，難道你還要我還是從頭包到腳？不可能，我怕冷也怕熱，夏天就喜歡穿裙子。」

「公主喜歡拍戲，能從中得到樂趣，臣才贊同，但女子衣不蔽體，影響的是公主的清譽。」穆廷州走到窗前才停下，臉都快貼上窗簾了，有點像面壁思過。

明薇將包放在書桌上，站在穆廷州斜後側，心平氣和地講道理：「古人對女子苛刻，現代男女平等觀念開放，如果我在古代，那一定謹聽太傅教誨，可在這裡，沒人會因為我穿裙子指指點點，我為何不能按照自己的喜好行事？」

這是詭辯，穆廷州馬上反駁：「君子處世，貴在自律，豈能因無人抨擊便明知故犯？」

明薇服了，口舌鬥不過他，只能耍無賴，抱胸靠到書桌上，哼道：「我就明知故犯，你能怎麼樣？我敬你是太傅才好言好語勸你，你不聽，那我也沒辦法，太傅看不慣我穿裙子，那今晚自己吃吧，肖照陪我去赴宴。」

「公主。」穆廷州長眉緊鎖，再一次領教到撫養孩子的無力，若是自家子女，他可以懲戒責罰，偏偏身後的是公主，打不得罵不得。

「太傅慢慢考慮，我先走了。」故意等了兩分鐘，明薇拎起包包，轉身就走。

穆廷州握拳，微微側首，一看到公主白花花的小腿，立即別開眼，然後歪頭疾步追上公主，霸道地擋在她面前，閉上眼睛道：「臣受先帝遺命教導公主，既然公主一意孤行，臣只能阻攔公主前去赴席。」

明薇早有準備，拿出手機，打開她提前下載的幾張劇照，舉到穆廷州面前：「太傅看看，這是什麼。」

穆廷州不看。

明薇笑：「太傅一直不願我暴露身體，可太傅這張，全國無數人都看過了，太傅怎麼不考慮自己的清譽？還是說，古代男人並不介意暴露身體供人觀賞？」

穆廷州皺皺眉，閉著眼睛抬手，明薇知道他要做什麼，主動將手機塞到他手中。

穆廷州轉身，低頭一看，螢幕上是一張他的劇照，全身上下只有一條長褲，胸口盡裸。

明薇幸災樂禍地添油加醋：「其實，太傅的身材超好，很多模特兒……」

「公主慎言。」穆廷州冷聲打斷，但臉上卻有莫名的火悄然肆虐，他努力無視公主所說，飛快刪除照片。手機是明薇新買的，裡面的照片不多，下載的五、六張穆廷州露胸劇照都被他刪除了，反手還給她。

「太傅還有什麼想說的嗎？」明薇正經地問，不想刺激他。

「臣是臣，公主是公主，不可相提並論。」穆廷州堅持己見。

兩個招數都失敗了，明薇無聲嘆口氣，靠到旁邊牆上，低頭看的地面。

「公主？」身後沒有一點聲音，穆廷州疑惑地問。

沒有人回答。

穆廷州又喚了一聲。

「幹什麼？」明薇沒好氣地道，絲毫不掩飾她的哭腔。

穆廷州突然手足無措，再無威嚴太傅的氣勢，低聲道：「您……」

「我不高興。」明薇轉頭，一邊說一邊輕輕啜泣：「太傅口口聲聲說為了我好，可太傅毫不關心我喜歡什麼，只計較禮法……太傅儀表堂堂英明神武，想聽你話的女人數不勝數，又何必黏著我，不如換個人當你的公主好了……」

「胡鬧，公主乃天子之女，豈是旁人想當就當？」穆廷州低聲訓道，但那聲音溫和，毫無威力。

「可我連自己想穿什麼都做不了主，這個公主當得有什麼意思？」明薇一把將包包甩到他身上，跟著轉過身，捂著臉嗚嗚地哭。

穆廷州六神無主，腳邊是她扔過來的小包，精緻秀氣。

良久良久，他遲疑著開口：「公主……」

「別喊我公主，我不是公主！我只是丫鬟，你想罵就罵、想關押就關押的丫鬟！」明薇憤憤地說。

穆廷州頭疼，彎腰撿起包包，細心擦拭上面並不存在的灰塵。

女孩委屈無比的哭聲還在繼續，穆廷州越聽越煩，既想勸她維持公主該有的威儀，又怕她哭得更傷心。

時間一秒一秒過去，穆廷州看看腕錶，再過五分鐘肖照就該過來了。

「罷了，公主去吧。」到最後，他還是投降了。

明薇嘴角不受控制地翹了起來，維持哭聲：「你真的同意了？」

穆廷州短短「嗯」了聲。

明薇眼睛一轉，又問：「太傅去不去？」

穆廷州當然要去，公主穿得那麼少，更不讓人放心。

肯去就是沒生她的氣，明薇澈底滿意了，開心地跑出幾步，張開手臂轉身，笑著叫他：「那你先轉過來。」口說無憑，穆廷州敢看她了才是真正的接受。

穆廷州攥緊她的包。

「太傅……」

女孩拉長聲音喊他，與她朝明強撒嬌時一樣，軟軟的，又緊緊地勾著人心。

他慢慢轉身，轉到一半，外面有人敲門。

「太傅。」

是肖照的聲音，每次他叫穆廷州太傅，語氣裡都帶著一點戲謔。

明薇放下手臂，有點慌，怕肖照誤會她來穆廷州房間的目的，但也只是一點點。短暫的慌亂後，明薇默默等穆廷州開門，同時飛快在腦海裡排練說詞。

穆廷州卻沒動，大概過了三十秒，他對著門板道：「稍等。」

說完，穆廷州斜視著走到明薇身邊，低聲道：「瓜田李下，為免他誤會，還請公主暫避於洗手間，虛掩房門，聽臣咳嗽公主再悄悄離開。」

明薇點點頭，接過包包，小心翼翼躲進洗手間。

穆廷州巡視一番房間，確保沒有公主留下的痕跡，這才去開門，一手整理著領帶。

西裝是正裝，影帝穆廷州不太喜歡，但自詡太傅的穆廷州卻自發選擇了西裝作為常服。

「差不多要下去了。」肖照站在門外，沒有進去的意思。

「我的筆帽掉到床下了，你幫我找找。」穆廷州毫不客氣地道。

他失憶後脾氣更古怪，肖照狐疑地看他一眼，認命了，進去幫三十歲的太傅大人找筆帽。

「在床頭那邊。」

「不早說？」

一個頤指氣使，一個心情不太愉快，明薇偷笑，聽穆廷州咳嗽了，她飛快拉開虛掩的門，再如成功偷盜的小賊，溜之大吉，回自己的房間了。

「找不到。」白幹一場，肖照放棄了，一個破筆帽，值得他彎腰費事？

「算了，先去接公主。」穆廷州面無表情，滴水不漏。

明薇在照鏡子，聽到敲門聲，忍著笑，腳步輕快地去開門。

房門打開，肖照抬著頭，見到裙裝打扮的明薇，愣了愣，一邊紳士地誇讚明薇，一邊觀察「太傅大人」的反應。穆廷州本是垂著眼簾，視野裡突然闖入一雙瑩白修長的美腿，他立即後退一步，視線也挪到了公主臉上。

明薇好奇地瞧著他，剛剛拖拖拉拉半天穆廷州都沒正眼看她穿裙子。

穆廷州卻誤會了她水潤潤大眼睛流露出的情緒，記起公主曾說喜歡被人誇讚容貌，穆廷州抿抿唇，用一種向帝王交差的鄭重語氣道：「公主國色天香，光彩照人。」他必須哄公主開心，免得公主被擅長甜言蜜語的肖照所騙。

明薇的臉一下子紅了。

什麼叫紳士？肖照那種自然親切、讓人聽了渾身舒服卻不會太當回事的讚美才叫紳士，穆廷州這麼嚴肅正經，一點都不輕鬆，反而讓明薇覺得壓力山大，幸好周圍沒有外人，不然丟死人了。

她看肖照，肖照抬手推眼鏡，卻遮擋不住他嘴角的笑。

「走吧。」明薇紅著臉關上門，先行一步。

明薇這件連衣裙很修身，從後面看，小腰纖細，美腿修長，穿著細高跟鞋走路，腰臀自然而然搖擺，完美展露了女子窈窕婀娜的形體美。肖照欣賞地看了一眼，之後便正常走路了，穆廷州難以避免地也看了一眼，跟著加快腳步跨前一步，擋在肖照身前，不讓他看。

他的意思太明顯，肖照無語望天，人家明強都沒這麼緊張自己女兒好不好？

「以小人之心，度君子之腹。」肖照壓低聲音道，穆廷州這是在質疑他的人品。

穆廷州充耳未聞，眼睛看著走廊，耳邊卻再次響起公主嗚嗚的哭聲，只是剛剛那一照面，公主笑眼盈盈，似乎不像哭過……

正困惑著，明薇停在了電梯前，穆廷州下意識追上去，幫她按樓層，按完馬上擋在明薇右側，阻隔可能來自肖照的覬覦視線。肖照只覺得好笑，他倒要看看，等一下到了餐廳，四面八方都是人，穆廷州要怎麼避免明薇露腿。

電梯降到一樓，門一開，大廳中走動的人影便映入眼簾。

俊男美女同時亮相，路人們齊齊看向電梯，女人們看穆廷州、肖照，男人們更欣賞明薇，很快有人認出這三人組，興奮地過來想要簽名合照。穆廷州將明薇拉到身後，目光冰冷，肖照上前幾步，微笑著道：「今天不方便，希望大家配合。」

粉絲人少，好勸，遺憾地停在原地，只舉起手機錄影、拍照。

穆廷州也意識到他無法阻止別人看公主了，薄唇緊抿，面帶煞氣，嚇退不少別處圍過來討要簽名的粉絲。

「你看，好幾個穿裙子的。」明薇小聲跟他說話。

「公主比她們尊貴。」穆廷州張口就來。

明薇笑容一僵，對上穆廷州幽深認真的黑眸，心頭忽然蕩起一絲難以形容的異樣。

「太傅這話還是少說為妙。」肖照雖然離得遠，但也聽到了，盡職盡責地履行影帝經紀人的義務：「在太傅心中，公主是天下第一尊貴的公主，但那些女人也是她們的父母、情人心裡的公主，太傅可以奉承公主，可對待別人也要尊重，否則傳出去，你與公主的名聲都會打些折扣。」

「是啊是啊，人人平等。」意識到隱患，明薇連忙附和肖照。

穆廷州不置可否。

前面臨窗一桌，陳璋與《南城》高導早就站了起來。只有高導是生人，陳璋幫忙引見，然後先朝穆廷州伸手：「太傅，好久不見。」他知道穆廷州的近況，喊太傅是照顧穆廷州情緒。

穆廷州挑眉：「世子記得我？」

陳璋吃了一驚。

穆廷州懂了，再不看他。

落座時，穆廷州讓明薇坐最裡面，然後安排肖照坐明薇另一側。得到「太傅」的信任，肖照總算舒坦了一回。

陳璋假裝沒看出兩人的小心機，只跟明薇聊：「沒想到這麼快就再見了，新劇找到感覺了嗎？」

明薇在《大明》劇組時，關係最好的演員就是陳璋，與他相處也十分輕鬆，笑著道：「還行吧，我的人物設定不是特別難，倒是你，能演糙漢嗎？」

陳璋保持神祕：「開拍妳就知道了。」

兩人有一句沒一句的聊，穆廷州就坐在旁邊，看著公主好幾次被陳璋逗得喜笑顏開，笑聲如鈴，再對比肖照、陳璋對明薇的態度，一個恭維客氣，一個殷勤熱絡，他終於明白誰才是真正覬覦公主的人了。

晚飯結束，眾人各回各房。

房內安靜，明薇專心背臺詞，快十點鐘時接到了穆廷州的電話。

熟悉的敬詞，明薇忍不住開玩笑：「下次我把你這句話錄下來，再設定成你的專屬鈴音，這樣就不用每次都遙拜了。」

「太傅」沒有幽默細胞，沉默幾秒，直接問：『陳璋此人，公主怎麼看？』

明薇眨眨眼睛，靠到床頭道：「他挺好的啊，我第一次拍戲，他教了我很多。」

穆廷州聲音嚴肅：『公主身分尊貴、才貌雙全，依臣看，陳璋對公主別有居心。』

明薇真的沒看出來：「你想太多了，現代男女都這樣交往。」

先是提醒她疏遠肖照，現在又懷疑陳璋，這位太傅是不是太緊張這個幻想的公主了，以至於要提防所有靠近她的男人？這個苗頭可不好，明薇必須及早掐滅：「太傅，凡事都要講求證據，在太傅找到鐵證之前，請太傅尊重我的朋友，不要輕疑。」

穆廷州難得地，無言以對。

「好啦，明天開機，太傅早點睡。」

穆廷州：『……臣告退。』

他的聲音沉鬱，明薇腦海裡頓時浮現出一個憂愁國事的大臣形象，想想穆廷州也是一片好心，她用語音訊息補充道：『太傅放心，我喜歡穿裙子，但如何跟男人相處，我有分寸，短時間不會找男朋友的。』

穆廷州秒回：『公主尚且年少，再過兩年，臣會為公主物色合適的駙馬人選。』

明薇情不自禁笑：『好，我聽太傅安排。』

任性的公主終於乖順了，穆廷州鬆了口氣：『時候不早，公主早睡。』

明薇傳文字：『晚安（月亮）。』

穆廷州盯著那彎月牙，最終還是沒回，不習慣說「晚安」。

熱熱鬧鬧的開機儀式後，《南城》劇組正式開工。

第一場戲，南城余家大小姐余婉音帶著兩個婢女出城賞桂花，偶遇船夫周長勝。

余婉音低調出行，衣著比較平民化，上著一件杏黃衫襖，下套白色繡花長裙，烏黑的長髮梳成兩條長長的細麻花辮，搭在胸前，白淨臉蛋嫩生生水靈靈，活脫脫一朵剛剛綻放幾片花瓣的二月梅花。

化好妝，明薇照照鏡子，跟著化妝師出門了。

助理肖照因為等待時間太長，出去逛逛了，助理穆廷州耐心地守在門外，聽到開門聲，抬起眼簾。

明薇手扯著麻花辮，不太好意思地低著頭，就怕穆廷州又正經八百地誇她。

但穆廷州只是多看了她幾眼，便收起手機，看著遠處道：「走吧。」走到前面帶路。

明薇默默地跟在他身後，直到到了拍攝現場，穆廷州停下腳步，她才笑著朝船夫打扮的陳璋走去。陳璋只穿了一件背心，脖子上搭著一條半舊毛巾，看到明薇，故意舉起一條手臂暴出肌肉：「怎麼樣，像不像勞動的漢子？」

明薇笑著點頭。

只顧著和陳璋說話，沒注意到肖照旁邊，穆廷州的那張俊臉都快黑成炭了。

第十五章　她的太傅

道具、攝影一切就緒，《南城》開拍。

南城郊外有座小島，島上遍植桂樹，每逢金秋時節，富戶人家、平民百姓都會去島上賞桂花，船夫們也會早早撐船過來招攬生意。高長勝性格豪爽身材魁梧，手底下聚了五、六個小弟，眾人正在船頭喝水聊天，忽見遠處嫋嫋娜娜地走來三個姑娘，領頭的黃衫丫頭約莫十六、七歲，全身沐浴在秋光中，那小臉又白淨又水靈，看得眾人移不開眼。

「這生意我搶了！」有人急切地撐篙，其他人也躁動起來。

「都給我老實待著。」

一直坐著沒動的高長勝狠狠看了余婉音一眼，丟了嘴中葉子，終於拍拍手站了起來，眼睛一掃就沒人敢跟他搶了。

男人高高大大，眼神也不像普通船夫那麼老實，帶著一種粗糙的侵略感。兩個丫鬟有點擔心，小聲勸主子換個船夫，余婉音點點頭，然而其他船夫不想得罪高長勝，竟然都不肯拉她。

余婉音抿唇朝高長勝看去，男人吊兒郎當地盯著她笑：「怎麼，怕哥哥吃了妳？」

船夫們哄笑。

余婉音是個倔脾氣，聞言美眸一瞪，不顧兩個丫鬟反對率先跨上高長勝的船，氣鼓鼓坐在船頭，扭頭看山水。

高長勝咧嘴笑，搓搓手，輕輕一撐，船便前進了一大段距離。

藉著兩個丫鬟遮掩，余婉音偷偷打量高長勝，男人結實寬闊的脊背，肌肉遒勁的雙臂，還有粗狂俊朗的側臉，都牢牢地吸引了她這個大家閨秀的視線。忽然間，高長勝轉頭看來，黑眸準確地鎖定了她，余婉音嚇得攥住帕子，慌亂轉過頭。

「Good！」導演喊卡，這一幕結束。

兩艘船都停了下來，現在要拍遠景，明薇這邊的攝影師挪到了導演這邊。明薇不用動，化妝師幫她檢查妝容的空檔她隨意地觀察著工作人員，視線不知怎麼挪到了站在對面船尾的穆廷州身上。短短相觸了一秒，下一刻，穆廷州便別開臉，神色清冷。

他一直都是冷著臉，明薇習以為常，吹吹湖風，繼續拍攝。

行船過程都是遠鏡頭，十分順利，船到桂花島碼頭，拍攝暫停，攝影師再次移到明薇這艘船上，拍近景。

船穩了，一個丫鬟先上岸，準備接小姐，另一個丫鬟付了船費，然後扶住余婉音。可就在余婉音一腳跨上船板時，身下的小船突然劇烈一晃，她嚇得驚叫，身體剛往左歪，一雙大手驀地攥住她的肩膀。

余婉音驚魂不定地回頭。

高長勝低頭看她，對上那水漉漉的大眼睛，突然俯身，好似要親她。

余婉音本能地躲閃，高長勝卻在快親到她時止住，看了一眼，再挪到她的耳邊，低笑調戲：「我高長勝活了二十五年，第一次看到這麼標緻的娘們，錢妳收好，哥哥看妳順眼，心情好，白送妳一程。」

余婉音如受驚的兔子，羞紅了臉，卻沒勇氣反擊，等到上了岸，她才氣急敗壞地將幾個銅錢砸到立在船頭的男人身上，紅著臉罵道：「誰稀罕你送，一個破船夫也好意思裝大方，什麼時候開得起洋車了，姑奶奶或許會多看你一眼！」

說完大步往前走。

高長勝揉揉被銅錢砸中的手臂，眼睛卻始終直勾勾地望著遠走的大小姐，跟野狗看肉包子似的，越看越饞。

這一幕拍了三次。

終於拍好，明薇臉上冒了一層細汗，沒辦法，十月的江南白天時還挺熱。

頭頂忽然投下一片陰影，明薇抬頭，看到一把青色的遮陽傘，持傘的人是穆廷州，這位影帝還真的把自己當助理了。

「謝謝，我自己來吧。」頂著周圍工作人員八卦的眼神，明薇心慌，有點小學生趁老師有病，使喚老師伺候自己的感覺。

穆廷州看看她，什麼都沒說，眼睛望向前方，卻還是青松般屹立在她身旁，一手高舉為她遮陽。他不聽勸，明薇抱著保溫杯轉過去，背對眾人喝水，水是溫的，看著地上並排灑下的兩道身影，臉也感覺溫溫的。

幾公尺之外，陳璋同助理說完話，一回頭，就看到了斜對面的兩人。男人一身黑色西裝，修長挺拔，渾身散發著拒人於千里之外的孤傲，素來目空一切，現在卻旁若無人地為她撐傘。嬌小的她低著頭站在傘下，離他那麼近，彷彿正與他說著悄悄話。

忙碌雜亂的拍攝現場，所有人都自覺地與那二人保持距離，像是默認了兩人的關係。

陳璋皺眉，將保溫杯遞給助理，笑著走了過去。

「等一下還要上島，走得動嗎？」他熟稔地問明薇。

明薇回頭，對上露著雙臂的陳璋。不得不說，陳璋的身材確實很好，船上被陳璋握住肩膀時，明薇完全能感受到屬於男人的強大力量。

「這點路算什麼，你太小瞧我了。」明薇笑著說。

陳璋就道：「那一起走吧，這邊景色還不錯。」

「嗯。」熟人結伴而行，明薇沒有多想。

「我幫妳撐傘，正好我也遮一遮。」陳璋自然無比地去接穆廷州手裡的傘。

「不勞陳先生。」穆廷州漠然拒絕，並且非常突兀地擋在明薇面前，直視陳璋道：「公主不拘小節，不介意陳先生坦露雙臂，但我身為太傅，有照顧公主之責。拍攝期間我不管，拍攝結束，還請陳先生著裝整齊了再來與公主交談。」

他早就看陳璋不順眼了。

陳璋知道影帝病了，但今天還是第一次真正領教影帝的病情。穆廷州是影帝，演技精湛，作為一個後輩，陳璋由衷地尊重穆廷州，只是關係到明薇，現在不是兩個演員的較量，他若妥協，便是矮了穆廷州一頭。

「這……妳介意嗎？」意外過後，陳璋挪開一步問明薇。

明薇尷尬極了，躲在穆廷州身後偷偷朝陳璋搖頭。

陳璋笑：「那我就不換了，這個天氣，穿外套有點熱。」

他的笑容爽朗，只跟明薇說話，卻用行動掃了穆廷州的面子。

穆廷州轉身，面朝明薇，幽深的黑眸古井無波，沒有任何責備。

但明薇莫名地愧疚，不敢看穆廷州，也不想強迫陳璋去穿外套，低頭時瞧見地上的影子，明薇靈機一動，抬頭對陳璋道：「島上路窄，兩人共用一把傘不方便，我還是自己撐吧，你怕曬就再去拿一把。」

說完去搶穆廷州的傘，穆廷州毫無準備，被她微涼的小手一碰，立即鬆了手。

明薇嘿嘿一笑，放低傘沿擋住臉，默默鬆了口氣。

陳璋沒去拿傘，穆廷州也沒拿，兩人都在明薇身後跟著。

到了島上，眾人繼續拍攝，中午才返回飯店。

明薇回房了，肖照去了穆廷州的房間。

「有事？」穆廷州解開襯衫鈕子，準備沐浴。

「跟你談談。」肖照坐到椅子上，認真地看著他的好友。穆廷州真心要當明薇助理，他卻是跟過來照顧穆廷州的，上午穆廷州與陳璋的針鋒相對他全都看在眼裡。肖照不是心理醫生，他不懂怎麼用醫學方法幫助穆廷州，但他必須適當地提醒穆廷州一些事，這或許有助於他的記憶恢復。

穆廷州坐到他對面，洗耳恭聽。

「陳璋喜歡公主，你看出來了吧？」肖照推推眼鏡，肯定地說。

穆廷州垂眸，默認。

「那我想知道，公主既然已經到了挑選駙馬的年紀，太傅為何反對陳璋接近公主？」鎖定穆廷州的眼睛，肖照犀利地問，「是覺得陳璋哪裡不妥，配不上公主，還是公主國色天香，太傅情不自禁動了心，下意識想獨占公主？」

明薇顏值出眾、性格討喜、拍戲認真，是個容易招惹桃花的美女，陳璋、穆廷州動心都很正常。

穆廷州低頭解腕錶：「陳璋言辭輕浮，配不上公主。」

「你呢？」

「我是太傅，對公主有保護之責。」放好腕錶，穆廷州站了起來，目光冷淡地斜睨肖照：「下次你再說這種無稽之談，我絕不會理會，走吧。」

「說得好聽，到底怎麼回事，你自己心裡清楚。」肖照深深看他一眼，出去了，反手關上房門。

穆廷州原地站了片刻，脫了衣服，去浴室沐浴。

他開了冷水，水流落下，穆廷州閉著眼睛，腦海裡卻不受控制地閃過幾個畫面。

病房醒來，她安靜地坐在床邊，長長的睫毛搧動，美得像幅畫。

汽車後座，她噘著嘴靠著椅背，嬌小的身體裹在窗簾中，委屈的模樣令人憐惜。

飯店房間裡，她穿著露腿紅裙闖進來，眼神明亮大膽，逼他看她……

這就是他的公主。

先帝臨終托孤時，她只是公主，他對她的瞭解匱乏，一朝醒來，她在他身邊，不再只是一個公主名諱，而是活生生的姑娘。她生氣、哭鬧，她撒嬌、歡笑，當時不覺如何，事後回想，竟然每一幕都記得，清晰的像攝影重播。

為何會這樣？

他說不清楚，只知道她是公主，而自己是太傅。

關掉淋浴，穆廷州抹把臉，去拿浴巾時腳步一頓，過了一會兒，歪頭看鏡子。

鏡中的男人，雙臂修長，胸口結實，下面是四排對稱的腹肌，明顯又內斂。

「其實，太傅身材超好……」

耳邊突然響起她戲謔的聲音，穆廷州神色一變，抓起浴巾轉身，胡亂擦頭。

《南城》與《大明首輔》不同，後者主講首輔的政治生涯，明薇扮演的公主是整部劇中的花瓶，存在的意義只是為了成為首輔的白月光，再促進駙馬造反的劇情，作為一部正劇，《大明》並不需要太多的感情戲，激情戲更是不會有。

可《南城》講的是余婉音與高長勝的愛情，一段民國歲月中的風花雪月，縱觀現在大紅的愛情片，總是少不了不同程度的激情戲，或是簡單的親吻，或是情之所至的擁抱，粉絲們也會剪輯唯美動人的擁吻鏡頭廣泛流傳。

《南城》中就有幾場吻戲，站著的、躺著的……

明薇接到劇本時就已經做好了心理準備，既然當了演員，該放開的就放開，尺度太大的可以拒絕，這種小程度也不拍，那她何必當演員？就連當紅女星、影后什麼的，人家不是照樣在拍？像穆廷州那種嚴格迴避親密戲的，不是被導演淘汰，就是要有挑剔的資格。

她接《南城》在先，穆廷州車禍失憶在後，從影帝「自甘墮落」成為助理，穆廷州做的第一件正事便是看《南城》劇本，並非常細緻的在每一場男女主演有身體接觸的地方，畫上了叉叉。而且穆助理非常講道理，還在旁邊備註了刪掉戲份的理由，甚至提出「更好」的劇情提議，用來烘托氣氛。

但人家導演只想拍個文藝又商業的愛情片，穆廷州的劇情改編過於文藝深刻，視覺效果肯定不如真刀真槍的親吻。

看過穆廷州修改的劇本，明薇先與肖照暗中商量，牽手、擁抱、扶肩膀這種戲份，兩人合作，成功勸服穆廷州接受了，至於無論如何都談不攏的吻戲，肖照提出一個解決方案：假裝答應刪除，拍攝時調虎離山，明薇偷偷拍，全劇組都瞞住穆廷州。

明薇同意。

劇組求之不得，所以這晚，劇組通告裡沒有明薇的戲份，其實只是障眼法，明薇還是要去片場的。

「好累啊，等等洗個澡直接睡覺。」

吃完晚飯，跨進電梯，明薇捂著嘴打哈欠，聲音悶悶的，特別疲憊，演給穆廷州看。

肖照唇角微揚，一閃即逝。

穆廷州側目，見她的腦袋抵著電梯，長長的睫毛垂落下來，睏得隨時都有可能睡著，嬌小惹人憐惜，心裡五味雜陳，可公主喜歡拍戲，不肯再過那種嬌生慣養的生活，不肯花他的錢，他無可奈何。

「公主注意休息。」一到了房間前，穆廷州低聲囑咐道。

明薇眼睛都快睜不開了，一邊刷房卡一邊軟軟地嘟囔：「嗯，太傅晚安。」

穆廷州微微低頭送行。

肖照開玩笑：「怎麼不跟我說晚安？」

穆廷州皺眉，見明薇沒聽見般直接進去了，眉峰立即舒展開來，如果給個眼部特寫，那平靜潭水般的黑眸，彷彿有一縷春風吹過，盪起幾圈暖暖漣漪。

丟下沒得到公主「晚安」祝福的肖照，穆廷州回自己房間了。

公主勞累休息，穆廷州繼續透過電腦熟悉這個時代的一切，不知疲倦，看著看著，聽到訊息提示音。穆廷州拿起手機，是肖照的語音：『作為你的朋友兼經紀人，我同意去掉《南城》中所有吻戲，但作為明小姐的助理，我提議讓她瞞著你去拍吻戲，她半小時前出發了，你現在去應該來得及。』

語音沒結束，穆廷州已經站了起來，臉色鐵青，西裝外套都沒穿，直接朝門口走去。抽掉房卡，打開房門，一抬頭，看見肖照衣冠楚楚地站在對面，細長的眼睛隱藏在鏡片後，令人捉摸不透。

「我送你。」肖照簡單說。

穆廷州抿唇不語，兩人飛速下樓，到了車上，肖照開車，穆廷州臉朝窗外，目光極冷。

「為何告訴我？」

漫長的沉默後，穆廷州先開口，眼睛依然看著窗外。

肖照看一眼後視鏡，輕飄飄地回答：「想刺激刺激你，如果你對公主只有敬重之心，陳璋親吻公主，你會憤怒，倘若你對公主動了情，就算心裡否認，看到他們親吻，你肯定也會有些別的情緒，好比嫉妒，好比……想取而代之。」

穆廷州放在膝蓋上的手，不知不覺握成了拳。

肖照看他一眼，繼續道：「太傅，實話告訴你吧，你跟公主都回不到明朝了，既然回不去，又何必拘泥於古代禮法？好，你可以說你只是想保護公主，但公主早晚會嫁人，今晚你可以阻止公主拍吻戲，但難道你能讓公主一輩子不嫁？你以什麼身分阻止？」

「我為何要阻止？」穆廷州終於轉了過來，面冷如霜：「遇到合適的駙馬人選……」

「陳璋就很合適。」肖照打斷他，「陳璋是劇裡的駙馬，與公主本就是夫妻，現實裡陳璋有名有財，更難得對公主體貼照顧，太傅看不上陳璋，我卻覺得，公主對他很有好感，太傅，您可別以管教之名干涉公主的婚姻自由。」

「紅燈。」穆廷州掃眼前面，冷聲提醒。

肖照笑笑，停車。

劇組取景地點，余家大宅外，明薇換好戲服化好妝，跟陳璋站在一起等待拍攝。

「緊張嗎？」路燈下，陳璋笑著問，低沉的聲音被夜色渲染出幾分曖昧。

明薇能不緊張嗎？除了跟穆廷州貼安全膜的那場簡單吻戲她還沒有接過吻，現在這場，高長勝為了能配得上余婉音，決定冒險北上經商，動身前夕，他趁余婉音出門偷偷塞了一張紙條給她，約余婉音晚上出來，余婉音如不赴約，他就大聲嚷嚷。

劇情發展到這，余婉音既嫌棄高長勝，又對高長勝產生了朦朧的情愫，猶豫半晌，終究還是出來赴約了。見到心心念念的女孩，又即將分別，高長勝一個粗人當然想什麼做什麼，將余婉音壓到牆上激吻了一番。

明薇緊張，有男女親密接觸的關係，也有擔心自己拍不好的關係，她要先掙扎再默許，劇本安排她還要咬陳璋一口，以示千金小姐對糙漢的反抗。

「有點。」她大大方方承認，低著頭說。

昏黃的燈光投射下來，她只化了淡妝，但女孩的羞澀成了最好的胭脂，像一顆水蜜桃迅速成熟，紅暈一點點爬上她白皙水嫩的臉龐，那誘人的青澀的美也一點點爬上了陳璋心頭。他喜歡明薇，說不清理由，就是喜歡看她，喜歡跟她說話，並且不專業的期待與她的吻戲。

這場戲明天會再拍一次給穆廷州看的，從明薇閨房猶豫到她下樓來見陳璋的劇情，安排在明天，現在只拍瞞著穆廷州的吻戲。按照導演的指令，明薇與陳璋面對面站在路燈下，準備幾分鐘，導演喊開始。

晚風習習，余婉音低頭諷刺：「你走你的，憑什麼要我等你？」

「我的大小姐，都這個時候了，給我一句痛快話行不行？」高長勝彎腰，明明急得要蹦火，卻還得壓著脾氣，苦哈哈地求她：「錢沒那麼好賺，人家都說了，路上肯定會死人，別人都是拜菩薩，我只求妳，只要妳說句等我，我就算爬也會爬回來，絕對捨不得死在外頭！」

男人的話粗，情意卻灼烈如火，余婉音咬唇扭頭，捨不得他走，也捨不得他死，只是女孩子的矜持讓她說不出口。

見她遲遲不肯答應，男人的火無聲燃燒，等不到答案，看她咬唇，看著她姣好如花的臉，男人胸腔的火突然爆發，猛地攥住那纖細的肩膀往後一推，結實的身體牢牢壓上。

這動作侵略感太強，明薇澈底傻了，感受著陳璋逼近的氣息，她本能地閉上眼睛。

陳璋摟緊她的腰，這一刻，他分不清自己是高長勝還是陳璋，他只知道，自己想吻她。

導演與工作人員都緊張地屏住呼吸，期待激情上演，誰都沒留意有道人影乘著夜風逼近，等他們意識到不對時，一切都遲了，壓著明薇的陳璋被粗暴甩開，另一個男人以君王的姿態擋在明薇面前，用他的身體，將她密密實實擋住。

變故發生得太快，明薇睜開眼睛，只看到一堵人牆，男人穿著白襯衫，比她高那麼多，霸道的像一座山。霸道，並不是一個誇人的詞彙，現實裡沒人喜歡別人對自己霸道，可看著這樣以守護姿態擋在她面前的穆廷州，明薇被吻戲攪亂的心忽然就安定了下來。

她短暫的安心了，整個劇組卻炸了。

「穆先生，這是拍攝現場，請你離開。」陳璋暗暗動動被穆廷州甩疼的胳膊，目光陰鬱。

穆廷州掃他一眼，逕自回頭，漆黑眼眸終於看向了他的公主。

他的眼神太亮，明薇心慌，剛要說話，他忽然攥住她的手腕，隔著單薄衣袖，掌心如火。

明薇心跳加快，呆呆仰起頭。

「走。」穆廷州只說了一個字，他的臉是冷的，目光卻是溫和的，彷彿只要她不想走他便會鬆開手。

「明薇，」陳璋走過來，神色複雜地提醒明薇：「他是影帝，這次失憶動搖不了他地位，妳只是新人，現在因為他耽誤拍攝，得罪導演壞了演員風評，將來他記起來了，跟妳撇清關係，那時妳該怎麼辦？」

明薇看看他，視線慢慢回到穆廷州臉上。

沒有辯解，沒有保證，穆廷州只是平靜地看著她，讓她選擇。

明薇扭頭，看到肖照站在遠處，那個幫她出主意，卻又背叛她的娛樂圈第一經紀人。為什麼不背叛呢？肖照是穆廷州那邊的，他做任何事的出發點都為了是穆廷州的利益，雖然她想不明白讓穆廷州阻止她拍吻戲有什麼意義。

她垂下眼簾，男人穩穩握著自己手腕，力道不輕不重。

肖照別有目的，可這個男人，他現在是太傅，把自己當公主。

每個女人都有一個浪漫的公主夢，明薇也不例外，她幻想過某天會遇見一位白馬王子，但命運另有安排，送了一個太傅過來，一個比白馬王子更英俊的太傅，一個常常固執氣人，卻真心敬她護她的太傅。

煙花短暫卻耀眼，像這場公主的夢，她知道影帝早晚會甦醒，太傅會離開，但當他還是太傅……

她想好好珍惜。

第十六章　都聽太傅的

在明薇看來，記憶錯亂的穆廷州就像一隻破壞力極強又癡心黏人的寵物狗，總是打亂她的計畫，讓她手忙腳亂，偏偏他每次搗亂都是舉著維護她的正義大旗，再加上平時表現乖巧貼心，於是當他犯錯，她就不忍心責怪了。

今晚這件事，陳璋沒錯，生病的穆廷州也沒錯，錯在明薇交了個心思複雜的肖隊友。

病人需要安撫，明薇無法對穆廷州棄之不顧，但也不能因為顧忌穆廷州而徹底耽誤拍攝。

「高導，我想了想，還是應該先跟穆先生溝通清楚，今晚我先不拍了，明晚保證完成這部分，包括吻戲。」明薇愧疚又堅定地對高導演道。

穆廷州的身分、病情擺在那，高導演理解明薇的做法，他只是不太放心：「明晚真的可以？」

明薇鄭重點頭。

高導便道：「行，那我們明晚再繼續。」

安撫了導演，明薇再走到陳璋身邊，無奈道：「怪我沒提前跟他說清楚，浪費你的時間了。」

陳璋聽到明薇與導演的對話了，知道明薇沒想為了穆廷州改變原則，煩躁的心很快平靜了下來，反過來安慰明薇：「遇上這種事妳也沒辦法，別給自己太大壓力。」

明薇「嗯」了聲，瞅瞅等在那邊的影帝二人組，語氣輕鬆地道別：「那好，我們明天再吻別。」

陳璋笑了，站在原地目送她，看著她嬌小的身影慢慢走遠，陳璋忍不住叫她的名字。

女孩疑惑回頭。昏暗古樸的江南小巷，烏黑長髮隨晚風飄揚，露出白皙姣好臉龐，眉如新月，眼似清溪，美好的像夢中人。

「不論什麼時候，別為了遷就旁人委屈自己。」陳璋真誠地說。

低柔的關心令人溫暖，明薇朝他笑：「好。」

換掉戲服，明薇跟穆廷州、肖照上了車，車中氣氛凝重。

「回飯店，還是去別處逛逛？」肖照繫好安全帶，態度自然，絲毫沒有做了錯事要受罰的覺悟。

「飯店。」後座的兩人異口同聲。

肖照懂了，笑著開車。

明薇轉頭看窗外。穆廷州闖禍了，外人在場，她不能耍脾氣給他難堪，現在車裡都是自己人，她必須表達自己的不滿，方便等一下跟穆廷州辯論。右邊，穆廷州目視前方，卻用餘光觀察公主，見她嘟著嘴就知道她生氣了。

可他也很生氣。

她竟然跟肖照一起騙他去做那種事。

生氣的兩人，誰都沒有開口，默默回了飯店，一直走到房間前，肖照才主動打破僵局：「你們倆，沒什麼話說？沒事我去睡覺了。」

穆廷州幽幽地看著明薇。

明薇憤怒地瞪肖照：「明明是你提議瞞著他拍戲的，今晚又是怎麼回事？」

肖照推推眼鏡，順勢摸摸鼻樑，乖乖認錯：「是我不對，不過我覺得讓他看妳跟陳璋拍吻戲，情緒受到刺激，可能有助於他恢復記憶，畢竟如果我們始終順著他，他可能一輩子都不會康復。」

道理說得通，明薇依然難以消氣：「以後你答應什麼我都不信了。」

肖照無辜申訴：「除了這件事，我有騙過妳其他事情嗎？」

明薇不想理他。

肖照自認沒他的事了，識趣地道聲晚安回房了。

走廊只剩他們兩個，明薇氣勢低了下來，偏頭問影帝：「你有話說嗎？有就去我房間，沒有算了。」說著翻出房卡，推開門，站在門內等他選擇。

穆廷州沉默了三秒鐘，然後朝她走來。

明薇心情複雜，讓他先進去，自己關上門。房間布局都差不多，有個小客廳，明薇請穆廷州坐沙發上，幫他倒水。

穆廷州沒坐，面朝門口而立，目光守禮地不往公主的床看，等明薇忙完了，他才冷聲問：「公主為何騙臣？」

「因為我是演員，我拍吻戲是劇情需要，你不讓我拍才沒道理。」明薇坐到他身後的沙發上，抱著筆電找電影，心不在焉地回話：「別跟我扯什麼公主不公主的，現在我們在現代，就要按照這裡的方式生活。」

穆廷州閉上眼睛，頭又開始疼了，不讓他守古禮，他還能說什麼？

身後是她敲鍵盤的聲音，穆廷州重新睜開眼睛，沉重地問：「公主是否心悅陳璋？」

明薇反應了下才明白「心悅」的意思，笑了，看他一眼道：「不心悅，但演員拍戲時不能考慮私人感情，你曾經跟我說過，只有演員完全代入角色，觀眾們才會入戲，好比我跟王姐，她在戲裡演我媽，我就要真的把她當媽媽看，戲外繼續當普通同行。」

「既然不喜歡，公主怎能忍受與他有肌膚之親？」穆廷州最想不通的是這點。

「你為什麼那麼在意肌膚之親呢？」

這個問題很關鍵，明薇放下筆電，繞到穆廷州對面，一本正經地看著他：「在古代某些男人的觀念中，女人是男人的所有物，她的身體也是男人的，只有夫君可以碰，別人碰了，這女人就不乾淨了。太傅堅決反對我拍吻戲，莫非也覺得我拍完吻戲，人就不乾淨了，就不如之前金貴了？」

穆廷州沒那麼想，公主是金枝玉葉，不管有幾個男人，公主都是最尊貴的，受人敬仰的。

「臣只是不想讓陳璋占公主的便宜。」他低頭行禮道。

明薇笑得更歡了：「怎麼會，我是美女，人家陳璋也是千萬粉絲追捧的大帥哥，你覺得他占我的便宜，他的粉絲還說我占了他的便宜呢。」

「無稽之談。」穆廷州肅容斥道。

明薇嘆口氣，看他一眼，歪著頭小聲嘀咕道：「全國那麼多人口，除了我爸媽，只有你把我當公主，其實在別人眼裡，包括肖照，我只是娛樂圈裡一個小新人而已。」

她在陳述事實，穆廷州卻誤會公主因為外人的不看重而情緒低落，當即安慰道：「公主莫急，公主演技精湛，假以時日，定能受萬民愛戴。」

明薇背過身去偷笑，前不久影帝穆廷州還諷刺她演技入不了他的眼，現在變成太傅，居然誇她演技精湛，太傅果然護短。

「連個吻戲都不敢拍，算什麼演技精湛？」收起笑，明薇轉過來，埋怨地望著他。

穆廷州微怔，轉瞬了然，他堂堂太傅，年長她那麼多歲，竟然不知不覺掉進了她話中的陷阱裡。

垂下眼簾，穆廷州繼續堅持：「吻戲可有可無，並非必要。」

明薇反對：「什麼叫可有可無？難道現實中的戀人都不親吻？胡扯，喜歡一個人就會情不自禁地接近他，想要做更多甜蜜的事，所以影視劇男女主角的感情到了，肯定要親一親，那樣觀眾才會覺得圓滿。」

穆廷州抿唇，他沒喜歡過人，不懂。

「過來。」明薇坐到沙發上，叫他。

穆廷州看看她，挪到她旁邊，保持兩公尺的距離坐下，雙手置於膝蓋。

「我們看個電影。」明薇靠著沙發說，「這是經典愛情電影之一，很感人的，就是有點長。」

穆廷州瞥一眼片名，非常陌生。

點開播放，明薇抱著抱枕靠到沙發上，全神貫注地看了起來。以前是純觀眾，現在當了演員，哪怕是看過好幾遍的經典老片，重溫一遍也能品出新的感悟。

一個是白富美貴族小姐，一個是年輕帥氣卻一貧如洗的才華畫家，原本一竿子打不著的兩人，在一艘豪華巨輪上相遇並迅速墜入愛河。他們中間隔著重重困難，但世俗羈絆阻止不了彼此之間的強烈吸引，他帶著她在船艙內穿梭，終於找到一輛彷彿特地為他們安排的馬車。

明薇偷偷看穆廷州。

穆廷州仍舊坐在兩公尺之外，只是他的左腿不知何時抬起來了，搭在右腿上，俊臉也朝右偏，沒看筆電螢幕。

明薇暫停播放，莫名緊張，但還是問道：「太傅猜到後面要發生什麼了，所以不敢看？」

「臣只是覺得沒意義。」穆廷州聲音低啞。

明薇皺眉：「太傅真的一點都沒受到感染？如果我告訴你，後面這艘船沉了，Jack 死了，你也覺得這段戲沒有必要？」

從未看過這部電影的太傅被無情的劇透了，雖然前面劇情已經暗示船會出事，可他如何能料到男女主角會死一個？

他慢慢轉頭，黑眸複雜地看著明薇。

明薇雙手合掌，軟軟地求他：「看完好不好？」

穆廷州喝口水，默許了。

下面的鏡頭唯美又刺激，特別是那撐在泛霧玻璃窗上的手，給人帶來了無限遐思。

第一次跟男人看這種鏡頭，明薇早就掩飾般把臉埋到抱枕中了，長髮落下一縷，恰好擋住她紅紅的臉。穆廷州面無表情，過了幾分鐘才放下長腿，恢復正常坐姿。

後面的劇情如明薇所說，有人死了，有人活著。

「這部怎麼樣？」終於結束，明薇關掉電腦，揉著肩膀問。

穆廷州面朝窗簾：「臣看過的電影不多，不好評價。」

明薇已經沒心思再爭辯什麼了，她走到穆廷州對面，彎著腰看他，羨慕又憧憬：「太傅，那兩個演員並非情侶，但他們合作演了一部經典，我希望將來有一天，我的演技成熟了，也可以拍一部經典影劇。如你所說，吻戲不是經典必須，但劇情需要我演，我身為演員，理應好好演，是不是？」

穆廷州低頭看腕錶，快十二點了。

「太傅……」以為他想走，明薇急了，小小地撒嬌，聲音軟軟的。

穆廷州眉頭緊蹙，過了足足三分鐘，他才起身，背對明薇道：「剛剛那種戲，不許拍。」

從不許拍吻戲，放寬到了不許拍床戲。

明薇目前還沒想過拍那麼大的尺度，所以穆廷州同意拍吻戲她便滿足了，高興地點頭：

「好，我都聽太傅的！」

穆廷州目光一寒，為了勸他改變主意，拉著他看了三個小時電影，這也叫都聽他的？

「時候不早，公主快就寢吧。」

已讓她如願，穆廷州轉身行個禮，走了。

明薇將他送到門口，然後開心地去洗澡，洗完出來，聽到雨打玻璃的聲音。

明薇詫異地走到窗邊，外面雨淅淅瀝瀝的，不知下了多久。

想到明晚的外景戲，明薇忽然有點擔心。

熬夜看了電影，早上被鬧鐘叫醒時異常睏倦，明薇懶洋洋地不想起，賴在被窩看訊息。

秋雨滂沱，導演助理單獨私訊她，說今天上午休息，下午如何安排，等待後續通知。

明薇打個哈欠，準備繼續睡覺，結果還沒睡沉就有人敲門了。敲她門的不是穆廷州就是肖照，明薇不想動，摸出手機，打電話給穆廷州。聽完男人機械般的請安，明薇瞇著眼問：「是你敲的門？」

『該用早飯了。』

「上午沒戲，你們去吃吧，我多睡一下。」

明薇說完就想掛斷，穆廷州卻在那邊勸道：『一日三餐中早飯最為重要，公主怎能不食？』

明薇困：「我不餓……」

穆廷州堅持：『不餓也得吃，公主實在睏乏，可餐後補眠。』

明薇聽到快哭了，為什麼她有一種穆廷州被家裡老媽上身的感覺？以前她在家裡睡懶覺，老媽就是這套說辭！

「等我十分鐘。」明薇認命地道。掛了電話，明薇打著哈欠下床，先去解決生理問題，然後意外發現生理期來了，回想上個月的時間，差不多就是這幾天。明薇有點煩，好在並無明顯的身體不適，簡單洗漱一番，明薇也沒化妝，素面朝天出去了。

穆廷州、肖照都在走廊。

「公主天生麗質，素顏也光彩照人。」肖照認真地看看她，笑著說。

明薇冷哼：「別以為花言巧語就能彌補你昨晚的背叛。」

「臣句句發於肺腑。」肖照十分真誠的模樣。

明薇才不信，領頭先走了，沒怎麼看穆廷州。

到了餐廳碰巧撞見導演、副導演，大家就坐一起吃了。

「那個，明薇，我們剛剛商量了一下，今天這雨下得穩定，也符合余家變故那場雨戲的氣氛，妳要是沒問題，下午就把那場戲拍了？省了一場人工降雨。」聊一下天，高導演微笑著問明薇，說的是余家敗落，為了還債，余婉音繼母狠心將她賣入青樓的劇情。

明薇呆住。

拍雨戲肯定會全身濕透，如果沒有生理期，明薇絕不會猶豫，只是……

「不方便嗎？」見她神情不對，高導演好奇問。

明薇連忙搖頭，笑道：「沒有，剛剛是擔心臺詞還沒背好，不過下午拍攝，上午夠我準備了。」

她還沒有大咖到能隨便拒絕導演要求的地步，可以說如果不是穆廷州，她就是最普通的新人，況且因為穆廷州搗亂，昨晚已經耽誤了一次拍攝，今天再拒絕，間隔時間那麼短，即便有理由請假，其他工作人員也會質疑她「耍大牌」。

她的身體一直很好，只是淋一次雨應該沒問題。

演員配合，高導演滿意了，飯後安排配角們去片場，先拍配角的。

兩個導演吃得快先走了，肖照看看明薇，關心道：「真的沒問題？」

拍攝《大明首輔》時明薇也演過雨戲，但那場雨是毛毛細雨，正逢酷暑，拍雨戲是享受。現在入秋了，一下雨氣溫降了好幾度，肖照有點擔心明薇這個看起來嬌滴滴的新手，如果換成穆廷州他才不會多嘴問。

「別小瞧我。」明薇非常自信，不怕苦。

肖照贊許地點頭。

穆廷州不忍公主辛苦，只是他也很清楚，這種事他勸不了。

上午明薇在房間專心背臺詞，穆廷州上網，傳訊息通知肖照去買保溫鍋，並安排飯店廚房煮薑湯。肖照早已習慣穆廷州對明薇的無微不至了，盡職盡責地去辦事。影帝有需要，飯店這邊非常配合，主動提議為明薇準備驅寒的晚餐。

明薇什麼都不知道，出發前三人在走廊匯合，看到穆廷州拎著保溫鍋、保溫杯時根本沒往自己身上想，奇怪道：「這是？」

「太傅擔心公主受寒，特地準備了薑湯。」肖照調侃地解釋。

明薇吃驚地看向穆廷州，穆廷州也在看她，但他面容平靜，彷彿在說，臣子關心公主理所應當。

明薇驟然加快的心跳一點點恢復正常，她在胡思亂想什麼？穆廷州對她再好，都是因為把她當公主，絕不是網友們浪漫的幻想，太傅心裡的公主，也不會帶有現代的浪漫色彩。

「謝謝太傅。」但明薇還是開心道謝，有人關心自己，總是一件好事。

三人出發，抵達片場時陳璋居然也在。

「你也有戲？」影帝二人組與陳璋不熱絡，明薇湊過去搭話，按照劇情，陳璋扮演的高長勝人在北方，並沒有參與這場雨戲。

「沒有，我過來看看，在飯店裡待著無聊。」陳璋輕鬆地說。

明薇懂了，交際完畢，她去換戲服、化妝。

各環節準備完畢，開拍。

民國亂世，余家生意被權貴算計，說敗就敗，家主吐血而亡，余婉音日日沉浸在亡父的悲痛中，並不知曉惡毒的繼母竟然拿她去抵債了，直到青樓派來的夥計登門搶人，余婉音才如遭雷擊，哭喊著要去找繼母理論。

青樓夥計哪裡會聽？塞了帕子堵住她的嘴，再用繩子將人捆住，一人抬肩膀一人抬腿，直接冒雨往外走。余婉音拚盡全力掙扎，奈何敵不過兩個壯年男人，只有滂沱大雨迎面澆下，直到衣髮盡濕，眼淚落下與雨水混合，分不清哪些是淚，哪些是雨。

離開余宅是一幕，進入青樓後院又是一幕，光是這兩場，算上重拍、補妝，明薇足足拍了四個小時，外景拍完了，還要穿著那身濕衣服與青樓老闆娘演對手戲。

「該說的我都說了，今晚妳好好想想，明早再尋死覓活，看我怎麼收拾妳！」

將長髮淩亂的余婉音甩到床上，青樓老闆娘丟下一句威脅，氣勢洶洶地走了。

余婉音歪躺在床頭，一雙哭得紅腫的眼睛直勾勾地盯著床頂，臉色慘白，沒有任何生氣。

攝影師舉著機器拍近景，高導演坐在監視器後，讓明薇維持這個狀態三分鐘，終於叫了一聲好。

戲份結束，攝影師走開了，明薇擺脫劇情，想起身，腹部突然傳來一股無法形容的劇痛，不知是疼得還是冷得，她控制不住地發抖。

床前一黑，有如烏雲蔽日，擋住了明亮燈光，明薇歪頭，一條毛毯迎面罩了下來。

她下意識閉上眼睛，再睜開，看到穆廷州俯身站在那，俊臉極冷，幽深黑眸，亦如寒冰。可裹住她的毛毯是暖的，他一手托住她的肩膀，一手抱起她的腿，將她打橫抱了起來。明薇一點力氣都沒有了，臉撞到他懷裡，男人的胸口帶著熱意，也有溫暖的味道。

「明薇，妳沒事吧？」陳璋慢了一步，不方便再跟穆廷州搶人，擔心地問。

明薇勉強笑：「還好，就是有點冷。」小臉白到不見一絲血氣。

陳璋心裡難受，其實演員遇到雨戲很正常，可換成明薇，就管不住自己的心，她一次次重拍，他幾次都看不下去想轉身。

還想再說點什麼，穆廷州沒給他機會，抱著明薇大步往外走，目空一切。肖照幫忙撐傘，穆廷州健步如飛，啪嗒啪嗒濺起一路水花，肖照努力跟著，到了車前，提前幫穆廷州打開車門，關好了，再繞去駕駛座。繫完安全帶，肖照習慣地往後看，卻見穆廷州並未將明薇放到旁邊，而是放在自己腿上，姿勢親密地抱著。

眼看穆廷州要抬頭，肖照及時收回視線，假裝什麼都不知道地開車。

後座，穆廷州懷裡，明薇蒼白的臉蛋慢慢紅了。

「你……」她不知道該往哪看，躲在他胸口，聲音細弱如蚊吶般詢問，不敢大聲怕被肖照聽見。

「這樣暖和。」握住她瑟瑟發抖的肩膀，穆廷州的聲音同樣輕微。

明薇動動嘴唇，最終還是把那些矜持的客氣話咽了下去。她確實很冷，也確實……喜歡被他抱著。

默認了擁抱的合理性，穆廷州左手抱明薇，右手生澀地取下她頭上的髮飾，再拉起明薇背後過長的毛毯，慢慢幫她擦頭髮。他沒幫人擦過頭，動作不熟練，但任何動作慢下來都會帶來舒適感。明薇感覺熨帖極了，閉上眼睛，乖乖地享受。

心裡舒服，她的身體卻還在發抖，幾小時雨水浸泡的影響不是一下子的溫柔就能驅散的。

察覺她挪了挪腿，穆廷州低頭。毛毯下面，她的小腿露著，腳上民國風的繡花鞋早已濕透，或許裡面還積了水，就像他雙腳現在的處境。穆廷州不怕冷，他只怕她涼著，掃一眼正前方的肖照，穆廷州鬆開明薇的腦袋，緩緩俯身，先後脫了兩隻繡鞋，鞋中果然有水，襪子更是濕噠噠的。

猶豫幾秒，穆廷州眼睛看著駕駛座，一併把她的濕襪子也脫了。

明薇當然知道他做了什麼，說來可笑，現代社會女孩子夏天穿涼鞋經常露腳，但輪到穆廷州做這些，明薇竟然冒出一種古代閨秀才有的羞澀，緊張地往他懷裡縮，擋住自己發燙的臉。他的襯衫也濕了，緊緊貼在胸膛，明薇清晰地聽到他的心跳聲，撲通撲通，規律有力。

眼睛看不見，感覺更靈敏，他用毛毯裹住她的腳，大手隔著毛毯擦拭，腳趾縫都不放過。

明薇感覺癢癢，往後縮。

他怔了下，放過左腳，去擦右腳，擦好了，輕輕將她的雙腳放到旁邊座位上，蓋上毛毯。

那一刻，明薇的心都要被他暖化了。

第十七章　請公主下嫁

車子停下來，穆廷州用毛毯將明薇從頭到腳裹嚴，直接抱著她進了酒店。大廳中人員零散，認出穆廷州，他們激動地拿出手機，可惜穆廷州走得太快，一眨眼的功夫就消失在轉角，有人大膽追上去，人家又進了電梯。

明薇看不到外面，也沒去想那些，心裡只有他。

「公主先沐浴，臣在門外等候，有事可以隨時叫臣。」放明薇站好，為了不耽誤她儘快洗澡，穆廷州轉身就走，出去時反手闔上門，沒有關嚴。

少了男人的體溫，明薇更冷了，哆嗦著拿出睡衣、替換的生理用品，立即去浴室淋浴。溫暖的水流驅散了寒冷，對她的腹痛卻沒有多大功效，明薇站著難受，簡單洗洗換好睡衣就出來了，恰好聽見門外穆廷州與肖照在說話。

「晚飯放你房間了，其他還需要我幫忙嗎？」

「不用。」

「那我回房了。」

肖照說完，隔壁很快傳來開門關門聲，而穆廷州應該還在她的門外守著。

明薇低頭，檢查衣著。這次拍攝預計會持續三個月，明薇提前準備了兩套秋天的睡衣，因為太冷，她剛剛拿的就是秋季款，純棉長袖長褲，挺保守的。用毛巾裹好頭髮，明薇走到門前，隔著門叫他：「進來吧。」站在外面，被人瞧見不太合適。

穆廷州現在只想照顧她，聞言便走了過來，推開門看到她微微低著頭站在那，身上穿著印了一隻貓的白色睡衣，下半身是淺灰色睡褲，拖鞋中露出白淨可愛的腳指頭……

「地上涼，請公主去床上休息。」穆廷州回頭關門，低聲說。

明薇「嗯」了聲，拿著吹風機去床上了，盤腿坐著，被子蓋住腿。

「先喝點薑湯。」穆廷州站在書桌前，從一個新的保溫鍋中往碗裡盛湯。

簡直是五星級的服務，明薇摸摸被子，強迫自己甩開曖昧的幻想，儘量大方道謝：「謝謝太傅。」

穆廷州沒說什麼，將七分滿的碗遞給她：「可能有點燙。」

明薇點頭，雙手接碗，眼睛偷偷瞄他。見他褲子、鞋子也都濕了，西裝外套下擺也有水跡，明薇連忙說：「我這邊沒事了，你回房休息吧。」

「臣幫公主吹頭髮。」頭頂上傳來他平靜穩重的聲音。

明薇的臉又燙了，低頭喝湯掩飾。湯水裡放了糖味道很好，湯水下肚，熱意頓時傳遍全身，肚子也沒那麼疼了。明薇一口氣喝了兩碗，穆廷州全程站在她身邊，確定不需要第三碗了，穆廷州插好吹風機。

明薇垂著腦袋，解開頭上的毛巾，頭髮肯定亂亂的，明薇想撥一撥，他不讓：「公主別動。」

明薇只好放下手。

穆廷州撈起涼涼的濕髮，笨拙地幫她吹。她低著頭，烏髮垂下來，露出一段白如雪的脖頸，美，卻纖細柔弱。穆廷州無意間看了一眼，視線很快移開，全神貫注為她吹頭，吹好了，再一縷一縷地梳通。

其實明薇很想問他，是不是每個太傅都會這麼照顧公主，但還是沒有問。

不問，還可以多暖和一會兒，問了，怕心就涼了。

「公主稍等，臣去拿晚飯。」

「麻煩太傅了。」明薇小聲說，目送他往外走，再次勸說：「對了，你先換身衣服吧。」

「好。」穆廷州沒再拒絕。

三分鐘後，穆廷州推了晚飯過來，換了一身西裝，只有貼在額前的短髮暗示著他剛剛淋過雨。

兩副碗筷，明薇靠在床頭吃，穆廷州坐在床邊的椅子上，除了咀嚼吞咽，再無其他的聲音，哦，期間陳璋、導演打了兩個電話，詢問她的身體情況，明薇都笑著應付過去了。

「我會跟導演說，明天妳休息。」飯後，穆廷州收拾好碗筷，重新坐到明薇身邊。

明薇想了想，被子裡的手偷偷放到肚子上：「看情況吧，狀態好就拍。」

穆廷州沒發表更多意見，垂眸坐在那，眉宇嚴肅。

明薇不知道他在想什麼，孤男寡女共處一室，沉默的氣氛，讓她情不自禁回想這一路他對自己的好，特別是擦腳，可能童話中的公主也沒有如此被白馬王子照顧過，可能以後都不會有男人那麼讓她心動。

雨聲扣窗，一聲一聲像敲在心上，漸漸又似鼓聲，催她大膽問個清楚。

「你……」

「公主……」

異口同聲。

明薇側頭，撞進那雙深邃的眼睛，她下意識躲開，臉紅了，露出女孩子特有的羞澀。

少女動人的羞紅成了他腦海中最後一聲鼓點，不再猶豫，穆廷州推開椅子，直挺挺朝明薇跪了下去。明薇驚得坐正了，難以理解地看著他：「你怎麼又跪了？」

「臣斗膽，請公主下嫁。」說話前，穆廷州抬起眼簾，目光平靜，眸底又似有波濤暗湧。

明薇張開了嘴。

她的反應在他意料之中，穆廷州喉頭滾動，繼續正色道：「臣年長公主二十歲，若在我大明朝，臣定會為公主挑選年齡、才幹與公主相配的佳婿，絕不敢僭越求娶，然臣與公主身困此地，不知何時能夠破局，臣無法信任他人，故請公主下嫁，方便臣近身照顧。」

他抱了公主、摸了公主的腳，他必須負責。

他說得鄭重而緩慢，明薇狂蕩亂跳的心，也慢慢恢復了正常的節奏。

「太傅求娶，是為了方便照顧我？」明薇低頭，看著被子說，什麼年長二十歲，那是太傅與公主，她叫明薇，今年二十二，他是穆廷州，剛剛三十。

這麼說似乎不太妥，但穆廷州還是承認道：「公主與臣有了夫妻之名，以後再出現今日這等情況，臣照顧公主，旁人才不會非議。」他也可以心安理得地抱她，幫她擦腳。

精神都被他氣沒了，明薇重新靠回床頭，斜眼看窗：「太傅多慮了，明天我打電話給沈姐，請她幫我介紹一個女助理，以後太傅不方便做的，女助理可以幫我。」

穆廷州皺了下眉，然後那挺拔的眉峰，再也沒有鬆開。

請女助理，好像很有道理，可是……

「臣，剛剛冒犯了公主。」垂下眼，穆廷州的聲音也低了下去，「臣對公主不敬，臣想負責。」

明薇笑了，扭頭看他：「你是說你抱我、幫我擦腳的事？這算什麼，接下來的劇情，陳璋也會抱我，還會親我，還會跟我拜堂成親，還有一場比較隱晦的床戲，難道我也要因為古代的封建規矩而嫁給他？」

穆廷州抿緊了唇，黑眸幽幽地注視著她。

認清他的心思，明薇不怕跟他對視，輕笑道：「我不會因為規矩嫁人，我要嫁的男人，一定是真心喜歡我的，如果我被雨淋濕，他會幫我取暖會幫我擦腳，但他做那些的時候，腦袋裡想的不是公主臣子，也不是刻意逢迎，他只是心疼我，想讓我舒服一點。」

穆廷州的胸口像是被一塊大石堵住，裡面是衝動，想說點什麼的衝動，可理智與身分堵在那裡，讓他說不出口。

「我要睡了，你走吧。」男人面無表情，明薇翻身躺下，拉起被子擋住臉。

她嬌嬌小小，一動也不動地躺著，在寬大的床上幾乎要找不著。

以為她真的睏了，穆廷州放棄掙扎：「臣告退。」

一陣腳步聲後，是他的關門聲。

明薇呆呆地躺著，五味雜陳。

真傻，居然對一個記憶錯亂的病人動了心。他病了啊，早晚會變回那個高冷傲慢的影帝，變成人群中相遇時她只能在角落站著偷偷打量，而他光芒加身，面無表情幫人簽名，眼裡沒有粉絲，更沒有她。

蒙住腦袋，明薇強迫自己睡覺。

早上六點半，穆廷州又來敲門。

明薇睡得沉，沒聽到敲門聲，電話響了三遍才迷迷糊糊醒了。

『公主，該用早飯了。』

「不吃。」明薇毫不留情掛了電話，掛了、人醒了，身體無力，火氣旺盛。

今天開始，她再也不要他管了。

鈴音又響了，明薇心煩，掛掉電話，設成靜音，可眼睛卻一直盯著螢幕，盯了一分鐘，跳出一則訊息

太傅：『臣帶了早飯上來，開門。』

竟然是上門服務！

明薇沒出息的心軟了，掀開被子，起床，剛坐起來，眼前天旋地轉，明薇趕緊閉上眼睛，等那股眩暈消失了，短短幾秒就出了一身冷汗。渾身難受，明薇嘆口氣，看來她的抵抗力還是

不夠，高估自己了。

換了一片衛生棉，明薇臉也沒洗、牙也沒刷，頭重腳輕地打開門，開完就往裡走。

因此穆廷州進來只看到一個披頭散髮的背影，等他將早飯推到床前，明薇已經爬到床上，萎靡地靠在那，臉龐潮紅，眼睛浮腫。

穆廷州心中一沉：「公主身體可有不適？」

明薇搖頭，頂多小感冒，能有什麼事，她現在更關心早飯：「都有什麼？」

穆廷州沒說，人走過來，伸手要摸她額頭。

明薇躲開了，眉頭緊擰，抗拒溢於言表。

穆廷州的手僵在了空中，沒料到昨晚肯乖乖依偎在自己懷裡的公主會這麼嫌棄他。

他僵硬地縮回手，沉默片刻，問：「公主的額頭燙不燙？」

明薇還是搖頭。

穆廷州不信，她繃著臉，嘴撅著，明顯還在生氣，才不老實回答。

但穆廷州猜不透她在氣什麼。

「飯後臣送公主去醫院，公主千金之體，應謹慎為上。」穆廷州一邊擺床上桌，一邊低聲說。

明薇現在最不想聽的就是什麼公主、千金，看著穆廷州來回忙碌，將粥菜一樣一樣擺在她面前，越看越心酸，越看越委屈，哽得她一點胃口都沒有，一粒飯都不想吃。

「公主？」東西擺好她卻不動，穆廷州更擔心了。

「不吃了。」明薇鑽到小桌子底下，蒙住腦袋。他伺候的是公主，她又不是公主。

穆廷州手裡端著碗，想陪她一起吃，她突然這樣，讓他愣了一會兒才澈底肯定，明薇是在耍脾氣。

放下碗，穆廷州俯身過來，皺眉問她：「公主心中不快？」一手扶著小桌子，以防萬一。

「如果哪天，你發現我不是公主，還會這樣照顧我嗎？」

「會。」他毫不猶豫。

意料之外的痛快，明薇眼眶一熱，哭了：「那我不是公主，昨晚你也會抱我？」

「是。」穆廷州說了一個字，同時拉開被子。

她沒料到，臉上掛著淚珠，驚慌失措，好一會兒才喃喃問：「為什麼？」

為什麼？

昨晚一整晚，穆廷州都在想這個問題，直到推著早飯來到她的門前，才確定了答案。

「臣非草木，也會心疼。」他輕輕幫她擦淚，眉眼溫柔。

明薇聽不懂，也不想糊里糊塗地曖昧：「哪種心疼？臣子對公主？」

穆廷州不習慣說太直白的話，剛剛那句已屬不易，現在被她淚眼汪汪地盯著，再也說不出其他。

所以，他把手心覆上她的眼，低聲訴說：「不是臣子公主，是男人女人。」

明薇笑了，蒼白的小臉得了愛情的滋潤，精神煥發，唇角上彎，紅潤的嘴唇比營養還早餐誘人。

穆廷州看著那可愛的嘴唇，耳邊忽然響起那晚在這間房，她放電影前說的話：「……胡扯，喜歡一個人就會情不自禁地接近，想要做更多甜蜜的事，所以影視劇男女主角感情到了，肯定要親一親，那樣觀眾才會覺得圓滿……」

甜蜜的事，是指親吻嗎？

她的嘴唇，是甜的嗎？

彷彿受了蠱惑，穆廷州將身體壓得更低，不自覺屏氣凝神。

「你怎麼不說話了？」眼前一片黑暗，他那麼安靜，明薇緊張地攥緊被子，明白了他的心，少女心開始作祟，忍不住胡思亂想，她臉都沒洗，會不會很難看？呃……牙也沒刷，應該沒有口臭吧？

就在她天馬行空的時候，穆廷州悄然退開，幾秒後鬆開手。

明薇害羞地朝他看去。

才說過甜言蜜語的穆廷州，神色如常：「吃飯吧，飯後去醫院。」

去了一趟醫院，明薇生理期間淋雨拍戲導致生病的光榮事蹟不脛而走。

社群留言一片誇她敬業的，但明薇真的覺得好尷尬，因為別的事誇她敬業還能接受，可一跟生理期扯上關係，或者說來了生理期就鬧得沸沸揚揚，明薇恨不得一直躲在飯店，誰都不見。當然，這只是一小段時間的窘迫，習慣了也就不當一回事了。

高導演訊息上友善地說了明薇一番，怪她不知道愛惜身體，並幫她安排了病假，休息好了再拍戲。老爸明強也打來電話數落女兒，整個上午，明薇的手機幾乎沒離手，害她都沒時間仔細考慮她與穆廷州的事。

中午穆廷州再次送來愛心午餐。

明薇眼神飄忽，想看他又不好意思看。

穆廷州表現得與平常一樣，食不言寢不語，飯後碗筷擺到一旁，才正襟危坐於床邊，探究地觀察明薇：「公主有心事？」好像拘束了很多。

明薇哪只是有心事，根本是心事重重！

失憶的穆廷州對她太好，明薇剛開始能撐得住，但當穆廷州親自幫她撐傘、抱著她幫她擦腳，明薇便投降了，情不自禁動了心。從昨晚穆廷州求婚到今天早上，明薇只煩惱穆廷州是否喜歡她，早上得到答案，明薇解決了一個煩惱，新的煩惱又來了。

她該怎麼跟穆廷州相處？

做正常的戀人？日後穆廷州恢復記憶，輕則否認戀愛、重則諷刺她趁他失憶占便宜怎麼辦？保持距離最安全，可穆太傅太體貼、太會疼人，讓她捨不得推開。如果，穆廷州一輩子都是太傅……不行，這個念頭太自私了，穆廷州的親朋好友還都在盼望他恢復記憶。

談戀愛，束手束腳，不談，她難受。

其實，還是只能怪她的定力不夠深吧？如果她不動情，就什麼事都沒有了。

可是，一個高顏值的男人天天把妳當公主捧、當公主呵護，幾個女人能做到不被感動？

明薇的戀愛經驗只比零稍微多一點，真的管不了自己的心。

她抿著紅唇，看似平靜的眼中情緒豐富，穆廷州看不懂，只能能想到一個她的煩惱。

等了很久，穆廷州主動打破沉默，鄭重道：「公主若不反對，臣會擇日向明家提親。」

在太傅的世界裡，有男女兩情相悅、有媒妁之言，有洞房花燭、有琴瑟和鳴，唯獨沒有談戀愛這個階段。如今他心悅公主，公主心裡也有他，那麼下一步，便是向公主名義上的父母正式提親，得到應允，即可定下黃道吉日，籌備婚事。

提親？

明薇震驚之餘，差點笑出來，穆廷州還真是老古董啊。如果他是影帝穆廷州，老爸或許會給影帝面子考慮考慮，可一個失憶的病人穆廷州，老爸絕不會答應，她也不會縱容穆廷州異想天開。

「太傅，你應該知道，全國上下，除了你堅信自己是太傅，其他人，包括你我的父母，包括我，都認為你是拍戲撞到了腦袋，是一個暫時失憶的病人。醫生分析過你的病情，第一，你會一輩子失憶，這種機率不大。第二，你恢復記憶時，記得所有事情，最後一種，是你雖然恢復了車禍前的記憶，但車禍發生到康復期間的，或是可能會忘記其他零碎的片段。」

穆廷州默默看她，黑眸深邃。

明薇苦笑，低頭道：「也就是說，將來你的病好了，極有可能否認我們的關係，這樣我爸怎麼可能同意？」

「公主怕不怕？」沉默許久，穆廷州複雜地問。

他很想對她說，他是太傅，他不會變成另外一個人，不會忘了她，但身處陌生又奇怪的世界，穆廷州沒有信心，那些人能洗腦一次，便有可能洗腦第二次，他唯一能做的，是拼盡全力不讓那些人得逞，當他還記得，就會一直陪在她身邊。

明薇笑了笑，慢慢抬起眼，今天第一次認真地看他。男人長了一張冷漠的臉，不愛笑，總是難以接近的樣子，他的眼睛深如潭水，鼓起勇氣看進去，看不出在想什麼，看的人卻輕易被他吸進去，或是倉皇逃跑，或是澈底沉淪。

影帝穆廷州很傲，她與他有不愉快的開始，所以影帝再帥，明薇都懶得欣賞。然而影帝變成了太傅，太傅對公主忠心耿耿管東管西，距離感瞬間縮短，讓她很快便注意到他有著最俊美的五官。當太傅在她面前跪下，當他將她抱到懷中，那種被人疼惜呵護的感覺，讓人忍不住心生貪念。

「有點怕，可以反悔嗎？」明薇努力裝輕鬆。

「不可。」穆廷州直視她說。

「那等你變成影帝，忘了我，我卻還記得現在的你，就像失戀被甩，那我豈不是很可憐？」本來想開玩笑的，但想到那情形，想到她喜歡的太傅會消失，明薇的眼睛忽然就酸了。

她的淚流下來，無聲落在他心上，穆廷州突然感到心悸，怕某天他真的忘了，怕自己會失去她。

穆廷州幫她擦淚，看著那水漉漉的眼睛問：「真的有那一天，公主會去找臣嗎？提醒臣記起來？」

明薇淚停，垂眸看著他的西裝，過了好一會兒，誠實地搖頭：「讓我動心的是太傅，不是影帝，雖然你不想聽，但我還是要說，你真止的身分，是影帝穆廷州。」影帝太冷太傲了，兩人的身分相差太多，她沒勇氣去挑戰穆廷州的傲，也沒勇氣揹負「新人演員厚顏追求影帝」的八卦名聲。

穆廷州的眉深深蹙起。

明薇看見了，有點不忍，反過來安撫他：「好了，先別想那麼多，能認識太傅我已經很滿足了。」

一輩子只有一次的奇遇，能遇到一個這麼好的人，夠了。

她眼眶微紅，穆廷州心裡有千言萬語，最終只成了一句：「臣會想辦法，公主勿憂。」

明薇笑著點頭。

氣氛依然沉重，明薇的手機忽然響了，是陳璋：『身體怎麼樣？』

明薇朝穆廷州做了一個噤聲的手勢，笑著道：「好多了，根本沒網路上謠傳的那麼厲害。」

『那就好，我剛從片場回來，下午沒戲，過來看看妳。』停在明薇門外，陳璋一邊說，一邊敲了敲門。

明薇嚇了一跳，這時房間只有她跟穆廷州，太惹人誤會了。

「我去開門。」

就在明薇尋思要找什麼藉口婉拒時，穆廷州突然說了一句，聲音不低，手機另一頭肯定聽見了。

明薇幽怨地瞪穆廷州。

穆廷州摸摸她的頭，幫她拉好被子，衣冠楚楚地去開門。

「穆先生也在。」已經得了提醒，看到穆廷州來開門，陳璋笑容燦爛，並未驚訝。

「公主不便下樓，我來送飯。」穆廷州淡淡道，請他進來，彷彿沒看見陳璋手中的花束。

「啊，好漂亮的花！」明薇的人際關係向來不錯，朋友帶花來看她，她禮貌地表示驚喜。

「回來經過一家花店，就下去挑了一束。」將花遞給明薇，陳璋站在床邊打趣她：「演戲這麼拼，該頒發年度敬業演員獎給妳。」

「再說信不信我把你轟出去？」明薇瞪他，因為影射了生理期，讓她臉紅了。

陳璋見好就收。

床邊有沙發，明薇請他坐，再遞給穆廷州一個隨便坐的眼神。

陳璋風趣幽默，早在拍攝《大明》時明薇就跟他挺聊得來，如今陳璋一來，她的笑容沒斷過，不過她並沒有忘了穆廷州，總是儘量想帶穆廷州參與話題。穆廷州無心參與，腰背挺直地坐在明薇床邊這頭，如老僧入定。

「會玩牌嗎？」話題再多也不禁聊，陳璋提議玩牌。

明薇會，穆廷州不會，三人把肖照叫過來了。

四人挪到小客廳，明薇坐單人沙發，穆廷州將椅子搬到她這邊，看她打牌。

這局輪到明薇當莊家，肖照、陳璋聯手打她，戰場無朋友，肖照出牌一點都不留情，一個炸彈就將明薇勝利的自信炸飛一半，嚇得她收斂氣焰，小心翼翼算計著出牌。最後剩下一個大單與一個小對子，明薇抿抿唇，為難了。

一根白皙修長的手指默默伸過來，點了點她的大單。

有太傅出謀劃策，明薇豁出去了，甩出大單。

「炸！」肖照啪嗒摔下四張牌。

「你怎麼那麼多炸彈！」眼看就要輸了，明薇將見不得人的小對子塞到牌底下，朝肖照叫道。

肖照推推眼鏡，笑著奚落她：「讓妳嚐嚐教訓。」

太囂張了，明薇遷怒穆廷州，扭頭嗔他：「都怪你亂指揮。」

穆廷州無奈笑：「是臣之過。」

他笑得溫柔，顏值更上一層樓，明薇莫名臉熱，低頭抓牌，臉蛋紅紅的。

「公主口渴嗎？」穆廷州打算將功贖罪。

明薇點頭。

穆廷州去倒熱水，回來後，用手拿著保溫杯。

明薇渴了，朝他要水，穆廷州擰開蓋子再遞給她。

整個過程，他伺候得自然，明薇享受的心安理得，肖照隱約猜到了，怕陳璋沒看明白，故意逗明薇：「我怎麼覺得公主對太傅越來越不客氣了？」

明薇心中有鬼，臉更紅了。

對面陳璋認真擺牌，心卻涼了半截。

第十八章　臣不甘心

打了兩個小時的撲克牌，陳璋接到助理的電話先走了。

穆廷州、肖照面對面坐著，兩人的氣勢強大。雖然是她的房間，明薇卻有種他們才是主人的錯覺。

茶几上擺著水果，肖照一邊剝橘子一邊好奇打量他們：「你們進展到哪一步了？」

從昨晚到現在，穆廷州進進出出明薇房間，簡直成了二十四孝男友，他就料到會有發展。

明薇低頭喝水，沒害羞，反而心情複雜。肖照大概是她與穆廷州這段感情的唯一見證人。

穆廷州也沒理肖照。

肖照終究是外人，他能在穆廷州犯傻的時候推一把，卻不方便管太多。吃完一個橘子，肖照戳了戳擺在面前的橘子皮，對著茶几道：「你們談戀愛的事，暫且保密吧。」穆廷州的記憶的不確定因素太多，處理不好，將來容易受輿論傷害的是明薇。

明薇點點頭。

幹。

肖照將橘子皮丟進垃圾桶，也走了。

「你回房休息？」剛送完肖照，明薇站在玄關前，小聲問穆廷州，一直待在她這邊也沒事幹。

「好。」穆廷州隨手拿起陳璋送來的花束，朝她走來。

明薇面露疑惑。

穆廷州停在她面前，看著她問：「妳喜歡這個？」

呃……明薇忽然覺得這話裡有陷阱，儘管冷峻穩重的太傅不像是會亂吃飛醋的人。

「還行吧，也不是特別喜歡。」明薇謹慎答。

穆廷州淡淡一笑，理所應當道：「那臣替公主處理掉。」說完從她身邊經過，開門離開。

明薇呆若木雞。

穆廷州很公平，拿走她一束花，晚飯前補送了一盆綠色盆栽過來，沒有花朵。明薇彎腰仔細看，猜道：「牡丹？」

穆廷州就在她旁邊，西裝筆挺，迎著明薇猜測的目光，語調自然：「是，公主金枝玉葉，只有牡丹才配得上公主。」

換個人說這句誇讚會太假太虛，可從他口中說出來，明薇差點以為自己真的有那麼美了。

她紅著臉低頭，用嫌棄掩飾羞澀甜蜜：「別人都送花，你這盆還沒開呢，光禿禿的要看什麼。」

穆廷州：「採摘的花朵幾天便會枯萎，這盆只要公主精心照料，以後每年三、四月都可觀賞。」

明薇輕輕地摸牡丹葉子，發愁：「我沒養過牡丹，怕養不活。」

在穆廷州這邊，那些都不是什麼事：「臣替公主照料。」

明薇聽了，心裡一下子溢滿了糖水，其實穆廷州不會說甜言蜜語，但他一本正經的話比肉麻的情話更動人。

晚飯之後，穆廷州看著她吃完藥才走，明薇七點多就睡了，第二天六點多自然醒，坐起來感受一下，力氣又回來了，只是有點虛。感冒這種病一直臥床休息也不會好，明薇下床洗臉，跟穆廷州他們一起下去吃飯，當天晚上，明薇感覺自己可以復工了，就打電話給導演。高導演很欣賞明薇的敬業，但明天全是陳璋與配角的戲，便安排明薇後天開工。

「謝謝高導。」

心情愉悅地掛斷電話，明薇靠到床頭背臺詞，背了兩段，陳璋電話找她。

『聽高導說，妳後天復工？』

「是啊，休息這麼久，再不拍我都要長胖了。」

她的聲音充滿了活力，陳璋笑了笑，低聲調侃她：『看來我們太傅大人很會照顧病人。』

明薇撓撓腦袋，突然不知道該怎麼接話。

陳璋沒為難她，轉移話題說正事：『對了，白天我看了幾段糙漢角色的吻戲，學到一點經驗，等我們拍攝時，一開始真親，後面採用借位拍攝，我們做做樣子表現出很激烈就行了。我剪輯了幾段影片，等一下傳給妳，妳找找感覺，開拍前我們再排練動作，調整調整。』

明薇真的驚喜到了：「跟高導商量了嗎？」

陳璋：『嗯，高導讓我們自由發揮。』

明薇佩服極了：「還是你有經驗，我以為劇本怎麼寫我們就要怎麼拍呢。」

陳璋靠在椅子上，故意誇張地嘆氣：『我也想省事，趁機多占點大小姐的便宜，但妳現在不是單身了，家屬在旁邊看著，我可不敢亂來。』

他喜歡明薇，但喜歡得還不夠深，既然明薇已經心有所屬，對方還是他短時間無法超越的影帝，陳璋便收了那點心猿意馬，準備做一個專業的演員。至於削減吻戲，陳璋是怕自己嚐到太多，控制不住露了餡，害彼此尷尬。

手機那頭她語無倫次，似乎是想澄清，陳璋轉轉筆，笑道：『放心，我不會告訴別人，只是他的情況特殊，妳自己把握好，先別陷太深。』

雖然做不成戀人，但他想跟明薇當朋友，不想看她受傷。

「陳璋你真好。」都說娛樂圈複雜，能交到陳璋這樣的朋友，明薇有說不出的感動。

陳璋輕笑：『誰叫妳是公主，我是駙馬？我們可是拜過天地的交情。』

「後天拍完戲，我請你吃飯。」明薇豪放地說。

約了飯局，明薇放下劇本，專心看陳璋傳過來的幾段糙漢式吻戲。看了幾遍，明薇閉上眼睛，試著代入角色，幻想高長勝壓過來強吻她，但可能是剛跟穆廷州確認關係的緣故，腦海裡冒出來的居然全是穆廷州。

「叮」的一聲，有訊息。太傅：『公主尚未康復，該睡了。』

想誰誰就來，明薇咬咬唇，將陳璋傳來的最清水的一段吻戲影片傳給穆廷州，然後忐忑地等著。

一分鐘、兩分鐘，影片早傳送好了，穆廷州卻沒有回應。

明薇有些後悔，懊惱地傳語音解釋：『之前的吻戲劇本比較激烈，高導說改成這樣拍，後面全靠借位。』他不是抗拒她拍吻戲嗎，現在可以少親一下，穆廷州應該會高興一點吧？

螢幕跳動，太傅：『好，公主早睡。』

明薇：『哦……』

打完「哦」，明薇添加標點再刪除，最後還是加了一個意味深長、含義雋永的刪節號，然而收信人並沒有領悟到，手機陷入了沉寂。明薇看看窗外，知道穆廷州會根據她熄燈與否判斷她的睡眠時間，便躺在被窩裡，沒有關燈。

過了半小時，太傅果然再次傳訊息督促她睡覺。

明薇嘟嘴：『睡不著。』

太傅：『身體不適？』

明薇翻個身，直接問他：『吻戲變少了，你不高興？』

隔壁客房，聽完她隱含委屈的質問，穆廷州愣了愣。他確實不高興，無論吻戲多少，陳璋都會親她，他只是想不通，自己話裡沒有表現出來，公主怎麼猜到他的心情的？檢查一遍聊天記錄，穆廷州打字：『何以見得？』

明薇哼：『你話那麼少，擺明不想理我。』

穆廷州哭笑不得，他怎麼會不想理她，只是當時不知道該說什麼。

『算了，以後我拍親密戲會提前告訴你，你別在場，開播了你也別看。』理解他的煩惱，明薇提出解決方案。

穆廷州秒回：『不必，公主喜歡拍戲，臣會儘快接受。』

明薇摸摸他古裝版的劇照大頭照，問：『不怕吃醋？』

穆廷州不習慣這樣的對話，隔了幾秒才回：『臣會調適。』

明薇想了想，傳了一個摸頭貼圖：『這次接的劇本沒想那麼多，以後我學你，儘量不接親密戲。』

穆廷州笑了：『多謝公主。』

明薇發笑臉：『睡吧，晚安。』

說了晚安，明薇還是睡不著，心裡有個念頭發了芽，像雨後的筍，越來越茁壯。

翻來覆去，穆廷州打來電話，被明薇掛掉。

穆廷州改傳訊息：『怎麼還不睡？』

明薇：『睡不著。』

這是今晚，她第二次說睡不著。穆廷州無奈：『臣又說錯話了？』

明薇搖頭：『不是，我只是有點不甘心。』

穆廷州困惑：『何事不甘？』

明薇鑽進被窩，臉燙燙的，他連續追問三次，她才慢吞吞打字：『比方說有頭熊，牠從來沒有吃過蜂蜜，這天有人送牠一罐，牠高興地吃了，第二天又有人送牠蜂蜜，牠也很高興。那我想問太傅，牠這兩天，哪天吃蜂蜜的時候更高興？』

穆廷州盯著這個幼稚的問題看了好幾遍，確定沒有隱晦的深意，他試著回答：『第一次。』

明薇偷笑：『答對了，理由呢？』

穆廷州鬆了口氣：『第一次更有意義。』

明薇打字更慢措辭更小心了：『是啊，第一次做什麼都是新鮮的、有特殊意義的，我看了看陳璋以前的影視劇，他跟別的女演員親過好幾次了，我長這麼大，不算貼著安全膜跟人親的那一次，根本沒親過，初吻奉獻給演戲，能甘心嗎？』

穆廷州眉峰上挑：『上次親公主的是何人？』

明薇撇嘴：『《大明首輔》男主角啊，他嫌棄我，不想與我有嘴唇接觸。』

穆廷州立刻打開瀏覽器搜尋，網頁跳出答案的那一瞬間，他忽然想起來了，那是他記起自己是太傅之前拍的戲。所以，他清醒前與公主有過肌膚之親？這感覺很奇怪，穆廷州再次搜尋吻戲安全膜，資料不多，卻足夠他瞭解。

再看公主的前一句話，穆廷州沉默了。公主貌美無雙，「影帝」居然敢嫌棄，是不是哪裡有問題？

一分鐘後，穆廷州回：『公主受委屈了。』

明薇沒想秋後算帳，她在暗示別的，但對面的男人似乎沒發現。初吻不能與喜歡的人分享，明薇確實感到不甘心，可她已經暗示得很明顯了，不好意思再多做明示。

她失落地打字：『算了，我睡了。』

穆廷州急中生智：『臣會為公主準備安全膜。』

明薇冷笑：『上次是輕輕一碰，這次比較激烈，不能用膜。』

穆廷州一時無計。

明薇鑽出被窩，一個人生悶氣，天底下怎麼會有這麼傻的人？

穆廷州掀了幾次窗簾，見隔壁的燈還亮著，他回到書桌前，搜尋「女人不甘心把初吻交給別人怎麼辦」。翻了幾頁網頁都沒有符合公主的情況，穆廷州拿起手機，猶豫再三，放棄了詢問肖照，而是註冊匿名論壇發文求助。

主題：節目排練，女生不想把初吻交給合作的男同學，她該怎麼做？

一樓：有男朋友了嗎？有了先跟他親啊！沒有的話，看男同學的顏值吧。

二樓：來找我吧，哥吻技高好，保證你上癮。

三樓：快點找個男朋友，初吻不能隨便浪費！

留言的人不少，穆廷州不停更新，最後總結，除了一些不雅的回答，其他都是建議女生將初吻交給男朋友。公主的男朋友……

穆廷州忽然口渴了，闔上筆電，他再次去了陽臺。晚風習習，吹不散他心頭的火，穆廷州側首，她那邊的燈還亮著。第一次親吻，公主不甘心送給陳璋，那願意給他嗎？

穆廷州不知道，也不敢問。

收回視線，穆廷州眺望遠處，猶豫不定，隔壁突然傳來推窗聲。穆廷州震驚轉身，看到明薇穿著睡衣走出來，柔軟烏黑的發被風吹亂，她隨手別到耳側，歪頭時，目光自然而然移向這邊。穆廷州本能地準備行禮，剛抬手，她卻受驚般跑開了，「碰」一聲拉上窗。

穆廷州怔在原地，看看腕錶，還不到晚九點。

想到她反常的舉動，穆廷州皺皺眉，過去敲門。

明薇靠著牆，後悔極了。

訊息一直沒動靜，她只是想看看穆廷州有沒有睡，誰曾想穆廷州竟然在陽臺上！不過他的理解能力那麼差，應該猜不到她出去又進來是為了什麼吧？

鬆了口氣，明薇打算先關燈，就在快要碰到開關時，有人來敲門了。

明薇心跳加快，輕手輕腳湊到門前，貓眼外的男人果然是穆廷州。

「這麼晚了，有事嗎？」明薇拉開一條門縫，看著地面問。

見她好像在防備著什麼，穆廷州不禁猶豫，晚上來她房間確實不合適，只是想到她訊息裡說的那些不甘心的話，穆廷州便放不下心，低聲道：「公主夜不能寐，臣想跟公主談談，若公主為難，臣明早再來。」

明薇是因為他才睡不著，他主動過來了哪會放他走，穆廷州一說完，她便拉開門板，請他進來。

晚上的客房燈光明亮，卻比白日明晃晃的日光多了幾分溫柔曖昧。明薇不敢看穆廷州，坐到沙發上撿起劇本，自欺欺人地解釋：「剛剛看劇本看悶了，想去陽臺透透氣，太傅一直勸我早睡，我還以為你已經睡了。」

「公主為戲煩憂，臣無法安睡。」穆廷州坐她斜對面，正大光明地觀察她的臉色。

明薇臉熱，扭頭乾笑：「那個啊，我已經想通了，第幾次親都一樣，沒什麼好計較的。」

她裝大方，穆廷州的心卻沉了下去，視線掠過她紅潤的唇，穆廷州皺眉道：「公主真的想通了？」

明薇點頭，飛快朝他笑了下：「演員嘛，多來幾次就習慣了。」

笑完馬上低頭，興致勃勃地看劇本，其實一個字都看不進去，明薇假裝翻頁。

「臣不甘心。」旁邊忽然傳來他暗啞的聲音。

明薇手一顫，心慌意亂地抬頭，緊張問：「你、你不甘心什麼？」

「不甘公主將珍視的初吻，奉獻給演戲。」掌心扣緊膝蓋，穆廷州凝視著她說。

明薇的心跳好快，彷彿下一刻就會跳出來，隱約猜到了穆廷州過來的目的，那也正是她暗示的。但事情真的要發生了，他還正義凜然地把初吻話題擺在明面，明薇又羞恥又窘迫，恨不得舉起劇本擋住臉。

「那，你、你有什麼提議？」垂著腦袋，明薇都快聽不到自己的聲音了。

她的臉蛋紅紅，耳根、脖子都浮現淡淡的潤澤的淺粉色，穆廷州能控制自己的表情，卻管不住上下滾動的喉頭。他沒信心會被她接受，但她那麼珍惜初吻，他想試試。網路上說，女孩子大多希望與喜歡的人完成初吻，雖然大婚前冒犯公主不合規矩，但形勢所迫，公主……或許是願意的。

「若公主不嫌棄，臣、臣想一親芳澤。」忍住跪請的衝動，穆廷州神色凝重。

明薇再也受不了了，舉起劇本擋住臉，親就親，他幹嘛說得文縐縐的？

「你、你去關燈。」為了避免初吻變得不倫不類，明薇豁出去了，主動提醒他步驟。

呼吸驀地加重，穆廷州盯著她擋臉的劇本看了好幾秒，這才僵硬離座，一一關掉客廳的燈，連洗手間的都關了。最後一絲光亮消失，房間陷入一片濃墨般的黑暗，穆廷州原地等了片刻，待視線適應黑夜，也只能勉強看到模糊的人影。

那是他的公主，他單純羞澀的公主。

穆廷州緩緩朝她走去。

明薇偷偷放下劇本，全身緊繃，當他在旁邊坐下，明薇緊張得忘了呼吸。

「公主……」

「等等！」明薇受不了這種折磨人的氣氛了，在黑暗中摸出手機，顫抖著道：「我真的想通了，初吻對象是誰都沒關係，但既然太傅願意幫我分憂，那不如太傅陪我排練一下吻戲吧，免得我拍攝時準備不足，重複跟陳璋拍這段。」

找個必須接吻的理由她會輕鬆一點。

穆廷州手都伸到她背後了，聞言迅速收回，聲音沙啞：「好。」

明薇打開她下載的影片，心慌意亂挑了挑，挑了一個最簡單也最符合劇情背景的壁咚強吻，只是當她再一次看這段影片時，明薇更覺得自己有占穆廷州便宜的嫌疑了。初吻可以簡簡單單蜻蜓點水，強吻……

「算了，還是隨便親一下吧。」明薇關掉手機，懊惱地道。

「臣想陪公主排練。」穆廷州將剛剛那段影片看得清清楚楚，旁觀過拍戲現場，穆廷州知道這種鏡頭很難一次通過，公主不介意重拍，但他心裡覺得不舒服。

明薇沒料到他會這麼說，猶豫一會兒，低低「嗯」了聲：「那，去牆邊吧。」

選好位置，明薇努力活躍氣氛：「你演得出來嗎？」失憶的穆廷州排斥演戲，誰也不確定他的演技是否還在。

「臣會盡力。」穆廷州看著她模糊的影子說。

明薇手心出汗雙腿發抖，已經說不出話了。

「公主準備好了嗎？」穆廷州到底是太傅，雖然也緊張，但控制得很好，而且不同於明薇的緊張慌亂，他的緊張中摻雜著男人特有的渴望。

「好、好了。」明薇結結巴巴的。

剛說完，對面的黑影突然逼近，腦海裡閃電般浮現強吻的激烈，明薇本能往後退。穆廷州是想按照影片中男人那樣先將她推到牆上再低頭親的，現在明薇主動退了，他極力壓制追上去的衝動，啞聲問：「公主不願意？」

明薇搖頭，伸手，拽住他的手臂，往自己這邊扯。

穆廷州只用了兩步便來到她面前，近到他灼熱的呼吸落在了她的臉上。沒有光亮，他看不到她的眼睛，看不出她在想什麼，只知道自己的意志力越來越弱，再也承受不住更多的精神折磨。她不要，又拉他過來……

「先慢點。」

漫長的沉默，她終於開口了，聲音在抖，拉著他手臂的手也在抖。不是不想親，是怕太刺激。

「好。」穆廷州懂了，他生澀卻本能地摟住她的腰，閉上眼睛靠近。唇碰到她的鼻樑，上面好像有細密的小汗珠，穆廷州無意識地抿了下，腰側西裝忽然被攥住。穆廷州停留幾秒，緩緩向下，印上她柔軟的嘴唇。

懷裡的人一動也不動，他腦海中的某根弦，無聲無息斷了。

雙腳向前一步，他將她緊緊抵在牆上，她被迫仰頭，紅唇輕張，彷彿邀請。穆廷州輾轉品嚐那唇，上上下下吃不夠。她纖草般抓著他的衣服，踮腳仰頭都費力氣，她的呼吸越來越重，唇間也發出嬌弱哀求的音。

「太傅……」她抱住他的脖子，乞求地叫他。

「嗯。」穆廷州暫且停住，放她的雙腳落地，扶她站穩。

明薇軟軟地靠在男人寬闊的胸口，急促呼吸遲遲未能平復，試著回想剛剛的感覺，竟然什麼都不記得，只知道穆廷州在親自己，他的唇比她的還熱，抓住了便不再放開，纏著她回應。什麼怦然心動，什麼甜蜜歡喜，從文字中旁觀的感悟，與實際經驗完全對不上。這個男人看起來像冰，真的親起來才知道是一團火，內斂而霸道。

頭頂上他的呼吸似乎已經平穩，明薇扯動他的衣服，悶悶道：「你好像很熟練啊。」

「為何這麼說？」穆廷州低頭問。

明薇抿唇，偶像劇裡的初吻都很純情，穆廷州前幾分鐘的動作更像熱吻。

熟練在這裡絕非誇獎，穆廷州沒親過別人，不想她有那樣的誤會。將她抵回牆上，穆廷州重新靠近，幽幽道：「公主比較一下，便知臣方才之生澀。」

明薇呆呆的，什麼意思？

念頭剛落，嘴唇再次落入他口中，這一次，沒有小心翼翼的試探輕吻，他吻得又急又用力，如風浪席捲而來。明薇慌得撐住他的胸膛，穆廷州卻還嫌不夠，大手一提便將她舉起，他趁機前移，明薇重新落地，腳踩著他的腳。

當這個吻不受控制地變成法式深吻後，明薇整個人完全是靠穆廷州提著才沒有倒下去，他貪得無厭，明薇快要喘不上氣，掙扎著捶他胸口。穆廷州騰出一隻手攥住她，狠狠攥住，又深深親了幾次，才艱難分開。

明薇大口大口喘氣。

穆廷州下巴抵著她的頭頂，全身血液都在叫囂，第一次真正意識到他與她的年齡差距。她還青澀，他卻到了難以壓制的年紀。

「臣失態了，請公主責罰。」理智回籠，穆廷州鬆開她的腰，退後一步，單膝跪下。

明薇摸摸自己發腫的嘴唇，忽然覺得今晚的穆廷州好陌生，與穩重的太傅根本是不同人。

「你起來。」明薇往旁邊挪挪，小聲說。

穆廷州從命，高大身影立在黑暗的房中，壓迫感前所未有地強。

慢點的吻都這樣了，明薇不敢再跟他排練什麼強吻，咳了咳，她低頭道：「今晚就到這裡吧，我應該可以演了。」

穆廷州也想走了，怕她開燈後發現他那裡的異常。

「公主早些休息，臣告退。」拱手行禮，穆廷州快步離開。

明薇看著他開門關門，等房間只剩自己，捂著臉靠回牆上，心裡七上八下的。

她哪是撿了忠犬啊，穆廷州那表現，分明是條披著犬皮的狼！

第十九章 請公主責罰

監視器中，高長勝戀戀不捨地離開余婉音的唇，象徵著兩人初吻的結束，高導演滿意叫停。

「Good！」

小巷牆角，陳璋低聲打趣明薇：「唇膏是什麼牌子的？」

這個吻只停留在表面，深吻鏡頭他雙手捧著明薇臉，兩邊拇指按住她的唇，自己親自己的手指，但通過借位，鏡頭中就變成他在吻明薇了。吻戲拍了三次，第一次陳璋出戲了，因為親她而緊張，後面兩次他看似專注，其實同樣出戲，腦海裡全是她唇膏的味道。

說實話，陳璋不太喜歡吃女明星的唇膏，不管是什麼味道的，只是女星拍攝時都化妝，這也是必須接受的現象，更何況女星拍吻戲多多少少都有點犧牲，他一個男演員還計較什麼。穆廷州在那邊看著，明薇表現得很好了，昨晚他還擔心明薇會故意吃韭菜、大蒜來薰他，以減少吻戲時間。

「你想買？回頭我傳給你。」明薇配合他開玩笑，視線卻控制不住地往遠處飄，看見那人站在昏暗的陰影中，身如蒼松，神色莫辨。

今晚的戲份還沒結束，明薇默默調整情緒，高導演一喊「Action」，她立即又變成余婉音。羞惱地罵完高長勝，余婉音扭頭跑回閨房，夜深人靜，她捂著一邊臉坐在古色古香的梳妝檯前，對鏡出神，明眸似水，情意浮動。後製時這裡會加上她對方才那個吻的回憶，而明薇，只需要表現出余婉音的甜蜜羞澀，與分別在即的不捨與擔憂便好。

「明薇這段演得不錯，很傳神。」被明薇的演技驚豔，高導演再次誇讚。

明薇心虛，什麼演技啊，她剛剛想的是前晚與穆廷州的吻，擔憂的是穆廷州吃醋生氣。

收工時，已經晚上九點多了。

陳璋提議大家一起去吃宵夜，明薇下意識看向已經來到她身邊的穆廷州。

「餓不餓？」穆廷州看著她問，眼眸平靜。

明薇……真的餓了，拍戲是體力活啊。

穆廷州就笑了下，對陳璋道：「公主不餓，我們先告辭了。」

陳璋無所謂地點點頭。

明薇什麼都沒說。上了車，剛要發一發小牢騷，就聽穆廷州問肖照這邊有沒有推薦的飯館，條件是人少安靜，飯菜品質有保證。

明薇低頭看手機，唇角偷偷翹了起來。

穆廷州是影帝，肖照作為專屬經紀人兼助理，經常陪穆廷州出現在各大影帝基地，次數多了，對每個影視基地或知名或低調的飯館都有所瞭解，隨口便報出幾個地方。穆廷州扭頭問明薇：「公主想去哪裡？」

明薇小聲道：「粥鋪吧。」

肖照笑笑，開車出發，十幾分鐘後，車子停在一條比較偏僻的民國風格的巷子。夜色已深，路上行人稀少，三人下車，步行到粥鋪。兩層樓的粥鋪小樓，樓裡樓外都掛著精緻的燈籠，燈光昏暗，顯得靜謐祥和。

肖照領路去了二樓，運氣不錯，二樓沒有客人。

三人點了一份海鮮粥，邊吃邊聊，主要是明薇、肖照說話，穆廷州只負責聽。吃到一半，肖照有電話，離座去遠處窗邊接聽。明薇慢慢吞吞喝了兩口粥，斜眼偷看身邊的男人，他也在喝粥，側臉清冷俊美，白皙修長的手指拿著瓷勺，將粥送到嘴邊。

穆廷州的唇偏單薄，色澤也淡，可他親人的時候，霸道強勢，熱情似火。

「公主為何頻頻窺視？」

移開送到嘴邊的粥，穆廷州放下勺子偏頭看她，幽深眸中倒映著燈光，有異彩流動。

明薇陡然回神，意識到自己竟然被他的美色迷惑，臉燙極了，低頭否認：「走廊有人經過，我隨便看看，誰窺視你了？」

「原來如此，是臣誤會公主了。」她臉紅紅的，窘迫害羞，穆廷州便沒拆穿她。

等肖照回來，明薇的臉色已經恢復如常。

吃飽了，三人靜悄悄回了飯店，各回各房。明薇先去洗手間解決生理問題，盤起頭髮準備洗臉卸妝的時候，穆廷州傳來訊息：『臣有事，請公主開門。』

明薇心跳加快，重新放下頭髮，簡單梳了梳，心慌意亂地去開門。門外沒人，明薇疑惑地探出頭，恰好看見穆廷州關門，不緊不慢地朝她這邊走來。明薇縮回腦袋，穆廷州進來了，她一邊走向小客廳一邊故作鎮定地問：「什麼事啊？」

穆廷州看一眼窗簾，是拉著的。

他一步步靠近，見明薇要倒茶，啞聲說：「公主別動。」

明薇手臂一僵，掃一眼男人的大長腿，她聽話地收手，挺直腰背。他已經來到了面前，明薇目光閃爍，左看看右看看，就是不敢抬頭看他：「太傅，有什麼事？」有話好好說，他靠得這麼近，太容易讓人誤會。

「公主唇上有污穢。」

他終於開口，說出來的卻是地雷，明薇先是臉紅，跟著便是尷尬，著急地就要轉身擦嘴。

他突然按住她的肩膀：「別動。」

明薇都要哭了，都被他形容是污穢了，她嘴上到底有什麼啊？居然被他看見了，好丟人。

「我去洗臉。」她試著掙扎。

「不用，臣為公主效勞。」她長長的眼睫毛緊張地亂眨，穆廷州目光變暖，一手扶她的肩膀，一手從口袋中拿出提前準備好的濕巾，打開，抬手。

明薇緊張地閉上眼睛。

濕濕涼涼的濕巾按在了她唇上，來回擦拭，一點點地挪動，與那清涼相反，迎面吹來的呼吸是溫的。想到他居然在幫自己擦拭嘴唇、他專注地看著自己，明薇全身發軟，快要站不住了。煎熬地等他擦完雙唇，連嘴角都輕輕碾了幾下，明薇忍不住問：「好，好了嗎？」

他低低「嗯」了聲，手指鬆開，沾了她唇蜜的紙巾飄然落地。

明薇睜開眼睛，入眼的是他靠近的俊臉，明薇呆住，下一秒，男人的薄唇壓了上來。

明薇：「……」

穆廷州抱緊她細細的小腰，右手扣住她的後腦，用唇取代濕巾，壓著她柔潤的唇來回輾轉。那麼軟那麼甜，這是他的公主，他不想分享給任何人。陳璋將她壓在牆角的情景一遍遍在腦中播放，壓抑一晚的嫉妒之火一節節攀升，手臂抱得更緊，唇陷得更深，她左右閃躲，穆廷州縱容她，跟著卻再次捉住她的甜美，一次次品嚐。

明薇舌頭都要瘦了，掙扎間，小腿肚撞上沙發，加上前方施加的壓力，明薇搖搖晃晃倒了下去。他如捕食的虎豹，咬住獵物便不肯鬆手，抱著她一起倒下，只體貼地護住她後腦。明薇右肩下壓了抱枕，本能地往外挪，不料這一挪，竟撞上另一隻藏在暗處無聲覬覦的猛虎。

明薇一動也不敢動，更乖順了。

穆廷州狼吞虎嚥夠了，察覺到她的順從，漸漸放慢節奏，依然是猛虎，但卻不再用狩獵的態度對她，而是把她當成自己的小虎崽，溫柔地親，一下一下的，隱約帶著哄鬧的意味。明薇乖乖陪他親了一陣子，後來實在受不了了，雙手捂住他臉，害羞地控訴：「再親就破皮了……」

穆廷州掰開她的小手，身下的她閉著眼睛，臉是紅的，唇微微腫起，豔麗嫵媚。

「臣有罪。」這樣的公主太美，穆廷州誠心賠罪，卻也誠心不想悔改。嘴唇不能親了，他輕柔地親她臉頰。

明薇臉癢癢的，心也癢癢的，原來這個外表高冷禁慾的男人，是這麼喜歡她。

她鼓起勇氣睜開眼，軟軟的環住他的脖子。

穆廷州動作一頓，抬眼看她。

「吃醋了，是不是？」明薇揶揄問。

穆廷州深邃的眼底，起了一絲風浪。

明薇扯扯他後腦的短髮，勉強安慰他：「塗了唇膏，他親的是唇膏，不是我。」

穆廷州眸光卻更危險：「裡面也塗了？」

明薇又羞又笑，捧住他臉，拇指遮住他的唇，親了一下再解釋：「是這麼親的。」怎麼可能舌吻。

穆廷州看著身下俏皮笑著的公主，回想鏡頭中的畫面，確實沒有看到真的熱吻。

心裡舒服了一些，穆廷州繼續方才的動作，親她。

明薇的生理期還沒走呢，被他親得好像有些洶湧，擔心出事，明薇狠心勸止：「好了……」

穆廷州閉上眼睛，身體外移，先扶她起來，再順勢跪在地上，低頭看她的膝蓋：「公主，臣越來越貪了。」明知不對，卻情難自控。

明薇以前反感他動不動就跪，可是今晚，兩人的關係變了，他的跪彷彿也變成了一種另類的情趣。

她彎腰，笑著親他腦袋：「太傅既然知罪，下次還犯嗎？」

小手搭在膝蓋上，白白嫩嫩的，穆廷州忍了忍，最終還是握住她的手，幽幽道：「犯與不犯，取決於公主是否責罰。」

「責罰啊？」明薇下巴抵著他頭頂，認真思考，好久好久，抱住他的脖子，嘴角浮現苦笑：「太傅若再未經允許便親我，就罰你，一輩子都把我當公主捧著，可好？」

她的聲音不太對，穆廷州推開她的肩膀。

明薇笑著看他，眼裡卻有水色。

穆廷州與她對視片刻，突然起身，毫無預兆地壓住她親。

明薇愣住，就在她反應過來準備回應時，穆廷州卻退開，在她耳邊道：「罰吧，臣求之不得。」

《南城》只有三十集，原本計劃三個月拍完，但因為男主角臨時從新人換成另有劇約的陳璋，時間一下子緊張起來，明薇經常早上五點起床晚上十點多下戲，回酒店後卸妝洗澡背背臺詞，入睡時已是深夜。

工作繁重，明薇沒有閒暇與穆廷州談戀愛，何況兩人也缺少普通情侶約會、戀愛的條件，穆廷州是影帝，隨便去哪裡都會被粉絲認出來。

又是一場夜戲，明薇穿著旗袍與配角周旋，戲份結束，穆廷州第一個趕到她身邊，幫她裹上長長的羽絨服。兩人偷偷戀愛，並未公開，但工作人員都知道影帝生病了，對他殷勤伺候公主的表現早已見怪不怪。

明薇用動作拒絕穆廷州幫她拉羽絨服拉鍊，背過去自己拉好。

「喝點水。」穆廷州又遞上保溫杯。

男朋友這麼體貼，明薇心裡暖暖的。

「請你們吃。」上了車，肖照拿出兩個紅紅的蘋果。

「謝謝！」明薇開心道謝，今晚是平安夜，劇組沒有慶祝的氣氛，難得肖照居然還想著。看看手裡的蘋果，明薇挑了稍微大一點的遞給穆廷州。這不是孔融讓梨，而是太大的她吃不完。

「多謝公主。」穆廷州雙手接過。

「耶誕節，太傅沒準備禮物？」肖照一邊開車一邊隨意地問。

穆廷州保持沉默。

一個記憶錯亂的「大明太傅」，明薇根本沒指望穆廷州會過這種外國節日，笑道：「沒準備才好，我也沒準備，我們三個的關係這麼好，就別假客氣了。」

肖照點點頭，眼睛卻透過後視鏡看了穆廷州一眼。

明薇沒注意他的小動作，捧著蘋果擺姿勢自拍，旁若無人。連拍好幾張，明薇挑出最好看的那張，簡單修修圖，這才上傳社群，配字：『平安夜，你們吃了嗎？』

感謝穆廷州，明薇現在有幾百萬粉絲了，動態剛發，馬上就冒出無數留言。

粉絲1號：『是太傅送的嗎？』

粉絲2號：『沒吃，因為我沒有太傅。』

粉絲3號：『公主，我們想看太傅，他都好久沒更新社群了，求發糧！』

明薇看得津津有味，手指不停下拉螢幕，滑著滑著，跳出一則訊息。

太傅：『晚上看電影？』

明薇的心一跳，餘光中男人果然拿著手機，明薇抿唇回：『去電影院？』

太傅：『房間。』

明薇臉紅了，都快十點了，兩人都累了一天，說要單純看電影，誰信？

明薇不信，但她還是同意了，問穆廷州電影名字。

穆廷州傳了一部迪士尼最近幾年新出的熱門動畫電影，裡面雪景浪漫，倒挺符合聖誕節的主題。

約好了，明薇進房時直接虛掩房門，大概兩分鐘穆廷州便來了，反手將門關嚴。關了燈靠在沙發上看。穆廷州第一次看這個電影，還挺有新鮮感，明薇已經看過兩次了，完全是為了「浪漫」陪男朋友看的，白天太累，沙發太舒適，明薇越看越睏，擋著嘴打了好幾次呵欠。

「睡吧。」穆廷州闔上筆記本，低聲說。

男朋友陪自己浪漫，明薇不好意思掃興，打起精神道：「關了幹什麼啊，我想繼續看。」

穆廷州笑了笑：「其實，臣也睏了。」

明薇放心了，打開燈送他，走到門口，穆廷州忽地轉身，摟住她的腰，熟練地親她嘴唇。明薇閉上眼睛，他溫柔地碰碰，沒有戀戰，開門前再次叮囑她早睡。明薇乖乖點頭，送走男朋友後，半瞇著眼睛去洗臉，洗完直接鑽進被窩。

一夜好眠，第二天早上，明薇神清氣爽，洗漱完畢，距離三人集合的時間還有十多分鐘，明薇便走到小客廳的沙發前，準備看會兒劇本。坐好了，明薇伸手去拿劇本，卻意外發現茶几上多了一隻大紅色的襪子，鼓鼓的。

襪子上印著白鬍子聖誕老人，明薇眨眨眼睛，回想昨晚，懂了。

這是穆廷州送她的耶誕節禮物。

想到車裡穆廷州假裝對耶誕節不屑一顧的正經模樣，還沒拆禮物，明薇的心先甜了。撿起襪子，明薇從裡面掏出一個狹長的禮物盒，木質的，好像是紫檀木，雕飾雅致，古色古香。根據禮盒的形狀，明薇想到了項鍊，緊張地打開盒子，裡面居然是一枝……翡翠髮簪。

明薇看呆了。

那是一枝通體碧綠的簪子，簪頭雕刻鳳凰，還點綴著一顆鴿血寶石。明薇對翡翠一知半解，她看不出這枝簪子所用的翡翠的品質，但她還是被這枝簪子驚豔到了。

女人愛首飾，明薇媽媽江月則最愛簪釵，小時候，明薇覺得自己的媽媽是世界上最漂亮的女人，她也喜歡媽媽的那些古典首飾，到了會臭美的年紀，便撒嬌跟媽媽要髮簪，漸漸的，簪子也成了明薇的心頭愛。

來來回回把玩好幾遍，明薇雀躍地傳訊息給穆廷州：『你怎麼知道我喜歡簪子？』

太傅：『臣並不知。』

明薇呆住，奇怪問：『那為什麼送簪子？』

太傅：『古禮。』

明薇好歹也是拍過古裝電視劇的，一經提醒立即懂了。在古代，髮簪、玉佩、香囊，都可以用作定情之物。

他沒說甜言蜜語，可這簪子的寓意，勝過任何情話。

放下手機，明薇跑到洗手間，重新梳頭，戴好簪子再看，越看越喜歡。但這髮簪一看就很貴，明薇臭臭美，又放回去了，擺到安全的地方藏好。

「聖誕快樂。」開門見面，明薇大大方方將手裡兩個小禮物袋分別遞給她的兩個大助理。

肖照挑眉，當面拆禮物，是個白白胖胖的招財貓汽車吊飾。

「公主真是低估了我的品位。」肖照拐彎抹角表示他對這份禮物的嫌棄。

明薇嘿嘿一笑，看向穆廷州。

「稍等。」穆廷州卻轉身了，拎著禮物袋回房，關好門後低頭拆禮物。

明薇送他的也是汽車吊飾，唯一的區別是肖照那個她買的是成品，穆廷州這個是明薇上網購買材料，自己親手編的平安結，中間玉佩上刻著「一路平安」。對於一個出過車禍的男朋友，這是明薇最誠心的祝福。

平安結上別著一張粉色便條紙，穆廷州取下來，看字：

To 太傅大人：

聖誕快樂！

p.s.：我自己編的，莫嫌醜（愛心）。

穆廷州笑了，公主人可愛，字也秀氣，怎麼會醜。

放好禮物，穆廷州空手出門，神色嚴肅沉穩，與平時沒有什麼不同。

畢竟是耶誕節，今天高導演開恩，下午拍完戲就收工了，沒有安排夜戲。

肖照訂了一個火鍋店包廂，三人先回飯店，明薇要換衣服。到了飯店大廳，明薇在男神助理們的陪伴下走向電梯，就在電梯下來他們先後跨進去的剎那，走廊裡突然跑過來一個年輕女孩，莽莽撞撞衝了進來。

穆廷州謹慎地將明薇拉到身後。

明薇沒當一回事，紅著臉掙開穆廷州的手，他鬆開了，明薇好奇看向新進來的女孩，對方披著一頭大波浪卷，皮膚白皙五官精緻，又漂亮又有氣質，與一些女明星比起來都不差。說實話，明薇很喜歡女孩的長相，如果別用那麼火熱的眼神盯著穆廷州看就更好了。

「廷州哥哥，你真的不記得我了？」

閉塞的電梯裡，女孩目光幽怨地望著穆廷州，語出驚人。

穆廷州皺眉。

明薇睜大了眼睛，廷州哥哥，這人是……

一直沉默的肖照咳了咳，伸手將女孩拉到他身旁，主要向明薇介紹：「她是我堂妹，我跟廷州從小一起混，琳琳便也認識廷州了。琳琳話多聒噪，廷州煩她，兩人只是普通關係。」

「什麼普通關係，廷州哥哥一直都很喜歡我，她算什麼，一個剛出道的小明星，你還真把當公主啊？」徐琳一把甩開肖照，繞到明薇這邊，鳳眼裡滿是挑剔不屑地打量明薇，然後用一種警告的語氣道：「明薇小姐是吧？廷州哥哥出車禍失憶了，暫且把妳當公主，但我請妳記住自己的身分，別想趁機勾引他，免得將來廷州哥哥恢復正常看不上妳，妳顏面掃地。」

明薇生氣了，但她沒有將氣憤表現出來。

「她是你堂妹？」穆廷州始終擋在她面前，看也沒看徐琳，冷聲問肖照。

肖照很想否認，可堂妹再招人嫌也是他親堂妹，他只能點頭。

「那你把她弄走。」電梯開了，穆廷州護著明薇走出來，頭也不回地道。

肖照頭疼，徐琳卻氣沖沖追出去，拿出手機，將早就準備好的照片舉到明薇面前：「明薇，這張照片足以證明我與廷州哥哥的關係，妳現在好歹也是個小明星，已經占了他很多便宜，我勸妳見好就收，珍惜名聲，別當小三。」

明薇面無表情，視線移向眼前的手機，螢幕照片中，穆廷州背靠沙發，頭微微仰著，黑眸輕闔。沙發後面，肖照堂妹笑著低頭，一雙纖細小手按在穆廷州額間，彷彿在輕輕按摩。照片太小，明薇看不太清楚，正要再仔細看看，女孩收回手機，眉眼挑釁。

「我怎麼不知道這張照片？」肖照狐疑問，「P的？」

徐琳瞪他，跟著得意道：「我們之間，你不知道的事情多著呢。」

第二十章 微臣遵命

想活在童話中，但總有人要將你拉回現實。

徐琳的突然出現，打亂了三人去吃火鍋的計畫，肖照將徐琳扯到自己房間說話了，穆廷州陪明薇進了她的房間。

「臣不認識她。」門一關，穆廷州開口解釋。

明薇點點頭。她知道太傅不認識，認識肖照堂妹的是影帝，剛剛那張照片有可能是真的，也有可能是P的，但肖照堂妹有一句說的沒錯，影帝穆廷州與她之間的事就算是肖照也不可能事事都知曉。

萬一呢，萬一穆廷州失憶之前真的有女朋友或心儀的女孩呢？

肖照說他堂妹聒噪，可無論現實還是影視劇，高冷男主與活潑女主的情侶組合都很常見，或許影帝穆廷州就喜歡肖照堂妹那一型，只是表現得隱晦，肖照沒看出來罷了。

明薇的心情很不好。

她想到了前男友程耀與王盈盈。程耀沒與王盈盈分手便來追她，害她成了王盈盈口中的小三，一旦穆廷州失憶前真的喜歡肖照堂妹或有其他祕密女友，那她不就又當了一次小三？太傅再好再忠犬，那都不是真的穆廷州，他早晚會變回影帝的。

她早就知道，只是抵擋不住太傅的溫柔，她貪戀這份溫柔，膽小地迴避考慮將來，甚至做好了將來失戀的最壞打算，但明薇還是少算了一樣，那就是影帝穆廷州的私人感情。她與太傅兩情相悅，擁抱親吻，將來影帝甦醒，回憶起與她的身體接觸，會不會嫌棄？會不會恨她的染指？畢竟當初，影帝是那麼嫌棄與她拍吻戲。

換位思考，哪天她失憶了，因為病情主動黏著一個她曾經嫌棄的男人，男人一開始理智保持距離，後來被她的誠懇打動，抱她親她，甚至做更親密的事，那等她醒來，發現正常的自己絕不會愛上對方，卻又記得之前的親密……

會很反感吧？或許她會理智的不責怪對方，但一定會懊惱後悔。這個年代，接個吻已經不算什麼，可那是很親密的舉動，與不喜歡的人做一定會引起生理上的不適。

她的背影僵硬，穆廷州繞到她面前，看到明薇發白的臉，他擔心道：「公主……」

「你先回去吧，我想自己待一會兒。」明薇低頭說。這種情況，穆廷州說什麼都沒用，他不記得，他無法保證他與肖照堂妹沒什麼，他也不是影帝，無法告訴她影帝甦醒後，會如何看待太傅與她的感情。

「走吧，我沒事，只是有點累。」他站在原地不動，明薇又勸了一遍，沒有目光交流。

穆廷州看著她，她雖然什麼都沒說，但他猜得到她所有的顧慮，而那正是他無能為力的地方，他想給公主承諾，可如果自己都沒有把握能履行承諾，他不屑說給她聽。

「臣，告退。」躬身行禮，穆廷州最後看她一眼，從她身旁經過，朝門口走去。

明薇一動也不動地站著，直到後面傳來關門聲。

身體突然沒了力氣，明薇靠到沙發上，閉上眼睛，腦海驀地浮現肖照堂妹給她看的照片。

明薇苦笑，默默躺了一陣子，明薇拿出手機，上網搜尋肖照的資料。她看過穆廷州很多背景事蹟，卻一次都沒有想過要查肖照。

肖照的介紹很簡單，穆廷州的專屬經紀人兼助理，出生地點、年齡居然都沒有。

明薇皺皺眉，她想透過肖照瞭解一下他堂妹，怎麼肖照名氣那麼大，資料卻這麼少？

關掉介紹，明薇正打算查找關於肖照的新聞，肖照的電話來了。

明薇心情複雜地接聽。

『琳琳留在這邊，被人看到可能會鬧八卦，她想跟妳談談，談完我馬上送她去機場。』

明薇掃一眼房間，平靜道：「可以，在哪談？」

一分鐘後，明薇打開房門，門外站著肖照兄妹。

肖照朝明薇點點頭，然後冷聲提醒堂妹：「妳只有十五分鐘。」

徐琳撒嬌地朝他撇嘴，視線回到明薇臉上，笑容淡了下來，但也沒有電梯中那樣盛氣淩人了。

明薇請她去小客廳。

落座前，徐琳淡笑著朝明薇伸手：「忘了自我介紹，我叫徐琳，琳琅滿目的琳。」

明薇面露驚訝，肖照的堂妹，怎麼會姓徐？

料到她會驚訝，簡單握手後，徐琳坐到沙發上，輕聲解釋道：「我們徐家祖上是書香世家，我爺爺叫徐懋，或許明小姐有所耳聞？」

明薇尷尬，徐懋是哪位？

她的答案寫在臉上，徐琳有些不快，旋即理解地笑了下：「我爺爺是書法大師，徐家老一輩行事低調，圈子外的可能不瞭解，圈子裡的書法家們見到他都要喊聲徐老先生。明小姐年輕，不知道我爺爺很正常，但徐氏集團，明小姐總該聽說過吧？」

明薇笑：「當然。」

徐氏集團，國內十強、全球百強企業之一，集團主要經營金融、網際網路，近年業務拓展到了影視圈，名下影城飛速發展，所占市場份額急速攀升，各影視製作公司都力爭與徐家打好關係。明薇入行後簡單瞭解過，徐家現任董事長名叫徐修，好像有兩個兒子……

「肖照是我二哥，本名徐潤，他喜歡影視圈，想當經紀人，我爺爺看不起娛樂圈，不准他入行，二哥便背著爺爺化名肖照，爺爺知道後大發雷霆，讓我們做好保密工作。所以一般人都不知道我二哥的真正身分，那些知道內幕的人也不會拆穿。」

明薇懂了，原來肖照是徐家人。

所以徐琳說這麼多，是在炫耀她高大上的名門身分？

明薇端起杯子，平平靜靜喝了一口水。

徐琳盯著她，在明薇臉上找不到破綻，徐琳繼續道：「我與廷州哥哥從小就認識，是青梅竹馬的感情，二哥討厭我話多，經常訓我，廷州哥哥不一樣，他總是特別耐心，不管我說什麼他都安靜地聽著。我跟他差了十歲，他這麼多年一直沒有女朋友，就是在等我畢業。如果廷州哥哥沒出車禍，明年我畢業回國，他肯定會向我求婚。」

明薇垂眸看水杯，沒出聲。

「明小姐，我知道我剛剛的態度不好，可妳從我的角度想想，我的男朋友失憶忘了我，還把別的女人當公主護著，我能冷靜嗎？要不是前陣子學校事情多，我爺爺還派人看著我，我當時就回來了。」委屈地說完，徐琳抽出一張紙巾，嘟嘴擦淚。

還真哭了。

明薇想了想，平靜道：「其實妳不用跟我說這些，穆先生確實視我為公主，我勸不了他，但我記得他真正的身分。最近有點習慣公主的人設了，差點當真，幸好徐小姐及時出現，提醒了我。所以妳就放心吧，這部戲拍完，我會搬出他的別墅，經過這三個月，他對現代更瞭解了，應該不會再那麼迂腐固執。」

「妳真的不想跟他在一起？」徐琳不太相信，穆廷州是她的完美男神，明薇能不動心？

明薇輕笑：「偶爾想過，但只是做做白日夢，一想到穆先生高傲冷酷的真面目，我就不想了。」

徐琳半信半疑，門外傳來肖照的敲門聲，徐琳抿抿嘴，小聲威脅道：「明小姐，我們倆不是同一種人，妳真的能說到做到，我不會討厭妳，但妳若背著我搶了我的廷州哥哥，我一定會跟妳算帳，我是徐家唯一的女兒，我爺爺、大伯、爸爸都特別寵我。」

明薇無奈笑，這個徐大小姐，確實像被長輩們千嬌百寵的。

房門打開，肖照最先看向明薇。

明薇大方笑笑。

「我想再跟廷州哥哥說幾句。」徐琳戀戀不捨地望著穆廷州的房門。

「別得寸進尺，信不信我打電話給老爺子？」肖照沉下臉，不容商量。

徐琳怕他，掃眼明薇，她氣鼓鼓道：「你就凶吧，等廷州哥哥記起來，看他怎麼收拾你。」

肖照半句都不信，他煩堂妹，但還顧及兄妹情，不會太給堂妹難堪，穆廷州對待堂妹，可從來不講究他這邊的人情，每次堂妹往他面前湊，穆廷州都當成空氣，一個正眼都不給。小時候堂妹太煩，還直接被穆廷州轟走過，後來堂妹學乖了，見到穆廷州就儘量少開口。

「我先走了，晚飯你們自己解決。」一手按著徐琳肩膀，肖照有些愧疚地對明薇說。

「慢點開車。」明薇叮囑他。

肖照莞爾：「我沒廷州那麼笨。」

說完，他押解犯人般推著頻頻回頭的徐琳走了。

明薇退回房間，看看旁邊的牆，她揉揉額頭，打電話給穆廷州。

電話通了，但對面沒有聲音。

明薇抹抹眼角，問：「在做什麼？」

穆廷州站在房門前，聲音平淡：『在等公主忙完，一起用晚飯。』

明薇仰頭，過了一會兒才道：「我們中間有個現在解決不了的問題，你知道吧？」

他在迴避。

『是。』

明薇用紙巾蓋住眼睛：「有時候，我希望你一直都是太傅，可又盼望你早點恢復記憶。」

病好了，如果影帝忘了她，或是沒忘，但不想繼續與她的荒唐感情，明薇會帶著太傅留給她的回憶安靜離開。就算會不捨，也只是一段時間的情緒低落，疼完了就好了。現在有著那麼多顧慮，她真的很累。

「太傅。」她輕輕喊他。

穆廷州眼簾微動，目光投向隔壁：『臣在。』

明薇捂住手機，偷偷深呼吸，然後正色道：「之前是我糊塗了，今晚開始，你繼續做太傅，把我當公主，只當公主，可以嗎？」

手機那邊，是漫長的沉默。

明薇道歉：「先前是我不對，騙了太傅的初吻，但太傅先摸的我腳，我們算是扯平了，以後我們都守著規矩，別再越界了。」

他還是沒說話。

明薇重新翻出昨晚他剛剛送過來的翡翠髮簪，狠心道：「你開一下門，我把簪子還你。」

說完，明薇掛斷電話，拿著首飾盒去敲穆廷州的門。

才敲一下，門便開了，他一身黑色西裝，身形高大。明薇沒有抬頭，默默遞過盒子。

他沒接，黑眸沉沉地看著她：「公主決心已定？」

明薇默認，長痛不如短痛。

「既如此，微臣遵命。」

——未完待續——

高寶書版集團
gobooks.com.tw

YH 062
影帝的公主（上）

作　　者　笑佳人
責任編輯　吳培禎
封面設計　茵萊登曼特
內頁排版　賴姵均
企　　劃　何嘉雯

發 行 人　朱凱蕾
出　　版　英屬維京群島商高寶國際有限公司台灣分公司
　　　　　Global Group Holdings, Ltd.
地　　址　台北市內湖區洲子街88號3樓
網　　址　gobooks.com.tw
電　　話　(02) 27992788
電　　郵　readers@gobooks.com.tw（讀者服務部）
傳　　真　出版部(02) 27990909　行銷部 (02) 27993088
郵政劃撥　19394552
戶　　名　英屬維京群島商高寶國際有限公司台灣分公司
發　　行　英屬維京群島商高寶國際有限公司台灣分公司
初　　版　2021年 12 月

本著作物《影帝的公主》，作者：笑佳人，由北京晉江原創網絡科技有限公司授權出版。

國家圖書館出版品預行編目(CIP)資料

影帝的公主/笑佳人著. -- 初版. -- 臺北市：英屬維京群島商高寶國際有限公司臺灣分公司, 2021.12
冊；　公分

ISBN 978-986-506-314-6(上冊：平裝). --
ISBN 978-986-506-315-3(中冊：平裝). --
ISBN 978-986-506-316-0(下冊：平裝). --
ISBN 978-986-506-317-7(全套：平裝)

857.7　　110020876

凡本著作任何圖片、文字及其他內容，
未經本公司同意授權者，
均不得擅自重製、仿製或以其他方法加以侵害，
如一經查獲，必定追究到底，絕不寬貸。
版權所有　翻印必究

GOBOOKS
& SITAK
GROUP©